Ueberreuter Klassiker
Lederstrumpf

Außerdem in der Klassiker-Reihe erhältlich:

Gottfried A. Bürger, Münchhausen
Harriet Beecher-Stowe, Onkel Toms Hütte
Frances Burnett, Der kleine Lord
James F. Cooper, Lederstrumpf 2 - Der letzte Mohikaner
Daniel Defoe, Robinson Crusoe
Charles Dickens, David Copperfield
Charles Dickens, Oliver Twist
Till Eulenspiegel
Jack London, Der Seewolf
Jack London, Wolfsblut
Herman Melville, Moby Dick
Howard Pyle, Robin Hood
Johanna Spyri, Heidi
Robert L. Stevenson, Die Schatzinsel
Robert L. Stevenson, Dr. Jekyll und Mr Hyde
Mark Twain, Huckleberry Finn
Mark Twain, Tom Sawyer
Jules Verne, 20.000 Meilen unter dem Meer
Jules Verne, In 80 Tagen um die Welt

5. Auflage 2022

ISBN 978-3-7641-7062-2

ISBN 978-3-8000-5317-9

ISBN 978-3-8000-2019-5

Der Text wurde bearbeitet und gekürzt.
Umschlagillustration: Marek Zawadzki
Umschlaggestaltung: Martin Gubo
Druck und Bindung: GGP Media GmbH, Pößneck
Gedruckt auf Papier aus geprüfter nachhaltiger Forstwirtschaft.

www.ueberreuter.de

J. F. Cooper

LEDERSTRUMPF

Band 1: Der Wildtöter

Altersgerecht gekürzte Jugendbuchausgabe

ueberreuter

DER WILDTÖTER

I

Die Ereignisse dieser Erzählung spielen zwischen den Jahren 1740 und 1745. Damals beschränkten sich die bewohnten Teile der Kolonie New York auf die vier atlantischen Grafschaften, auf einen kleinen Landstrich an jeder Seite des Hudson, von seiner Mündung bis zu den Wasserfällen in der Nähe der Quelle, und auf einige vorgeschobene Gebiete an den Ufern des Mohawk. Unberührte Wildnis erstreckte sich den Fluss entlang bis nach New England. Die dichten Wälder gewährten den geräuschlosen Mokassins der eingeborenen Krieger auf ihren geheimen und blutigen Kriegspfaden Schutz und Sicherheit. Ein Blick aus der Vogelschau über die ganze Gegend östlich vom Mississippi zeigte damals weite, ausgedehnte Wälder, durchbrochen von den glänzenden Flächen der Seen und gewundenen Flussläufen. Nur längs der Küste gab es einen schmalen Streifen bewohnten Landes.

Welche Veränderungen aber der Mensch auch verursachen mag, stets bleibt der ewige Wechsel der Jahreszeiten gleich. Sommer und Winter, die Zeit der Saat und Ernte kehren in ihrer bestimmten Ordnung wieder. Jahrhundertelang hatte die Sommersonne die Wipfel der gleichen hohen Eichen und Fichten erwärmt und ihre Glut zu den starken Wurzeln gesandt, als eines Tages menschliche

Stimmen im Dickicht des Urwalds zu hören waren. Die Wipfel der Bäume badeten im glänzenden Licht eines wolkenlosen Junitages, während die Stämme im Schatten des Laubdaches gewaltig aufragten.

Allem Anschein nach hatten zwei Männer ihren Weg verloren und suchten nun getrennt den richtigen Pfad. Endlich verkündete ein Ruf, dass einer erfolgreich gewesen war. Gleich darauf bahnte sich ein Mann den Weg durch das fast undurchdringliche Pflanzengewirr eines kleinen Sumpfes und trat auf die Lichtung, die am Abhang eines der vielen niederen Hügel dieses Landes lag. »Hier ist Luft zum Atmen«, rief der Mann, als er sich aus dem Dickicht befreit hatte und den blauen Himmel über sich sah. »Hurra, Wildtöter, hier haben wir endlich Tageslicht und dort drüben ist auch der See!«

Die Büsche teilten sich und der Zweite der Waldläufer trat zu seinem Gefährten. »Weißt du nun, wo wir sind«, fragte er, »oder schreist du nur deshalb so laut, weil du dich über die Sonne freust?«

»Beides, mein Junge! Ich will nicht Hurry Harry heißen, wenn dies nicht die Stelle ist, wo die Landsucher im letzten Sommer kampierten und eine Woche zubrachten. Schau, dort ist das dürre Buschwerk, aus dem sie ihren Unterschlupf bauten, und hier ist die Quelle. Sosehr ich auch die Sonne liebe, ich brauche sie doch nicht, um zu wissen, dass wir Mittagszeit haben. Mein Magen ist eine gute Uhr, und ich wette, er zeigt auf halb eins! Öffne den Sack, mein Junge! Ich bin hungrig wie ein Wolf.«

Die zwei Männer ließen sich nieder und begannen ihre einfache Mahlzeit. Hurry Harry war eine männliche Erscheinung. In Wirklichkeit hieß er Harry March, doch hatten die Waldläufer von den Indianern die Gewohnheit angenommen, sich Beinamen zu geben. Sie riefen ihn daher Hurry Harry, manchmal auch Hurry-Skurry, ein Spitzname, den ihm sein unstetes und ruheloses Wesen eingetragen hatte. Er war überdurchschnittlich groß und breitschultrig – ein wahrer Riese –, hatte ein hübsches und gutmütiges Gesicht und ein offenes Auftreten. Wenn er auch die rauen Sitten des Grenzerlebens angenommen hatte, war sein Benehmen doch nicht roh und ungebildet.

Wildtöter glich seinem Gefährten weder im Aussehen noch im Wesen. Er war Amerikaner und hieß Natty Bumppo – »Lederstrumpf«, auch »Wildtöter« gerufen. Er war etwas kleiner und im Gegensatz zu Harry schlank und gelenkig, seine Muskeln verrieten jedoch Behändigkeit und Gewandtheit, wenn auch keine überragende Kraft. Sein Gesicht war nicht schön zu nennen, wirkte aber anziehend und flößte sofort Vertrauen ein. Der Ausdruck unbefangener Aufrichtigkeit machte es bemerkenswert.

Beide Waldläufer waren noch ziemlich jung. Harry konnte höchstens achtundzwanzig Jahre alt sein, während Wildtöter etwas jünger war. Sie trugen einfache Kleider aus Wildleder, die schon recht mitgenommen aussahen. Wildtöter legte anscheinend Wert auf ein etwas gefälligeres Aussehen. Seine Flinte war sehr gut erhalten, die Jagdtasche mit Wampumstickerei geschmückt, und der Griff seines Jagdmessers und das Pulverhorn waren mit Schnitzereien verziert. Harry dagegen trug alles nachlässig, wie einer, der es nicht nötig hat, mit unnötigem Beiwerk und Schmuck auf sich aufmerksam zu machen.

»Komm, Wildtöter, greif zu. Du behauptest immer, dass du deine Erziehung von den Delawaren erhalten hast, beweis es mir und iss mit dem Appetit eines Delawaren«, rief Harry und steckte sich ein großes Stück Fleisch in den Mund. »Lass dir die Damhirschkuh schmecken. Du hast sie erlegt und nun steh auch beim Essen deinen Mann.«

»Glaubst du, Harry, dass es ein Beweis von Männlichkeit ist, eine Hirschkuh zu töten und noch dazu außer der Jagdzeit? Dazu gehört doch kein Mut! Die Delawaren haben mir meinen Namen wegen meiner scharfen Augen und meiner schnellen Beine gegeben. Um ein guter Jäger zu sein, braucht es nicht viel Tapferkeit.«

»Deine Delawaren sind keine Helden«, murmelte Harry mit vollem Mund, »sonst würden sie diesen elenden Landstreichern, den Mingos, nie erlaubt haben, sie zu Weibern zu machen.«

»Diese Sache wurde nie richtig geklärt«, antwortete Wildtöter ernst. »Die Mingos sind Lügner und entstellen Worte und Verträge. Ich habe zehn Jahre bei den Delawaren gelebt und weiß, dass sie so tapfer sind wie jeder andere Stamm.«

»Höre, Wildtöter, da wir schon davon reden – könnten wir uns einmal ehrlich und offen wie Männer unterhalten. Beantworte mir eine Frage! Du hast so viel Glück auf der Jagd gehabt, dass du schon einen Namen erhalten hast. Hast du aber schon einmal auf einen Menschen geschossen?«

»Um die Wahrheit zu sagen, nein«, antwortete Wildtöter nach einem kurzen Zögern. »Und ich wüsste auch nicht, warum ich es hätte tun sollen. Die Delawaren leben in Frieden, und ich halte es nicht für richtig, einem Menschen das Leben zu nehmen, außer in einem offenen Kampf.«

»Wie? Ist dir noch nie ein Bursche über den Weg gelaufen, der deine Fallen und Häute stehlen wollte und den du mit eigenen Händen bestraft hast, ohne lange die Behörden zu bemühen?«

»Ich bin kein Trapper, Harry«, antwortete der junge Mann stolz, »ich lebe von der Flinte und nehme es, was diese Waffe betrifft, mit jedem Mann von meinen Jahren zwischen dem Hudson und dem St.-Lorenz-Strom auf.«

»Ja, ja, das ist alles recht schön und gut, solange es sich nicht um Skalpjagd und Indianer handelt. Einen Indianer aus dem Hinterhalt erschießen heißt, nach indianischen Grundsätzen handeln. Was du einen ehrlichen Kampf nennst, haben wir nun vor uns. Je eher du dein Vorurteil aufgibst, desto besser wirst du schlafen, weil du weißt, dass ein Feind weniger im Gebüsch auf dich lauert. Ich werde nicht lange in deiner Gesellschaft bleiben, Freund Natty, wenn du mit deiner Flinte nur auf vierfüßiges Wild zielen willst.«

»Wir sind bald am Ziel unserer Reise, March, und wir können uns noch heute Abend trennen, wenn dir das lieber ist. Ich habe einen Freund, der mich erwartet und der es nicht als Schande ansieht, dass ich noch nie einen Menschen getötet habe.«

»Ich möchte wissen, was diesen Delawaren so früh im Jahr hierhergeführt hat!«, murmelte Harry vor sich hin. »Wo wirst du ihn treffen?«

»Auf einem kleinen Felsen am Ende des Sees, wo die Stämme sich versammeln, um ihre Verträge abzuschließen und das Kriegsbeil zu begraben. Das Gebiet gehört den Mingos und den Mohikanern gemeinsam. Sie fischen und jagen dort in Friedenszeiten, doch Gott weiß, was im Kriegsfall daraus wird!«

»Gemeinsames Land!«, rief Harry und lachte laut auf. »Ich möchte wissen, was der Schwimmende Tom zu diesem Unsinn sagt. Fünfzehn Jahre hat er hier am See gelebt. Er sieht die ganze Gegend als sein persönliches Eigentum an und wird das Land kampflos weder den Mingos noch den Delawaren überlassen.«

»Und was würde die Kolonie zu einem solchen Kampf sagen? Die Gegend hier muss irgendeinen Besitzer haben, denn die Kolonisten maßen sich überall Ansprüche an, wenn sie es auch selbst nicht wagen, in die Wildnis vorzudringen.«

»Das mag für andere Teile der Kolonie gelten, Wildtöter, aber hier gilt es nicht. Niemand besitzt einen Fußbreit Land in dieser Gegend. Über keinen Hügel und über kein Tal wurde jemals ein Vertrag abgeschlossen. Das hat mir der alte Tom mehrmals gesagt und deshalb erhebt er den ersten Anspruch darauf.«

»Nach allem, was ich von dir gehört habe, Harry, muss dieser ›Schwimmende Tom‹ ein ganz ungewöhnlicher Mensch sein. Was weißt du von ihm?«

»Der alte Tom ist wie eine Bisamratte. In seiner Jugend soll er ein Freibeuter gewesen sein, und einige glauben, er sei in diese Gegend gekommen, um sich seines unredlich erworbenen Eigentums in aller Ruhe zu erfreuen.«

»Ich bezweifle, dass man sich an unredlich erworbenem Eigentum freuen kann.«

»Mag sein! Hutter jedoch genießt seine Beute – falls die Geschichten überhaupt stimmen, die man von ihm erzählt. Er lebt hier zufrieden mit seinen Töchtern und wünscht sich nichts weiter.«

»Richtig, er hat auch Töchter, ich hörte es. Und die Mutter?«

»Sie ist vor zwei Jahren gestorben. Ich werde sie immer in Ehren halten, da sie die Mutter von Judith Hutter war.«

»Ja, Judith war der Name, den die Delawaren erwähnten. Ich glaube aber nicht, dass mir das Mädchen gefallen wird.«

»Dir gefallen!«, rief March aufgebracht. »Was hast du Gelbschnabel mit einem Mädchen wie Judith zu tun? Seit ihrem fünfzehnten Jahr – und das ist nun schon fast fünf Jahre her – hat Judith genug Männer als Verehrer. Sie würde einen Knaben wie dich kaum eines Blickes würdigen.« Dann fügte er aber mit einem gutmütigen Lachen hinzu: »Komm, Wildtöter, wir sind geschworene Freunde und wollen uns nicht wegen eines Mädchens überwerfen, nur weil es hübsch ist. Um dir die Wahrheit zu sagen, Natty, so hätte ich Judith vor zwei Jahren geheiratet, hätten mich nicht zwei Gründe abgehalten. Erstens einmal ist sie leichtfertig.«

»Und der zweite Grund?«

»Der zweite Grund war die Ungewissheit, ob sie mich haben wollte. Sie ist schön und sie weiß es. Schlank wie ein Baum, biegsam wie der Wind und beweglich wie ein Reh. Und doch schwöre ich manchmal, dass ich die Stelle am Seeufer nicht wieder besuchen will.«

»Warum kommst du dann immer wieder zurück?«

»Ach, Wildtöter, du bist ein Neuling in solchen Dingen. Für gewöhnlich halte ich meine Schwüre – aber in diesem Fall? Würdest du Judith kennen, hättest du Nachsicht mit mir. Und wüsstest du alles über sie, was ich weiß, wärst du mir nicht böse, wenn ich zu fluchen anfange. Bisweilen kommen die Offiziere von den Forts am Mohawk über den See, um zu fischen und zu jagen, und dann scheint Judith stets außer sich zu sein.«

»Aber sie ist doch die Tochter eines armen Mannes! Offiziere stammen aus vornehmen Familien und können gegen ein Mädchen wie sie keine ehrlichen Absichten haben.«

»Das ist eben das Schlimme an der Sache. Wäre ich sicher, dass sie nicht ein Auge auf einen der Offiziere geworfen hat, würde ich sie mit Gewalt zum Mohawk entführen und heiraten. Der alte Tom hat noch eine andere Tochter, die nicht so schön wie ihre Schwester ist, aber einen viel besseren Charakter hat. Doch leider ist Hetty Hutter ein geistesschwaches Geschöpf.«

»Die Rothäute achten und ehren solche Menschen«, antwortete Wildtöter ernst.

»Hutter ist sehr gut zu ihr und auch Judith, sonst würde ich unter den Leuten, die bisweilen am Seeufer zusammenkommen, nicht für ihre Sicherheit bürgen.«

»Ich dachte, dieser See sei unbekannt und wenig besucht«, meinte Wildtöter beunruhigt, weil ihm der Gedanke nicht behagte, nahe von bewohnten Ansiedlungen zu sein.

»Ach, ich glaube nicht, dass mehr als zwanzig weiße Männer meine Judith gesehen haben. Aber zwanzig echte Grenzbewohner – Jäger, Fallensteller und Pfadfinder – können genug Schaden anrichten. Es wäre schrecklich für mich, Natty, wenn ich jetzt Judith verheiratet finden sollte, nachdem ich sechs Monate fort war.«

»Hat sie dir Hoffnungen gemacht, Harry?«

»Leider nicht. Doch sollte sie gewagt haben zu heiraten, dann wird sie bald erfahren, wie es ist, eine Witwe zu sein.«

»Du würdest doch ihrem Mann – falls sie geheiratet hat – nichts zuleide tun?«

»Weshalb nicht? Wenn mir ein Feind in die Quere kommt, räume ich ihn aus dem Weg!«

»Sollte dieser Feind Judith Hutters Mann sein, könnte ich genügend erzählen, um die Kolonie auf die richtige Spur zu bringen.«

»Du? Ein halb erwachsener Junge! Du willst es wagen, gegen Hurry Harry auszusagen?«

»Ich werde es immer wagen, die Wahrheit zu sagen, gegen dich, Harry, oder gegen jeden anderen Mann.«

March starrte seinen Gefährten einen Augenblick verblüfft an, dann packte er ihn mit beiden Händen und schüttelte ihn heftig. Seine Augen funkelten vor Zorn.

»Schüttle, Harry, solange du willst! Du wirst nichts als die Wahrheit aus mir herausschütteln. Wahrscheinlich hat Judith keinen Mann, doch wenn sie einen hat, werde ich ihr von deiner Drohung erzählen.«

March ließ Wildtöter los und sah ihn maßlos erstaunt an. »Da glaubte ich, dass wir Freunde wären«, sagte er endlich bitter, »aber du hast das letzte Geheimnis von mir erfahren, das du je erfahren wirst.«

»Harry«, antwortete Wildtöter und lachte. »Was bleibt mir anderes übrig, wenn ich Judith vor einem so gefährlichen Verehrer schützen will, wie du es bist. Doch sei unbesorgt, sie ist sicher noch nicht verheiratet, und ich weiß, dass zwischen Worten und Taten ein großer Unterschied ist. Du sprichst mit der Zunge, nicht mit dem Herzen. Hier meine Hand! Wir wollen nicht mehr darüber reden.«

Harry machte ein verblüfftes Gesicht, dann lachte auch er gutmütig, ergriff die dargebotene Hand und sie wurden wieder Freunde.

»Und nun bin ich sehr neugierig«, erklärte Wildtöter, »deine Schöne und ihre junge Schwester kennenzulernen. Es rührt mich, wenn ich an Hetty denke. Gott weiß, Harry, dass ein so armes Geschöpf ohne jede Hilfe ist.«

»Natty, du kennst die Jäger und Fallensteller und Pelzhändler, und doch glaube ich nicht, dass es in dieser ganzen Gegend einen Mann gibt, der Hetty Hutter etwas zuleide täte, nicht einmal eine Rothaut.«

»Endlich lässt du den Delawaren einmal Gerechtigkeit widerfahren! Die Indianer glauben, dass ein solches Wesen unter dem besonderen Schutz ihres Gottes steht. Die Sonne neigt sich jedoch gegen Nachmittag, und wir täten besser, unsere Spur wieder aufzunehmen und uns zu beeilen, damit wir bald Gelegenheit haben, diese merkwürdigen Schwestern zu sehen.«

Die Reste der Mahlzeit waren bald eingepackt, Harry und Wildtöter schulterten ihre Bündel, ergriffen ihre Waffen und verschwanden in den tiefen Schatten des Waldes.

2

Es war nicht mehr weit bis zu ihrem Ziel. Sobald Harry die Lichtung und die Quelle gefunden hatte, kannte er den Weg und ging mit festem Schritt voran, wie einer, der seiner Sache gewiss ist. Unter den riesigen Bäumen war es dämmrig, aber zwischen den Stämmen wuchs kein Unterholz mehr und der Boden war fest und trocken. Nachdem sie fast eine halbe Stunde gegangen waren, blieb March stehen und sah sich forschend um.

»Das muss der Platz sein, Wildtöter. Siehst du dort die Buche und daneben die Schierlingstanne und die drei Kiefern? Und ganz in der Nähe steht eine Birke mit einem geknickten Wipfel.«

»Abgebrochene Zweige sind keine guten Wegweiser! Auch ein Unerfahrener weiß, dass jeder Sturm gebrochene Äste und Zweige hinterlässt. Buchen und Tannen und Kiefern gibt es hier mehr als genug. Darauf würde ich mich nicht verlassen. Ich fürchte, Harry, dass du zwar ein guter Fallensteller bist und weißt, wie man einen Bären jagt, aber zum Pfadfinder bist du nicht geboren. Schau einmal dorthin, Harry, wo die Schwarzeiche wächst! Dieses krumme junge Bäumchen im Unterholz wurde einmal durch eine schwere Schneedecke niedergebeugt und hätte sich niemals ohne Hilfe wieder aufrichten können. Das muss ein Mensch getan haben.«

»Ich selbst habe es getan!«, rief Harry aus. »Du hast wirklich scharfe Augen, Wildtöter.«

»Es geht, Harry, ist aber nicht der Rede wert, wenn ich an einige andere denke! Da ist zum Beispiel einmal der Vater von Chingachgook, der rechtmäßige Häuptling der Mohikaner. Ich würde dir nicht raten, an ihm vorbeizuschleichen. Er hätte dich in der nächsten Minute entdeckt.«

»Wer ist denn dieser Chingachgook, Natty? Bei jedem zweiten Satz nimmst du ihn in den Mund. Er wird aber auch nur so ein Landstreicher sein wie alle anderen Roten – im besten Fall!«

»Nun, Harry, wenn du schon alle Indianer Landstreicher nennen willst, so ist er der beste aller Landstreicher. Und käme er zu seinem Recht, so wäre er ein großer Häuptling. Wie aber die Dinge stehen, ist er nur ein tapferer und ehrlicher Delaware, von allen geachtet, die ihn kennen. Ach, Harry March, du solltest an den Winterabenden in ihren Hütten sitzen und die Geschichten von der früheren Macht und Größe der Mohikaner hören!«

»Die Rothäute sind prahlerische Burschen. Ich wette, mehr als die Hälfte ihrer Geschichten ist nichts als Geschwätz.«

»Ja, sie prahlen, aber das liegt in ihrer Natur. Und warum soll man nicht die Wahrheit ein wenig ausschmücken? Doch wir sind da!«

Die beiden standen jetzt vor einer gestürzten alten Linde, deren mächtiger hohler Stamm auf der Erde lag.

»Hier haben wir, was wir brauchen«, sagte Harry. »Da drinnen in dem Baumstamm ist alles sauber und ordentlich aufbewahrt, als wär's in dem Schrank einer alten Frau. Komm, hilf mir, Wildtöter. In einer halben Stunde werden wir auf dem Wasser sein.«

Gemeinsam zogen sie aus dem hohlen Stamm ein Kanu, das mit Rudern und allem Zubehör und sogar mit Fischruten und Angeln versehen war. Das Boot war keineswegs klein, aber verhältnismäßig leicht. Harry nahm es ohne Mühe auf die Schulter.

»Geh voraus, Natty«, sagte er, »und mach mir den Weg durch die Büsche frei, alles andere kann ich selbst tun.«

Nach ungefähr zehn Minuten hörte der Wald plötzlich auf. Sie standen auf einer kleinen, mit Kies bedeckten Landzunge, die vom Wasser umspült wurde. Still und spiegelglatt lag inmitten der endlosen Wälder ein großer See vor ihnen. Seine Länge betrug ungefähr elf Kilometer, im Norden war er breit, aber gegen Süden zu verengte er sich. Buchten und unzählige flache Landzungen gliederten die Ufer, und die Hügel traten dicht an das Wasser heran. Über dem See lag eine feierliche Stille. Wohin das Auge sah, begegnete es milder Junisonne, leuchtendem Wasser, blauem Himmel und dichtem grünem Wald. Üppig wachsende Bäume neigten sich über das Wasser, zwischen dunklen Schierlingstannen und schwermütigen Kiefern fleckte das helle zitternde Laub der Espen und Birken. Alles schien unberührt von Menschenhand.

»Großartig!«, rief Wildtöter. Er stützte sich auf seine Flinte, blickte nach rechts und nach links und konnte sich nicht sattsehen. »Kein Baum, so weit ich schauen kann, wurde von der Hand einer Rothaut berührt. Alles ist so, wie es einst geschaffen wurde. Doch was ist das dort – gerade vor uns – mitten im Wasser? Es scheint zu klein, um eine Insel zu sein, und zu groß, um für ein Boot gehalten zu werden.«

»Die Offiziere aus den Forts nennen es die Wasserburg«, antwortete March auf Nattys Frage, »und der alte Tom grinst immer über den Namen. Es ist sein fest verankertes Haus, denn er hat zwei. Mit dem anderen schwimmt er bald dahin, bald dorthin. Er hat es ›die Arche‹ getauft.«

»Wo ist diese Arche? Ich kann sie nicht sehen.«

»Vermutlich unten im Süden. Oder sie liegt in einer der Buchten vor Anker. Das Kanu ist jetzt bereit, Natty. In fünfzehn Minuten sind wir bei der Burg der Bisamratte.«

Die Jäger ließen das Boot ins Wasser gleiten, Harry setzte sich im Heck nieder, während Wildtöter vorn Platz nahm. Mit bedächtigen, aber kräftigen Paddelschlägen ruderten sie das Kanu über die stille Wasserfläche dem seltsamen Bau zu. Einige Male hörten sie zu paddeln auf und sahen sich bewundernd um. Jedes Mal bot sich ihnen ein neuer Ausblick und Wildtöter kam aus dem Staunen nicht heraus. »Ich beneide diesen Tom Hutter«, meinte er nach einer Weile.

»Du brauchst nur Hetty zu heiraten, um das halbe Besitztum zu erben«, antwortete Harry lachend. »Das Mädchen ist ganz hübsch und dann hat es so wenig Verstand, dass du es leicht zu allem überreden kannst.«

Wildtöter achtete nicht auf den Spott seines Freundes. »Gibt es hier viel Wild?«, fragte er.

»Die ganze Gegend ist voll. In diesen Landstrich kommen nicht oft Fallensteller. Ich selbst sollte auch nicht so oft hier sein – aber leider gibt es Judith!«

»Kommen oft Indianer an diesen See, Harry?«, fuhr Wildtöter fort und hing seinen eigenen Gedanken nach.

»Nun, sie kommen und gehen, bisweilen in größeren Gruppen, bisweilen einzeln. Das Land scheint keinem der Stämme zu gehören, deshalb hat Hutter es sich auch angeeignet. Der alte Mann hat mir erzählt, dass einige schlaue Burschen die Roten bearbeitet hätten, ihnen Besitzrechte zu geben, aber sie hatten keinen Erfolg.«

»Umso besser, Harry. Ich bin froh, dass Chingachgook diesen See für unsere Zusammenkunft bestimmt hat.«

Beide ruderten nun kräftig, aber als sie nur noch ein kleines Stück von der Burg entfernt waren, ließ Harry das Ruder wieder sinken.

»Die Vögel sind ausgeflogen«, stellte er enttäuscht fest, »niemand ist zu Hause.«

Sie hielten an, und Wildtöter hatte Gelegenheit, das merkwürdige Bauwerk eingehend zu betrachten. Es stand ungefähr vierhundert Meter vom Ufer entfernt im See und war auf Pfählen über dem Wasser errichtet. Natty wunderte sich nicht wenig darüber, denn der See war sehr tief, bis Harry das Rätsel löste und ihm erklärte, dass sich an dieser Stelle eine lange, schmale Sandbank einige hundert Meter in nördlicher und südlicher Richtung hinzog, die nur drei Meter unter der Oberfläche des Sees lag. Hutter hatte Pfähle hineingetrieben und seine Wohnstätte darauf gebaut.

»Dreimal ist das Haus des alten Burschen von Indianern oder Jägern niedergebrannt worden, und im Kampf mit Rothäuten hat er seinen einzigen Sohn verloren. Seither sucht er Sicherheit auf dem Wasser. Hier kann er nur mit

Booten angegriffen werden, und die Beute würde kaum die Mühe lohnen, mit Kanus herzukommen. Das starke Holzwerk des Hauses hält übrigens ganz gut Kugeln ab. Der alte Tom kommt nie in Verlegenheit und weiß sich immer zu helfen. Er hatte es sich in den Kopf gesetzt, einen richtigen Schornstein zu besitzen! Du kannst dir nicht vorstellen, welche Mühe er damit hatte. Ein paarmal fiel er in sich zusammen, aber jetzt hat er einen Kamin, der sich sehen lassen kann!«

»Du scheinst die ganze Geschichte der Burg zu kennen, Harry«, sagte Wildtöter lächelnd.

»Ich habe beim Bau geholfen«, antwortete March lachend. »In jenem Sommer, als der alte Bursche damit anfing, waren einige von uns am See und wir gingen ihm kräftig zur Hand. Tom Hutter ist nicht geizig mit Essen und Trinken. Ich habe manche gute Mahlzeit bekommen, und wenn Hetty auch etwas schwach im Kopf ist, so weiß sie doch mit der Bratpfanne umzugehen.«

Das Kanu näherte sich allmählich dem Haus, das vor dem Eingang eine Plattform als Landeplatz hatte. »Der alte Tom nennt das seinen ›Vorhof‹«, erklärte Harry, als er das Kanu festband. »Ich habe recht gehabt, keine Seele ist im Haus. Die ganze Familie treibt sich irgendwo auf dem See herum.«

Während Harry auf dem Vorhof die Fischruten und Netze fachmännisch besichtigte, betrat Wildtöter mit kaum verhohlener Neugierde das Haus. Es mochte etwa sieben Meter breit und vierzehn Meter lang sein und war mit einfachen Bretterwänden in mehrere kleine Kammern aufgeteilt. Alles sah sauber und gepflegt aus. Das erste Zimmer schien Küche und Wohnraum zugleich zu sein. In einer Ecke befand sich eine Stehuhr mit einem geschnitzten Gehäuse aus schwarzem Holz, die auch einer Stadtwohnung Ehre gemacht hätte. Eine schwere, reich verzierte Truhe, ein paar Stühle, ein Tisch und ein Schrank vervollständigten die Einrichtung. Das Küchengerät war sehr einfach, aber ordentlich aufbewahrt.

Nachdem Wildtöter sich gründlich umgesehen hatte, öffnete er die nächste Tür, die zu einem Zimmer führte, das offensichtlich von den Mädchen bewohnt war und in dem zwei Betten standen. An einer Seite der Wand hingen Kleider, die mit bunten Bändern und Spitzeneinsätzen verziert waren. Ein paar hübsche Schuhe mit silbernen Schnallen, wie sie damals von wohlhabenden Mädchen getragen wurden, und etliche farbenprächtige Fächer fehlten ebenso wenig wie ein paar andere modische Kleinigkeiten. Auf einem der Betten lagen ein mit Bändern aufgeputzter Hut und lange Seidenhandschuhe. Die Kleider neben dem zweiten Bett waren im Gegensatz dazu sehr einfach und anspruchslos und hatten keine Spitzen oder Rüschen.

Seit vielen Jahren war Natty nicht mehr in einem Raum gewesen, der von Frauen seiner Hautfarbe bewohnt war. Er erinnerte sich seiner Kinderjahre, dachte an seine Mutter, die ähnliche Kleider getragen hatte wie jene, die offensichtlich Hetty Hutter gehörten, und er dachte an seine Schwester, die sich wie Judith gern mit Bändern und Spitzen geschmückt hatte. Mit einem wehmütigen Lächeln verließ er das Zimmer und kehrte langsam und nachdenklich auf den Vorhof zurück.

»Hutter hat sich einen neuen Beruf gewählt und versucht jetzt sein Glück mit dem Biberfang«, sagte Harry.

Wildtöter gab keine Antwort. Eine Weile stand er schweigend da, dann wachte er aus seinen Träumen auf und wandte sich an seinen Gefährten. »Ich bin froh, dass dieser See keinen Namen hat«, sagte er, »wenigstens keinen Namen, den ihm die Kolonisten gegeben haben, denn das würde nur Zerstörung und Vernichtung bedeuten. Die Indianer aber haben gewiss einen Namen für den schönen See, und die Jäger und Fallensteller auch. Wie nennen sie ihn?«

»Jeder der Stämme hat seine eigene Sprache und in jeder Sprache heißt er anders. Wir nennen ihn den ›Flimmerspiegel‹, weil er mit Bäumen und Hügeln eingefasst ist, die sich im Wasser spiegeln.«

Natty erwiderte nichts, er lehnte sich an seine Flinte und ließ seinen Blick über das Bild gleiten, das ihn so erfreute: der reine, unbewegte Seespiegel mit dem glasklaren Wasser, das den blauen Himmel einfing, das düstere Grün der Kiefern und Föhren, verdämmernde Buchten und weiße Kiesbänke in der Ferne.

Alles lag in tiefster Ruhe und Einsamkeit da und nur das Schnattern der Wildenten und Wildgänse und gelegentlich der Ruf eines Falken durchbrachen die Stille.

3

HURRY HARRY DACHTE MEHR AN DIE SCHÖNHEIT seiner Judith als an die Schönheit des Sees. Ungeduldig suchte er nun mit einem Schiffsfernrohr des alten Hutter den See ab und sagte: »Der Bursche treibt sich bei diesem schönen Wetter bestimmt im südlichen Teil des Sees herum. Hier kann ich ihn nirgends entdecken. Wir wollen auf Suche gehen.«

»Warum zeigt sich Tom Hutter nicht offen? Hält er es denn für notwendig, sich zu verstecken? Mir scheint dieser See so einsam zu sein, dass ich hier vor niemandem Angst hätte«, gestand Wildtöter, als er seinem Gefährten in das Kanu folgte.

»Du vergisst deine Freunde, die Mingos. Wo gibt es denn einen sicheren Fleck in diesen Wäldern, den diese blutdürstigen Kerle nicht ausfindig machen?«

»Auch ich habe von ihnen nichts Gutes gehört, Harry. Die Delawaren sagen, sie seien verschlagen und wild.«

»Das sind sie, wie alle anderen Indianer!«

Dieser Feststellung wollte der junge Jäger nicht zustimmen. Während sie den See hinabruderten, unterhielten sie sich lebhaft über die verschiedenen Charaktereigenschaften der Rothäute. Harry besaß alle Vorurteile des weißen Jägers, der in jedem Indianer seinen geschworenen Feind sieht. Er sprach laut und heftig und blieb hartnäckig bei seinen Behauptungen. Wildtöters Gerechtigkeitssinn wehrte sich dagegen und er widersprach seinem Freund ruhig, aber fest.

»Du wirst zugeben, Natty, dass ein Mingo ein halber Teufel ist«, erklärte Harry, »wenn du mich auch überreden möchtest, dass der Stamm der Delawaren fast nur aus Engeln besteht. Und damit beweist du nur, wie falsch deine Argumente sind. Nicht einmal alle weißen Menschen sind fehlerlos, wie soll es dann ein ganzer Stamm von Indianern sein? Und wenn du mir einreden willst, dass alle Menschen gleich sind – danke! Was, ich soll auf derselben Stufe stehen wie ein Indianer?«

»Die Hautfarbe ist gleichgültig, Harry.«

»Ha, dass ich nicht lache!«

»Harry, die Indianer und wir sind nicht so verschieden, obwohl ich weiß, dass jede Rasse ihre Vorzüge und Fehler hat. Die Rothäute sind Geschöpfe der Wildnis, für sie gelten andere Gesetze als für uns. Es ist eine Schande, wenn ein Weißer einen Toten skalpiert, und doch gilt es bei den Indianern als ehrenvoll. Wir sollten im Krieg nicht wehrlose Frauen und Kinder abschlachten, denn wir wissen, dass dies ein Verbrechen ist. Ein Indianer aber sieht nichts Böses darin. Darum ist es ein großer Unterschied, ob er es tut oder ob wir es tun.«

»Da bin ich aber ganz anderer Ansicht. Ich nehme einem Wilden den Skalp, wie ich einem erlegten Wolf die Ohren abschneide oder einem Bären die Haut abziehe. Mein Lieber, ich weiß, dass ich recht habe, sonst würde auch nicht die Kolonie einen Preis für jeden Indianerskalp zahlen.«

»Ja, eine Schande ist das! Es ist gegen jedes rechtliche

Denken! Ich leugne nicht, dass es unter den Indianern schlechte Menschen gibt, genauso wie unter uns Weißen. Von den Mingos habe ich nichts Gutes gehört, aber jetzt, da der Krieg ausgebrochen ist, ist es umso mehr unsere Pflicht, leidenschaftslos und ohne Hass die Dinge zu betrachten. Sonst werden wir Taten vollbringen, deren sich unsere Nachfahren schämen werden. Und dieses Kopfgeld für jeden indianischen Skalp ist schandbar.«

»Du redest zu viel von Recht und Pflicht, Wildtöter. Nimm deinen Verstand zusammen und sag mir, ob es möglich ist, dass unsere Kolonie ein ungesetzliches Gesetz herausbrächte? Ein Gesetz kann doch nie ungesetzlich sein, wie die Wahrheit niemals Lüge ist! Und laut Gesetz steht ein Preis auf jeden Indianerskalp.«

»Auch ein Gesetzgeber kann sich irren, Harry. Und wenn es in unseren Kolonien ein Gesetz gibt, das gegen jedes menschliche Empfinden ist, so bin ich verpflichtet, dagegen aufzutreten. Ein weißer Mann soll die Gesetze der Weißen achten, aber nur so lange, als es nicht gegen ein höheres Gesetz verstößt. Das gleiche Recht aber müssen wir auch den Roten zugestehen – sie halten sich an ihre Gesetze. Doch jetzt haben wir genug geredet. Wir wollen uns lieber nach deinem Freund umsehen, der sich bestimmt in den Büschen am Ufer versteckt hat.«

Den ganzen See entlang hingen Bäume und Buschwerk so knapp über dem Wasser, dass ihre Zweige oft die Wasseroberfläche berührten. Jedes Mal, wenn das Kanu um eine Landspitze bog, hielt Harry angestrengt nach der Arche Ausschau, doch wurde er immer wieder enttäuscht, obwohl sie schon fast zwei Stunden ruderten und dem südlichen Ende des Sees nahe waren. Von der Wasserburg war nichts mehr zu sehen.

»Hier ist der alte Tom bestimmt nirgends«, meinte Harry. »Vielleicht treibt er sich am unteren Ende des Sees herum. Das ist möglich, denn soviel ich weiß, hat sich der Alte in letzter Zeit auf die Biberjagd verlegt.«

»Wo hat der See seinen Abfluss?«, fragte Wildtöter.

»Du meinst den Susquehanna? Die Stelle, wo er aus dem See fließt, kann man nicht sehen, Natty. Die Ufer sind hoch und steil, ganz verwachsen und überwuchert von Fichten und Balsamtannen, Buchen und Kiefern. Wenn wir den alten Tom nicht im Rattenloch finden, sollten wir im Fluss nach ihm suchen. Aber zuerst einmal rudern wir zum Rattenloch, das ist eine seichte Bucht, die von Bisamratten bevölkert ist und so versteckt liegt, dass sich Tom gern dort aufhält.«

Sie ruderten schneller. Nach einer Weile bog das Boot um eine Landspitze, wo das Wasser so tief war, dass es eine viel dunklere Farbe hatte. »Jetzt werden wir bald die Arche sehen«, meinte Harry. »Hutter versteckt sich meist im Buschwerk. Ich wette, dass wir in Kürze in seinem Nest sind.«

Harrys Prophezeiung bestätigte sich aber nicht. Die weite Bucht, die sich vor ihnen öffnete, lag völlig einsam da. Leichte Wellen liefen dem Ufer zu, das von einem dichten Laubdach verdeckt war. Das Kanu glitt geräuschlos über das Wasser, denn allen Grenzbewohnern war Vorsicht zur Gewohnheit geworden. Plötzlich hörten die beiden von der Landzunge, die die Bucht vom offenen See trennte, das Krachen eines trockenen Zweiges im Gehölz.

»Das war kein Tier«, flüsterte Harry.

»Rudere das Kanu zu jenem Baum«, antwortete Wildtöter, »ich will an Land gehen und dem Burschen den Rückzug abschneiden – falls es ein Mensch ist.«

Er sprang ans Ufer und schlüpfte vorsichtig und geräuschlos in das Dickicht. In Kürze hatte er die Mitte der schmalen Landzunge erreicht und schlich langsam weiter. Als er wieder das Knacken trockener Zweige hörte, blieb er stehen und lauschte. Harry hatte das Geräusch ebenfalls gehört, stieß das Kanu vom Ufer ab, ergriff die Flinte und wartete. Kurz darauf trat ein starker Rehbock aus dem Dickicht, schritt ruhig zum sandigen Ufer der Landzunge und begann zu trinken. March zögerte einen Augenblick, dann hob er schnell die Flinte, zielte und schoss. Das Echo des Schusses rollte über die Hügelkette, der Rehbock flüchtete erschrocken ins tiefe Wasser und schwamm in den See hinaus. Harry lief ihm sofort nach und watete so ungestüm durch das Wasser, dass es hoch aufspritzte. Er hatte schon die Landspitze erreicht, als Wildtöter am Strand erschien und ihm zurief, er möge an Land kommen.

»Warum hast du auf den Rehbock geschossen, Harry? Ich bin zwar noch nie auf Kriegspfad gewesen, aber ich habe doch einiges von den Delawaren gelernt, vor allem habe ich gelernt, stets vorsichtig zu sein. Bevor wir nicht das Ufer untersucht und uns überzeugt hatten, dass kein Feind in der Nähe ist, war es ziemlich unvorsichtig, sich mit einem Schuss zu verraten.«

»Unvorsichtig? Es war verteufelt ungeschickt von mir, dass ich den Rehbock verfehlte«, brummte Harry und fuhr sich mit den Fingern durch seine triefenden Locken. »So ein Pech hatte ich seit meinem fünfzehnten Jahr nicht mehr.«

»Das ist nicht weiter schlimm, wir haben genug Proviant. Was mir aber wirklich Sorgen macht, ist das Echo deines Schusses!«

»So ein Echo wirst du noch oft hören, wenn du lange in dieser Gegend bleibst«, antwortete Harry lachend. »Es verzehnfacht jedes Wort, das bei stillem Sommerwetter am See geredet wird. Lass nur ein Ruder ins Wasser fallen und du hörst den Widerhall von allen Hügeln, als würden sie sich über deine Ungeschicklichkeit lustig machen.«

»Umso vorsichtiger müssen wir sein! Ich glaube zwar nicht, dass sich feindliche Indianer in diesen Hügeln herumtreiben, denn ich wüsste nicht, was sie hier suchen sollten, aber die Delawaren lehrten mich, dass zwar Tapferkeit die erste Tugend eines Kriegers sei, die zweite aber Vorsicht. Ein einziger Schuss genügt, um einem ganzen Stamm unsere Ankunft zu verraten.«

»Du magst recht haben, mein Junge, aber ich glaube nicht, dass ich Schaden angerichtet habe. Auf jeden Fall wird der alte Tom wissen, dass Gäste in der Nähe sind, und er wird den Topf aufs Feuer stellen. Komm ins Boot, Natty, wir müssen die Arche finden, solange es hell ist.«

Die Entfernung zum gegenüberliegenden Ufer des Sees betrug nicht ganz zwei Kilometer, die sie schnell zurücklegten. Ungefähr auf dem halben Weg erspähten sie den Rehbock, der gerade an Land stieg. Das Tier schüttelte das Wasser ab und verschwand im Wald.

Eine Weile ruderten die beiden Männer schweigend

weiter. Bald näherte sich das Kanu der südöstlichen Ecke des Sees. Sie waren nun nahe der Stelle, wo der See seinen Abfluss haben musste, und sahen sich neugierig um.

»Vor zwei Sommern war ich das letzte Mal in dieser Ecke des Sees«, sagte Harry, der aufrecht im Kanu stand, um eine bessere Sicht zu haben. »He! Dort ist ja schon der Felsen, den ich suche! Jetzt haben wir nicht mehr weit. Ganz in der Nähe fängt der Fluss an.«

Sie paddelten schneller, zogen dann die Ruder ein und ließen sich zu dem Felsen hintreiben, der nicht groß war und nur ungefähr einen Meter aus dem See herausragte. Er glich einem riesenhaften Bienenkorb. Jahrhundertelang hatte ihn das Wasser abgeschliffen und ihm diese seltsame Form gegeben.

»Dort ist der Fluss, Natty«, rief Harry.

Die hohen Ufer waren etwa zwanzig Meter voneinander entfernt, aber von Westen her schob sich ein schmaler Landstreifen weit vor und versperrte die Öffnung zur Hälfte. Das Kanu glitt langsam in der Strömung dahin und gelangte bald unter ein üppiges Laubdach. Auf den ersten Blick schien es unmöglich, dass hier ein größeres Boot durchfahren konnte. Kaum aber waren sie am Ufergebüsch des Sees vorübergerudert, als sie sich in einem engen Flussbett fanden. Das Wasser war tief und klar und die Strömung sehr stark. Die beiden Waldläufer ließen ihre Ruder sinken und achteten nur darauf, dass das Kanu in der Mitte der Strömung blieb. Mit gespannter Aufmerksamkeit beobachteten sie die Ufer. Sie waren schon eine ganze Strecke gefahren, als sich Harry plötzlich an einem Busch festhielt und das Kanu zum Stillstand brachte.

»Dort ist der alte Bursche«, flüsterte Harry und grinste. »Habe ich dir nicht gesagt, dass er sich auf Biberfang verlegt hat? Er steht bis zu den Knien im Wasser und wühlt im Schlamm nach seinen Fallen. Wo aber ist die Arche? Ich wette um jedes Biberfell, das ich in diesem Jahr erbeutet habe, dass sich die schöne Judith mit ihren zarten Füßen nicht in diesen schwarzen Schlamm wagt. Wahrscheinlich hält sie sich neben einer klaren Quelle auf und bewundert ihr Spiegelbild.«

»Sei nicht so höhnisch, Harry! Warum sollte sie auch in den Schlamm steigen? Sie wird mit ihrem Haushalt nicht weniger Arbeit haben als ihr Vater mit den Biberfallen. Und warum sollte sie sich selbst bewundern? Du bist Frauen gegenüber ungerecht.«

»Es ist mir ein ganz besonderes Vergnügen, die Wahrheit aus dem Munde eines Mannes zu hören, und sei es auch nur sehr selten«, ließ sich plötzlich eine angenehme weibliche Stimme ganz nahe dem Kanu vernehmen.

Die beiden Männer fuhren erschrocken zusammen.

»Was dich betrifft, Freund Harry, so weiß ich, dass es dir unmöglich ist, mir Gerechtigkeit widerfahren zu lassen. Das letzte Mal, als du mir ein lobendes Wort gesagt hast, bist du ja fast daran erstickt! Aber ich bin sehr froh, dass du dich jetzt in besserer Gesellschaft befindest und dass ein Mann, der Frauen richtig einzuschätzen weiß, es nicht unter seiner Würde hält, mit dir zu reisen.«

Die beiden sahen zwischen dem Laubwerk am Ufer ein ungemein reizvolles jugendliches Gesicht. Das Mädchen lächelte Wildtöter freundlich zu und warf dann dem verdutzten Harry einen koketten Blick zu. Das Kanu lag dicht neben der Arche, die hinter dem üppig wuchernden Gebüsch verankert war. Judith hatte nur die Blätter vor dem Fenster beiseitezuschieben brauchen, um die unerwarteten Gäste zu begrüßen.

4

Die Arche war einfach gebaut. Auf einem breiten Floß war in der Mitte ein niedriger Wohnbau errichtet, der die ganze Breite und ungefähr zwei Drittel der Länge des Fahrzeuges einnahm. Das Innere war in zwei Zimmer geteilt, von denen das eine als Wohnraum und als Schlafkammer des Vaters diente. In dem anderen wohnten die Töchter. Die einfache Küche befand sich im Freien, da die Arche nur an schönen Sommertagen benützt wurde. Das ganze Fahrzeug glich einem heutigen Wohnboot, obwohl es roher gearbeitet war.

Sobald das Kanu an der Arche angelegt hatte, sprang Harry an Bord und hatte in der nächsten Minute ein munteres Geplänkel mit Judith angefangen. Wildtöter betrat die Arche langsam und bedächtig, wie es seine Art war, und schaute prüfend um sich. Nachdem er Judith begrüßt hatte, ging er ohne Umstände durch die Zimmer, verließ den Wohnbau durch eine Tür auf der anderen Seite und fand am Ende der Fähre Hutters zweite Tochter.

Der junge Mann stützte sich mit beiden Händen auf seine Flinte und betrachtete das Mädchen voll Anteilnahme. Sie war ihrer Schwester ähnlich und schien ihr Gegenbild zu sein. Ihr Gesicht war jedoch nicht so lebhaft, sondern ruhiger und verriet Einfalt und Güte. Sie blickte von ihrer Näharbeit auf und betrachtete Wildtöter mit prüfendem Blick.

»Du bist Hetty Hutter?«, fragte er schließlich. »Hurry Harry hat mir von dir erzählt.«

»Ja, ich bin Hetty«, antwortete das Mädchen mit leiser Stimme. »Judiths Schwester und Thomas Hutters jüngste Tochter.«

»Ich weiß schon viel von dir, denn Harry redet gern, wenn er einen Zuhörer findet. Du hast fast dein ganzes Leben am See verbracht, nicht wahr, Hetty?«

»Ja. Die Mutter ist tot. Der Vater ist auf Biberfang, Judith und ich bleiben dann auf der Arche. – Wie heißt du?«

»Die Frage lässt sich nicht so leicht beantworten, denn ich habe schon mehrere Namen gehabt.«

»Sag mir alle«, bat Hetty und sah ihn unbefangen an.

»Nun gut! Mein Vater hieß Bumppo und ich natürlich auch. Mein Taufname ist Nathaniel, aber alle nennen mich Natty.«

»Natty? Das ist ein hübscher Name. Er gefällt mir. Bumppo gefällt mir nicht so gut.«

»Ich behielt ihn auch nicht lange, Hetty. Die Delawaren sagten, dass ich nicht lügen könnte, und nannten mich ›Ehrliche Zunge‹. Später fanden sie, dass ich schnell laufen konnte, und von da an hieß ich ›Taube‹.«

»Ein guter Name. Tauben sind schöne Vögel.«

»Ich behielt diesen Namen so lange, bis ich mir eine Flinte kaufte. Ich glaube, ich bin ein ganz guter Jäger, Hetty, denn meine Freunde, die Delawaren, tauften mich Wildtöter, und so heiße ich nun.«

»Ich will dich auch so nennen. Der Name passt zu dir. Du gefällst mir besser als die Soldaten, die manchmal zu uns kommen. Judith freilich gefallen die Offiziere mit ihren bunten Röcken. Daraus mache ich mir aber nichts.« Das Mädchen machte eine Pause und fuhr dann fort: »Hast du Judith schon gesehen? Wenn nicht, dann geh gleich hin und sieh sie dir an. Sie ist sehr schön. Nicht einmal Harry gefällt mir so gut, obwohl er doch ein Mann ist.«

Hettys blasses Gesicht hatte sich bei diesen Worten gerötet und ihre sonst so sanften Augen blitzten. Wildtöter sah sie freundlich an, dann stapfte er durch die Kabine zu Judith und Harry zurück. »Ja, ja, Hurry Harry!«, murmelte er vor sich hin. »Das kommt davon, wenn ein Mann so gut aussieht wie er. Kein Wunder, dass er dem armen Geschöpf gefällt. Es ist nicht schwer zu erraten, welche Gefühle sie für ihn hegt, was man bei unserer Judith nicht so genau weiß.«

In diesem Augenblick tauchte das Kanu des Besitzers der Arche auf. Anscheinend hatte Hutter, der Schwimmende Tom, das Boot Harrys sofort erkannt, denn er zeigte kein Erstaunen, als er ihn begrüßte, und war offensichtlich erfreut.

»Ich habe dich schon in der letzten Woche erwartet«, brummte er, »und ich muss gestehen, dass ich ziemlich enttäuscht war, als weit und breit nichts von dir zu sehen war. Ein Bote war hier, der alle Fallensteller und Jäger benachrichtigte, dass wir wieder einmal mit den Franzosen in Kanada Schwierigkeiten haben, und das heißt, dass wir bald die Indianer am Hals haben werden. Man fühlt sich verdammt einsam in diesen Bergen, wenn man nur zwei Hände hat und drei Skalpe beschützen soll.«

»Das kann ich dir nachfühlen«, antwortete Harry. »Mir

würde es nicht anders gehen, hätte ich für zwei Mädchen zu sorgen. Im Allgemeinen bin ich sonst ganz zufrieden, wenn der nächste Nachbar fünfzig Meilen entfernt ist.«

»Na, diesmal aber hast du dich auch nicht allein auf die Reise gemacht«, fuhr Hutter fort und warf einen forschenden Blick auf Wildtöter.

»Warum auch nicht? Man sagt, dass sogar der schlechteste Begleiter eine Reise verkürzt, und diesen jungen Mann halte ich für einen ganz guten Gefährten. Alter Tom, das ist Wildtöter! Wie du aus dem Namen schließen kannst, ist er ein guter Jäger. Er lebt bei den Delawaren, aber seine Eltern waren Christen, und er wurde so christlich erzogen wie du und ich. Sollten wir unsere Biberfallen und dein Reich hier verteidigen müssen, kann er recht gut mit der Flinte für unseren Proviant sorgen.«

»Junger Mann, Sie sind mir willkommen«, sagte Tom Hutter und streckte Natty eine harte, knochige Hand hin. »In diesen Zeiten ist jeder weiße Mann ein Freund, und ich hoffe, dass Sie mich nicht im Stich lassen. Kinder machen manchmal ein tapferes Herz schwach. Um meine beiden Töchter mache ich mir mehr Sorgen als um alle Biberfallen und Häute und Rechte im Land.«

»Das glaube ich dir gern!«, rief Harry. »Ja, Wildtöter, wir beide haben zwar noch keine Erfahrungen in dieser Hinsicht, hätten wir aber zwei solche Töchter, ginge es uns bestimmt nicht anders. Was deine Judith betrifft, alter Tom, so wird niemand mit einem freudigeren Herzen ihr treuer Beschützer sein als ich, und Wildtöter kann sich deiner Hetty annehmen.«

»Schönen Dank, Mister March«, antwortete Judith.

»Aber ich bin es gewohnt, für mich selber zu sorgen, und verlasse mich lieber auf mich selbst als auf einen hübschen Landstreicher. Sollte es zu einem Streit mit den Indianern kommen, dann leiste nur meinem Vater Gesellschaft, statt dich unter dem Vorwand, uns Mädchen zu verteidigen, in die Kabine zu verkriechen, und …«

»Mädchen – Mädchen!«, unterbrach sie der Vater. »Hör auf, dummes Zeug zu schwatzen, und spare dir deine Worte für eine bessere Gelegenheit auf, wenn sich nicht Rothäute an unserem See herumtreiben.«

»Ist das wahr?«, fragte Harry in einem viel ernsteren Ton, als es bei ihm gewöhnlich der Fall war. »Dann sind wir hier in der Arche nicht allzu sicher. Wenn sie auch so gut versteckt ist, dass Wildtöter und ich beinahe daran vorbeiruderten, so wird sie doch jeder Wilde auf Anhieb entdecken.«

»Ich denke wie du, Harry, und wünsche mir aus ganzem Herzen, in diesem Augenblick woanders zu sein als in diesem engen gewundenen Fluss, wo vielleicht hinter jeder Ecke ein Dutzend Rothäute im Hinterhalt liegen.«

»Sind Sie sicher, Mister Hutter«, fragte Wildtöter, »dass diese Indianer, die Sie gesehen haben, wirklich aus Kanada kommen?«

»Ich möchte wetten, dass es so ist, obwohl ich noch keinen persönlich zu Gesicht bekommen habe. Kurz zuvor fuhr ich den Fluss hinab, um nach meinen Biberfallen zu sehen, dabei fand ich eine frische Spur, die an einem Sumpf vorbei nach Norden führte. Der Mann war sicher erst eine Stunde vor mir da gewesen. Ohne Zweifel war es die Spur eines Indianers, das sah ich aus der Größe des

Fußabdruckes und der Zehen. Ganz sicher war ich mir aber erst, als ich einen abgetragenen Mokassin fand.«

»Eine Rothaut auf dem Kriegspfad würde nie ein solches Zeichen hinterlassen«, fiel Natty ein. »Ich glaube, der Mann kam in friedlicher Absicht. Diesen Mokassin muss ich mir ansehen. Ich kam hierher, um mich mit einem jungen Häuptling zu treffen. Vielleicht war es seine Spur.«

»Harry, kennst du diesen jungen Mann auch wirklich gut?«, fragte Hutter, der plötzlich misstrauisch geworden war. »Ich hoffe, es ist der Fall, denn sonst ... Ich weiß nicht, was ich von ihm halten soll. Er war noch nie in dieser Gegend und behauptet, dass er hier einen Wilden treffen will. Verrat ist eine indianische Tugend, und Weiße, die lange bei den Rothäuten gelebt haben, nehmen nur allzu leicht ihre Gebräuche an.«

»Das ist wahr, alter Tom, aber auf meinen Freund trifft es nicht zu. Ich bürge für seine Ehrlichkeit. Seinen Mut im Kampf müssen wir freilich erst kennenlernen.«

»Ich möchte aber doch gerne wissen, was ihn in diese gottverlassene Gegend führt!«

»Das ist bald gesagt, Mister Hutter«, antwortete Wildtöter mit der Ruhe eines Mannes, der ein gutes Gewissen hat. »Sie haben ein Recht, alles zu erfahren, und ich will es Ihnen in aller Offenheit erklären. Ich bin ein junger Mann und war noch nie auf Kriegspfad. Als daher die Delawaren Nachricht erhielten, dass der rote Wampum und ein Kriegsbeil den Stämmen zugeschickt werden sollte, baten sie mich, zu den Leuten meiner eigenen Hautfarbe zu gehen und mich nach allem zu erkundigen. Das tat ich. Nachdem ich bei meiner Rückkehr den Häuptlingen Bericht erstattet hatte, begegnete ich am Schoharie einem Beamten der französischen Krone, der Geld an einige befreundete Stämme, die weiter im Westen wohnen, überbringen sollte. Wir wussten nun, dass die Lage ernst war, und so beschlossen Chingachgook – ein junger Häuptling, der noch nie einen Feind getötet hat – und ich, gemeinsam auf unseren ersten Kriegspfad zu gehen. Ein alter Delaware trug uns auf, uns bei dem Felsen am südlichen Ende des Sees zu treffen. Ich will nicht abstreiten, dass Chingachgook noch einen anderen Grund hat, hierherzukommen, aber das betrifft niemanden hier, und da es sein Geheimnis ist und nicht meines, will ich es nicht verraten. Morgen Abend, eine Stunde vor Sonnenuntergang, werde ich Chingachgook wiedersehen, und dann werden wir weiterziehen, ohne jemandem etwas zuleide zu tun, außer den Feinden des Königs, die nach dem Gesetz auch unsere Feinde sind. Ich kenne Hurry Harry schon lange, denn er jagte einst im Gebiet der Delawaren, und da auch er den gleichen Weg hatte, beschlossen wir gemeinsam zu reisen. In solchen Zeiten ist es immer gut, wenn man einen Gefährten hat.«

»Und Sie glauben, dass es die Spur Ihres Freundes war, die ich am Flussufer entdeckte?«, fragte Hutter.

»Ich weiß es nicht, aber es wäre durchaus möglich, dass er schon hier ist. Ich kann einen Mokassin der Delawaren recht gut von einer Fußbekleidung der kanadischen Indianer unterscheiden. Wenn Sie mir den Mokassin zeigen, werde ich Ihnen sagen, ob er meinem Freund gehört hat oder nicht.«

»Hier ist er«, sagte Judith, die den Mokassin inzwischen

aus dem Kanu geholt hatte. »Was hältst du davon? War es ein Freund oder Feind? Du siehst ehrlich aus und ich vertraue dir, was immer auch mein Vater denken mag.«

»Es ist so deine Art, Judith, immer Freunde zu finden, wo ich misstrauisch bin«, murmelte Tom.

»Dieser Mokassin gehört keinem Delawaren«, erklärte Wildtöter und musterte die abgetragene Fußbekleidung. »Ich bin zwar noch nicht sehr erfahren auf dem Kriegspfad, aber wenn mich nicht alles täuscht, dann kam der Träger des Mokassins aus dem Norden, von jenseits der großen Seen.«

»Wenn das stimmt, dürfen wir keine Minute länger hierbleiben«, sagte Hutter und warf einen Blick durch das dichte Laubwerk, als erwarte er, auf dem anderen Ufer einen Feind im Hinterhalt zu entdecken. »In einer Stunde wird es dunkel sein. Sobald die Nacht anbricht, haben wir keine Chancen mehr, ungehört davonzukommen. Habt ihr vor einiger Zeit das Echo eines Schusses gehört?«

»Es wäre nicht gut möglich, dass wir es nicht gehört haben«, antwortete Harry ziemlich verlegen, denn erst jetzt wurde ihm das Ausmaß seiner Unvorsichtigkeit bewusst. »Der Schuss stammte aus meiner Flinte!«

»Das war unvorsichtig. Ich fürchtete schon, es wären französische Indianer gewesen. Nun sind sie bestimmt auf uns aufmerksam geworden und es wird nicht lange dauern, bis sie uns entdeckt haben.«

Hutter hielt mit den beiden jungen Männern eine kurze Beratung ab und erklärte ihnen, in welcher gefährlichen Lage sich die Arche befand. Der Strom war eng und hatte eine derart starke Strömung, dass es nach Einbruch der Dunkelheit fast nicht möglich war, das schwere Fahrzeug zurück zum See zu bringen.

»Wenn Indianer in der Nähe sind«, sagte er, »so treiben sie sich am Ufer des Sees herum. Sobald es dunkel ist, haben wir keine gute Sicht mehr, und wir würden unnötig Lärm machen. Macht aber keine so besorgten Gesichter! Der alte Tom ist nicht so leichtsinnig, dass er sich in den Fluss wagt, ohne dafür zu sorgen, auch sicher wieder herauszukommen. Mein Anker liegt fest oberhalb des Ausflusses im offenen See, und hier ist ein starkes Seil, an dem wir die Arche gegen die Strömung hinaufziehen können. Judith kann mit dem Steuerruder so gut umgehen wie ich, und wenn nicht die Indianer zufällig ganz in der Nähe sind, ist es eine Kleinigkeit, in den offenen See zu gelangen. Sind wir einmal dort, wird es uns nicht schwerfallen, Angreifer abzuwehren.«

Die drei Männer verloren keine Zeit mehr mit unnützen Reden, sondern machten sich sofort daran, die Arche aus dem Versteck zu ziehen. Sie lösten die Taue, mit denen das Boot am Ufer befestigt war, und zogen dann gemeinsam an dem Seil. Das schwere Fahrzeug setzte sich langsam in Bewegung. Sobald es das dichte Laubdach verlassen hatte, wurde es von der starken Strömung erfasst und ans westliche Ufer getrieben. Als die Arche am Buschwerk anstreifte, war niemand an Bord, dem nicht das Rascheln der Blätter einen Schauer über den Rücken gejagt hätte. Obwohl die Sonne noch nicht untergegangen war, stand sie doch schon sehr tief, und die Schatten unter den Bäumen am Ufer wurden immer dunkler.

Trotz ihrer düsteren Vorahnungen konnten aber die

Männer das breite Boot wieder ungestört flottmachen und zogen es dann mit vereinten Kräften stromaufwärts. An jeder Biegung war die Zugleine mit einem Stein, der als Anker diente, beschwert, sodass die Arche immer in der Mitte des Flusses blieb. Als sie endlich zwischen den Bäumen hindurch den See glitzern sahen, fühlten sich alle erleichtert, obwohl es keiner der Männer zugegeben hätte. Sie hoben den letzten Stein hoch und zogen mit aller Kraft an dem Seil, da die Strömung nahe am Ausfluss am stärksten war. Der Anker lag, wie Hutter erklärte, oberhalb der Strömung im Seegrund.

»Gott sei Dank!«, jubelte Harry. »Wir haben es gleich geschafft. Außerdem ist es noch hell genug. Wenn sich hier irgendwo eine verdammte Rothaut herumtreibt, können wir sie wenigstens sehen.«

»Freu dich nicht zu früh, Harry«, brummte Tom Hutter. »Keine Stelle ist so günstig für einen Angriff wie das Ufer um den Abfluss. Sobald wir aus dem Schatten der Bäume in den offenen See fahren, wird es für uns am gefährlichsten, denn der Feind hat Deckung und wir nicht. Judith, lass jetzt das Steuerruder und geh mit Hetty in die Kabine. Haltet euch aber von den Fenstern fern. Harry, wir beide gehen in das vordere Zimmer und ziehen durch die Tür an dem Seil. Die Strömung ist hier nicht mehr so stark, wir brauchen daher die Hilfe Wildtöters nicht mehr. Beobachten Sie aus den Fenstern die Ufer und geben Sie gut acht!«

Zum ersten Mal in seinem Leben war Wildtöter in der Nähe von Feinden; er war erregt, fühlte aber keine Furcht. Er spähte aus einem der Fenster. Die Arche hatte nun den engsten Teil des Flusses unmittelbar vor der Weite des Sees erreicht, wo die Äste der Bäume fast ineinander verstrickt waren. Nachdem er am östlichen Ufer nichts Verdächtiges bemerkt hatte, querte er rasch das Zimmer zum anderen Fenster und warf gerade zur rechten Zeit einen Blick auf das westliche Ufer. Auf einem Baum, der weit über das Wasser hing, kauerten mindestens sechs Indianer, denen ein paar andere nachkletterten. Allem Anschein nach wollten sie auf das Dach der Arche springen, sobald sie unter ihnen vorbeigleiten würde. Jeder der Indianer trug Kriegsbemalung.

»Zieh, Harry!«, schrie Wildtöter. »Zieh, wenn dir dein Leben lieb ist.«

Ohne eine Frage zu stellen, verdoppelten Hutter und March ihre Anstrengungen. Die Indianer, die sich entdeckt sahen, schrien wütend auf und sprangen bedenkenlos vom Baum. Da aber die Arche viel schneller vorwärtsglitt als vorher, verfehlten alle bis auf einen das Deck und landeten im Fluss, und nur ihrem Anführer gelang es, im Heck der Arche Fuß zu fassen. Im gleichen Augenblick stürzte Judith aus der Kabine und stieß den Indianer über Bord. Alles geschah in wenigen Sekunden. Natty, der nach hinten geeilt war, zog das Mädchen rasch in die Kabine zurück. Gleich darauf schlugen Kugeln gegen die Balken der Arche, und aus den Wäldern am Ufer gellte das Kriegsgeschrei der Indianer. Aber die Arche hatte schon den Anker erreicht, den Hutter blitzschnell einholte. Sie waren nun aus der Reichweite der Kugeln, und die Indianer hörten auch sofort zu schießen auf, um ihre Munition nicht unnötig zu verschwenden. Die Arche trieb in den offenen See hinaus. Hutter und March nahmen zwei breite kurze Ruder und stießen das Fahrzeug mit kräftigen Schlägen weit genug vom Ufer ab, sodass sie – zumindest im Augenblick – in Sicherheit waren.

5

Wieder fand eine Beratung statt, diesmal am vorderen Teil der Fähre. Hetty und Judith hatten sich zu den Männern gesellt. Zwar war die Arche aus dem Gefahrenbereich heraus, aber alle wussten, dass sich eine ziemlich große Anzahl von Indianern am See befinden musste und dass die Lage ernst war. Vor allem Hutter wirkte sehr niedergeschlagen. Er wusste, dass sich die Indianer nicht früher zufriedengeben würden, bis sie ihn und seine Töchter vernichtet hatten, fühlte die Verantwortung für die beiden Mädchen und war nicht sicher, ob ihn seine Gefährten nicht im Stich lassen würden, um sich selbst in Sicherheit zu bringen. Freilich versuchte er, seine Bedenken in dieser Hinsicht zu verbergen.

»Solange wir auf dem See sind«, sagte er, »sind wir den Irokesen – falls es Mingos sind, woran ich aber nicht zweifle – eindeutig überlegen. Am ganzen See gibt es kein Kanu, von dem ich nicht weiß, wo es verborgen liegt. Da wir deines hierhaben, Harry, sind nur noch zwei an Land, und sie sind so gut in hohlen Bäumen verborgen, dass kein Indianer sie finden wird, und wenn er sich auch die Augen aus dem Kopf starrt.«

»Oh, das würde ich nicht sagen!«, unterbrach ihn Natty. »Ein Jagdhund auf der Spur hat keine bessere Nase als ein Indianer, der etwas finden will. Wenn diese Burschen auf Skalpe aus sind oder auf Beute oder Ehre – und was ehrenvoll ist, da haben sie andere Begriffe als wir –, möchte ich den hohlen Baum wissen, in dem ein Kanu vor ihnen sicher ist.«

»Du hast recht, Wildtöter«, stimmte ihm Harry March bei. »Ich wette, dass sie vor morgen Abend alle Kanus gefunden haben werden, wenn sie wirklich die Absicht haben, dich anzugreifen, Tom.«

Hutter gab keine Antwort, sondern sah sich schweigend um. Die Wälder lagen in tiefster Ruhe, der Himmel war noch vom Licht der untergegangenen Sonne erhellt und der See lag so still wie schon den ganzen Tag über. Es war ein Bild des Friedens, aber jeder in der Arche wusste, dass diese Ruhe trügerisch war.

»Judith«, sagte der alte Mann schließlich, »der Abend kommt und unsere Gäste werden nach dem langen Tag hungrig sein. Mach uns etwas zu essen.«

Als seine Töchter ihn nicht mehr hören konnten, fuhr er fort: »So, jetzt sind die Mädchen nicht mehr da und ihr könnt mir ehrlich eure Meinung sagen. Ihr wisst nun, in welcher Lage ich bin. Was hält ihr davon?«

»Meiner Meinung nach, Tom, bist du mit samt deinen Biberfallen und deiner Burg in der allergrößten Gefahr«, antwortete Harry unverblümt, »und für dein ganzes schönes Reich würde ich jetzt nicht einmal einen einzigen Biberpelz mehr zahlen.«

»Ich habe Kinder, Harry! Und ich darf sagen, dass es gute Mädchen sind, obwohl ich ihr Vater bin«, antwortete ihm der Alte.

»Ein Mann darf alles sagen, Mister Hutter, besonders wenn er in bedrängter Lage ist.«

»Soll das heißen, Harry, dass ich nicht auf dich zählen kann?«

»Sie haben Harry falsch verstanden«, warf Natty rasch ein. »Ich kenne ihn und weiß, dass er nie Freunde in der Gefahr verlassen würde. Ist es nicht so, Harry?«

March nickte schweigend und der Alte fuhr sichtlich erleichtert fort: »Ihr wisst, dass von beiden Parteien hohe Preise für Skalpe angeboten werden. Es ist vielleicht nicht recht, Geld für ein Menschenleben zu nehmen, oder was meinst du, Harry?«

»Du irrst dich, alter Tom, wenn du die Wilden Menschen nennst. Der Skalp einer Rothaut gilt mir nicht mehr als ein paar Wolfsohren.«

»Gut gesagt, Harry! Wenn man es von dieser Seite sieht, bringt uns der Angriff der Rothäute vielleicht noch viel Geld ein. Wildtöter denkt doch hoffentlich wie du? Geld, das man auf diese Weise verdient, ist ebenso ehrlich verdient wie auf der Jagd oder mit Fallenstellerei.«

»Nein, so denke ich nicht«, antwortete der junge Mann. »Und ich will auch nichts damit zu tun haben. Ich bin kein Skalpjäger. Ich werde Sie nicht verlassen, alter Mann, wenn Sie die Arche oder die Burg verteidigen oder die Kanus aus den Wäldern holen. Aber ich will ein anständiger Mensch bleiben und nicht etwas tun, was gegen jedes redliche Denken ist. Harry, wenn ihr auf Skalpjagd ausziehen wollt, werde ich bei den Mädchen bleiben und sie beschützen. Das scheint mir eine bessere Beschäftigung zu sein.«

»Harry, das ist eine Lehre, die du dir merken könntest«, sagte plötzlich Judith, die von der Kabine aus alles mit angehört hatte, mit sanfter Stimme.

»Schweig, Judith!«, rief ihr Vater zornig. »Mische dich nicht in Männerangelegenheiten ein!«

Mit etwas leiserer Stimme fuhr er fort: »Der junge Mann hat recht, Harry. Wir können beruhigt die Mädchen seinem Schutz überlassen, während wir beide uns ein gutes Stück Geld verdienen. Ich glaube mich nicht zu irren, dass bei dieser Indianerschar auch Frauen und Kinder dabei sind, und kleine und große Indianer haben Skalpe. Die Kolonie bezahlt für jeden Skalp gut.«

»Es ist schandbar, dass sie es tut!«, unterbrach ihn Wildtöter aufgebracht.

»So nimm doch endlich Vernunft an, du dummer Junge!«, rief Harry March. »Die Wilden skalpieren deine Freunde ja auch. Es gibt keinen Mingo, der sich nicht gern einen Delawaren- oder Mohikanerskalp holt. Du musst einen Feind mit seinen eigenen Waffen schlagen. Die Mingos sind wilde Teufel, nun, da sehe ich nicht ein, warum wir es nicht sein sollen. Du wirst bald ans Ende deiner Reise kommen und nicht mehr lange am Leben bleiben, wenn du dich benimmst wie ein grüner Junge aus der Stadt, der noch nie in den Wäldern war!«

Wildtöter gab keine Antwort. Er blieb schweigend sitzen, starrte hinaus auf den See und beteiligte sich nicht mehr an der Unterhaltung, die die beiden anderen flüsternd weiterführten.

Nach einiger Zeit erschien Judith mit einem einfachen, aber kräftigen Abendessen. March bemerkte erstaunt, dass sie Natty die besten Bissen vorlegte. Da er aber die Launen des Mädchens schon gewohnt war, machte ihm diese Entdeckung wenig Sorge und er aß mit gutem Appetit.

Eine Stunde später hatte sich die Szene völlig verändert. Dem milden Zwielicht des Sommerabends war die Dunkelheit gefolgt und See und Hügel lagen in der schweigenden Ruhe der Nacht. Kein Laut war aus den Wäldern zu hören, kein Vogelschrei. Eine feierliche Stille herrschte, die nur vom leisen Schlagen der Wellen an die Balken der Arche unterbrochen wurde und vom eintönigen Geräusch der Ruder. Hutter war zum Heck der Arche gegangen und steuerte, aber da die beiden jungen Männer gleichmäßig ruderten und die Arche genau den Kurs auf die Burg zuhielt, ließ er das Steuer wieder los, setzte sich nieder und zündete seine Pfeife an. Nicht lange danach kam Hetty verstohlen aus der Kajüte und nahm wie gewöhnlich zu seinen Füßen Platz. Der Alte sah sie freundlich an und legte seine Hand auf ihren Kopf. Nach einer Weile begann das Mädchen zu singen. Ihre Stimme war leise, aber ernst und feierlich. Worte und Melodie waren einfach, es war ein Lied, das sie von ihrer Mutter gelernt hatte. Das harte Gesicht des alten Mannes wurde weich. Auch die beiden Männer vorn an den Rudern lauschten.

»Du bist heute Abend traurig, mein Kind«, sagte der Vater, als Hetty zu singen aufgehört hatte. »Wir sind den Feinden entwischt, du solltest froh sein.«

»Vater, du wirst es nicht tun«, bat Hetty leise und ergriff seine harte raue Hand. »Ich habe gehört, wie du mit Harry March gesprochen hast, aber ihr werdet es doch nicht tun, nicht wahr?«

»Das verstehst du nicht, mein törichtes Kind. Warum hast du uns belauscht? Ein Mädchen sollte so etwas niemals tun.«

Hetty blickte nachdenklich vor sich hin, schüttelte ein paarmal den Kopf, sagte aber nichts mehr. Eine Weile saß der alte Mann ebenfalls schweigsam und in Gedanken versunken da, dann klopfte er die Asche aus der Pfeife und stapfte mit finsterem Gesicht nach vorn. Er löste Wildtöter beim Rudern ab, weil er noch einmal mit Harry sprechen wollte, und schickte den jungen Mann ans Steuer.

Als Wildtöter seinen neuen Posten einnahm, war Hetty verschwunden. Aber er blieb nicht lange allein, denn bald danach trat Judith aus der Kajüte. Ihre Augen glänzten im schwachen Licht der Sterne und ihr Gesicht wirkte ruhig und entspannt.

»Du wirst mich wahrscheinlich für sehr töricht halten, Wildtöter«, sagte Judith, »aber als ich den Wilden ins Wasser stieß, wäre ich fast gestorben vor Lachen. Ob seine Farben echt waren oder im Wasser abgingen?«

»Und ich hatte Todesangst, dass die Indianer dich erschießen würden. Ein Mädchen soll einem Dutzend Mingos nicht offen entgegentreten.«

Judith blickte rasch auf. »War das der Grund, warum du mir sofort zu Hilfe gekommen bist?«

»Wenn ein Mann eine Frau in Gefahr sieht, muss er ihr zu Hilfe kommen. Sogar ein Mingo weiß das.«

Judith gab keine Antwort, lächelte aber den jungen Mann so freundlich an, dass er ganz vergaß, was Harry ihm über ihren Leichtsinn erzählt hatte.

»Ich glaube, wir beide könnten gute Freunde werden«, sagte das Mädchen nach einer Weile. »Du bist anders als Harry. Er hat eine flinke Zunge, aber manchmal schwatzt er mehr, als gut ist.«

»Harry ist dein Freund, Judith, und Freunde sollten nichts Schlechtes voneinander reden.«

«Oh, ich kenne Harry recht gut. Er ist der beste Bursche in der Kolonie, aber er denkt zu viel an sich selbst. Seine Meinung von mir ist sicher nicht die allerbeste.«

Der junge Mann schwieg verlegen.

»Ich weiß nicht, was er über mich oder meine Schwester sagt«, fuhr das Mädchen fort. »Aber ich kann es mir denken!«

»Nein, Judith, du tust ihm unrecht. Harry hat nie ein böses Wort über Hetty gesagt, und wenn er …«

»Ach, ich sehe nun, wie es ist«, unterbrach ihn Judith heftig. »Er dürfte es freilich nicht wagen, ein böses Wort über sie zu sagen. Bei mir liegt der Fall anders. Mich kann er anschwärzen. Ich kann mich wehren. Aber Hetty! Sie ist das unschuldigste Mädchen auf Gottes Erdboden, glaub mir, Natty.«

»Das glaube ich, Judith. Und ich weiß, dass auch du ein gutes Mädchen bist.«

»Wildtöter«, sagte Judith und stand auf. »Ich weiß nicht, wie es kommt, aber von den Männern, die ich bisher kennenlernte, bist du der Erste, zu dem ich Vertrauen habe.« Sie drückte ihm fest die Hand und war gleich darauf verschwunden. Der junge Mann blieb erstaunt zurück und stand lange bewegungslos am Steuer.

6

Bald nachdem Judith den jungen Mann allein gelassen hatte, kam ein leichter Südwind auf, und Hutter spannte ein großes viereckiges Segel auf. Die Arche glitt schneller vorwärts und es war nicht mehr notwendig, die Ruder zu benützen. Nach zwei Stunden tauchten die dunklen Umrisse der Burg aus dem Wasser auf. Das Segel wurde niedergelassen, die Arche trieb gemächlich auf das Haus zu und wurde dort angebunden.

Seit Harry und Wildtöter die Burg verlassen hatten, war niemand dort gewesen. Es ging schon gegen Mitternacht. Um ihre Anwesenheit den Indianern am Ufer nicht unnötig zu verraten, verbot Hutter seinen Töchtern, ein Licht anzuzünden.

»Bei hellem Tag würde ich hinter diesen dicken Balken dutzende von Wilden nicht fürchten«, erklärte Hutter, »denn ich habe meine Gewehre immer geladen und kann mich auf sie verlassen. Aber bei Nacht ist es gefährlich. Ein Kanu kann sich im Dunkeln unbemerkt nähern, und die Roten sind so schlau, dass ich es schon für schlimm genug halte, wenn sie uns tagsüber angreifen. Judith und Hetty, lasst uns nun allein. Ihr seid müde und sollt schlafen gehen.«

Nachdem die beiden Mädchen sich zurückgezogen hatten, fuhr er fort: »Ein Baumrindenkanu hat an diesem See so viel Wert wie ein Kriegsschiff. Solange wir die Einzigen sind, die über Kanus verfügen, beherrschen wir den See. Kein Wilder wird schwimmend unsere Burg angreifen. Wir müssen also alle Kanus in unseren Besitz bringen. In dieser Gegend gibt es nur fünf Boote, von denen zwei mir gehören und eines Harry. Drei davon haben wir bei uns, denn mein zweites Kanu liegt hinter der Burg angebunden. Die beiden anderen Kanus sind leider am Ufer, zwar gut verborgen in hohlen Baumstämmen, aber wie ich die Rothäute kenne, werden sie am Morgen jeden Winkel durchstöbern.«

»Ach was«, unterbrach ihn Harry, »diese Kerle werden gewiss keines der Boote finden. Natty weiß, dass ich ein Kanu so gut verstecken kann, dass ich selbst es oft kaum mehr finde.«

»Das stimmt, Harry«, antwortete Wildtöter. »Aber ich finde, dass Mister Hutter trotzdem recht hat. Je schneller wir diese beiden Kanus zur Burg bringen, desto besser ist es für uns. Ich will ihm gern dabei helfen.«

»Das freut mich, Natty. Ich habe nichts dagegen, wenn du uns begleitest. Du hast zwar noch nie den Knall einer Flinte gehört, die gegen dich selbst abgeschossen wurde, und ich weiß nicht, ob du ein guter Krieger bist. Aber vom Rudern verstehst du etwas und mehr wird in dieser Nacht nicht nötig sein.«

Das Boot war bald bereit. Harry und Wildtöter griffen zu den Rudern. Bevor der alte Mann einstieg, ging er noch einmal ins Haus und sprach einige Minuten mit Judith, dann nahm auch er seinen Platz im Kanu ein, das gleich darauf von der Arche abgestoßen wurde. Die Dunkelheit hatte zugenommen, aber die Nacht war klar, und das Licht der Sterne, so schwach es auch war, genügte, um den richtigen Kurs einzuhalten. Da nur Hutter jene Stellen am Ufer kannte, wo die Boote verborgen lagen, steuerte er, während seine beiden Gefährten die Ruder lautlos hoben und lautlos wieder ins Wasser tauchten, um sich in der Stille der Nacht durch kein Geräusch zu verraten. Eine halbe Stunde später hatten sie das Ufer erreicht.

»Zieht die Ruder ein«, flüsterte Hutter. »Bevor wir an Land gehen, wollen wir uns ein wenig umsehen. Wir müssen jetzt Augen und Ohren offen halten. Diese Indianer haben Nasen wie Bluthunde.«

Das Ufer lag still vor ihnen. Nur der leichte Abendwind rauschte in den Bäumen. Nicht das leiseste Zeichen war zu entdecken, dass sich irgendwo Indianer befanden. Da sich dieser Platz ziemlich weit entfernt vom Fluss befand, wo sie ihr Abenteuer mit den Roten erlebt hatten, glaubten sie sicher zu sein, griffen wieder nach den Rudern, und bald darauf landete das Boot mit einem leichten Knirschen im Ufersand. Hutter und Harry sprangen sofort an Land und ließen Wildtöter zur Bewachung des Kanus zurück. Der hohle Baum lag nicht weit von ihrer Landestelle. Der alte Mann ging vorsichtig voran, blieb bei jedem dritten oder vierten Schritt stehen und lauschte. Es herrschte aber immer noch Totenstille und sie erreichten unbehindert ihr Ziel.

»Hier ist es!«, flüsterte Hutter und zeigte auf eine gestürzte Linde. »Zieh das Boot vorsichtig heraus.«

»Halt meine Flinte bereit«, antwortete Harry, »und schau nach, ob Pulver in der Pfanne ist.«

»Es ist alles in Ordnung«, flüsterte Hutter.

Harry zog das Boot unendlich vorsichtig aus der Höhlung, hob es auf die Schulter und dann schlichen die beiden zum Ufer zurück, das leichte Fahrzeug lag bald an der Seite des anderen Kanus. Bevor sie weiterruderten, starrten alle drei noch einmal wie gebannt auf die dunklen Wälder, als erwarteten sie jeden Augenblick, dass eine Mingoschar durch die Uferbüsche auf sie zugestürzt kam. Aber alles blieb ruhig, und sie verließen das Ufer so lautlos, wie sie gekommen waren.

Hutter steuerte nun gegen die Seemitte, und nachdem sie weit genug vom Ufer entfernt waren, band er das zweite Kanu los. Er wusste, dass der leichte Südwind und die Strömung das Boot langsam auf die Burg zu treiben lassen würden und dass sie es bei ihrer Rückkehr wieder einfangen konnten.

Dann steuerte er auf jene Stelle zu, wo Harry seine nutzlose Jagd auf den Rehbock gemacht hatte. Da diese Landzunge nur eine Meile vom Südende des Sees entfernt war, betraten sie nun sozusagen Feindesland. Sie erreichten aber die Landspitze ohne Zwischenfall und landeten sicher in der kleinen kiesbedeckten Bucht. Das Ufer war hier ziemlich flach, und hohe Bäume bedeckten die ganze Halbinsel, die nicht breit, aber lang war. Hutter und Harry gingen an Land und ließen Wildtöter wieder allein im Boot zurück.

Der gestürzte Baum, in dem das Kanu verborgen war, lag ungefähr in der Mitte der Halbinsel. Trotz der Dunkelheit war es nicht schwer, den Baum zu finden, und wenige Minuten später schoben die beiden das Kanu ins Wasser. Da sie jetzt alle Boote am See in ihrem Besitz hatten, ließ die Anspannung der letzten Stunden nach und sie sahen sich zuversichtlich an.

»Wenn die Rothäute jetzt die Burg besuchen wollen«, sagte Harry grinsend, »müssen sie waten oder schwimmen! Ich wünsche ihnen viel Glück dazu!«

»Rudern wir noch zum südlichen Ufer«, schlug Hutter vor. »Ich möchte mich gern vergewissern, was dort los ist. Zuerst aber sollten wir uns noch genauer in dieser Bucht umschauen, damit wir vor Überraschungen sicher sind.«

Sie folgten dem Alten, aber schon nach kurzer Zeit blieben alle drei gleichzeitig stehen. Durch die Stämme sahen sie einen schwachen Lichtschein, der einmal aufflackerte und dann wieder erlosch. Das musste ein Indianerlager sein. Hutter wusste, dass hier am Ufer der beste Platz zum Fischfang war und dass auch eine Quelle in der Nähe lag, und schloss daraus, dass sich vor allem Frauen und Kinder im Lager befanden.

»Das ist kein Kriegerlager«, flüsterte er March zu. »Um das Feuer liegt genug Beute für uns und wir können uns in dieser Nacht ein schönes Stück Geld verdienen. Schick den Jungen zu den Kanus, er kann uns kaum von Nutzen sein.«

»Du hast recht, alter Tom«, antwortete Harry. »Natty, geh zurück in das Kanu, rudere es mit dem anderen Boot in den See hinaus und lass es vom Wind wegtreiben wie das erste. Halte dich aber in der Nähe der Bucht. Wir werden rufen, sobald wir dich brauchen. Wenn du Schüsse hörst und genug Mut hast, kannst du dich uns anschließen und zeigen, ob du mit einem Wilden ebenso leicht fertig wirst wie mit einem deiner Hirsche.«

Wildtöter folgte den Anweisungen seines Freundes nur widerstrebend und mit schwerem Herzen. Da er aber die Einstellung der Grenzbewohner den Indianern gegenüber nur zu gut kannte, wusste er, dass es sinnlos war, noch weitere Einwendungen zu machen. Er paddelte vorsichtig gegen die Seemitte. Dort setzte er das andere Kanu aus. Damit kein Indianer, sollte er schwimmend das leere Boot erreichen, es benützen konnte, nahm Natty die Ruder heraus. Nach etwa zehn Minuten paddelte er wieder vorsichtig zu der Bucht zurück, hörte aber zu rudern auf, bevor er den Binsengürtel erreichte.

Der See lag schweigend und dunkel da, die Berge und Hügel rings um ihn ragten schattenhaft auf. Wildtöter saß in seinem einsamen Kanu und wartete ohne Ungeduld, denn sein Aufenthalt bei den Indianern hatte ihn gelehrt, jede Gefühlsregung zu beherrschen. Er konnte das Lagerfeuer der Indianer von jener Stelle aus, wo sein Kanu lag, nicht sehen und musste sich auf sein Gehör verlassen. Einmal glaubte er, das Krachen eines trockenen Zweiges zu hören, sonst aber blieb alles totenstill. So verging eine Minute nach der anderen, bis eine Stunde verstrichen war, seit seine Gefährten ihn verlassen hatten.

Plötzlich schreckte Natty auf. Er hörte den Schrei des Großen Nördlichen Tauchers. Während ihrer Streifzüge durch die Wälder hatten Harry und er diesen Vogelruf oft als Signal verwendet, und er war sicher, dass Harry ihm ein Zeichen geben wollte.

Der Ruf kam aber nicht vom Ufer, sondern schien vom südlichen Ende des Sees herzukommen. Einen Augenblick war der junge Mann ratlos. Folgte er dem Signal, so musste er sich von dem verabredeten Landeplatz entfernen, und das konnte für Harry und Hutter gefährlich werden. Ruderte er aber nicht zu der Stelle, von der aus der Ruf des Vogels zu kommen schien, konnte das für seine Freunde nicht weniger gefährliche Folgen haben, falls es tatsächlich Harry gewesen war, der den Ruf des Nördlichen Tauchers nachgeahmt hatte, und nicht ein Vogel selbst, der aus dem Schlaf geschreckt war. Wildtöter hielt es am besten, vorläufig abzuwarten, und vertraute darauf, dass der Ruf wiederholt werden würde. Er sollte recht behalten. Nicht eine Minute war vergangen, als der Vogelruf wieder über den See schrillte, genau aus der gleichen Richtung wie vorher.

Schon wollte Natty hinrudern, als er einen durchdringenden Schrei vernahm, den eine Frau oder ein Kind in Todesangst ausgestoßen haben musste. Wildtöter tauchte entschlossen das Ruder ins Wasser. Im nächsten Augenblick hörte er deutlich das Krachen trockener Zweige und das Geräusch eiliger Schritte und paddelte, so schnell er konnte. Schon hatte er das Ufer erreicht, das an dieser Stelle hoch und steil war, als fünf oder sechs Schüsse hintereinander fielen, deren Echo über die Hügel rollte. Gleich darauf hörte er Geschrei und Lärm aus dem Dickicht, nicht weit vom Ufer entfernt, und erkannte Harrys Stimme.

»Schlüpfriger Teufel!«, schrie sein Freund. »Der Kerl hat seine Haut mit Fett eingeschmiert. Ich kann ihn nicht festhalten.«

Dann hörte Natty den Fall eines schweren Körpers, als hätte Harry seinen Feind weit von sich geschleudert.

Der Kampf am Ufer ging weiter, auf der Anhöhe tauchte eine Gestalt auf und eilte zum Wasser herunter. Wildtöter wendete sofort das Kanu und ruderte mit aller Kraft, ohne darauf zu achten, dass er in volle Sicht der Indianer kam. Es galt, seinen Freund zu retten. Eine ganze Bande Indianer hatte sich auf Harry gestürzt, er hörte ihn laut fluchen, und ein Knäuel wild um sich schlagender Gestalten rollte ins Wasser. Bevor aber Wildtöter so nahe war, dass er seinem Freund beistehen konnte, hatte dieser die Indianer abgeschüttelt, schien seine Flucht zu bereuen und eilte zurück, um Hutter Hilfe zu leisten. Im nächsten Augenblick wurde er aber von einem halben Dutzend neuer Verfolger überwältigt.

Wildtöter wusste nun, dass seine Freunde gefangen waren und dass es sinnlos war, wenn er landete. Er hatte sich dem Ufer bereits bis auf dreißig Meter genähert, aber ein paar Ruderschläge brachten ihn wieder weit in den See hinaus. Zu seinem Glück hatten die Indianer ihre Flinten nicht bei sich, sonst hätte er diesen Rückzug nicht ungefährdet antreten können.

»Halte dich vom Land entfernt, Wildtöter«, hörte er Hutter rufen. »Du bist der Einzige, der meine Mädchen jetzt noch beschützen kann. Sei vorsichtig, um Gottes willen, sei vorsichtig! Komm nicht näher! Gott segne dich und stehe dir bei, meine Kinder zu retten.«

Natty hatte bisher wenig Zuneigung zu Hutter gefasst, aber jetzt zögerte er keine Minute und rief ihm beruhigend über das Wasser zu: »Machen Sie sich keine Sorgen, Mister Hutter! Ich will tun, was in meinen Kräften liegt, und die Mädchen und die Burg verteidigen, so gut ich es kann. Ich habe nicht viel Erfahrung, das ist wahr, aber Gott wird mir beistehen.«

Der Lärm am Ufer verstummte. Die Indianer waren anscheinend mit ihren Opfern im Wald verschwunden. Wildtöter beugte sich in seinem Boot vor und lauschte angestrengt, hörte aber nichts mehr, die Nacht war so still wie zuvor, als wäre nichts geschehen. Langsam ruderte er nun das Kanu zur Mitte des Sees. Als er die Stelle erreichte, wo er das letzte Boot hatte forttreiben lassen, änderte er seine Richtung nach Norden und hatte so leichten Wind im Rücken. Nach einer Weile bemerkte er einen dunklen Gegenstand auf dem See und konnte bald das leere Fahrzeug an sein eigenes befestigen. Er prüfte den Himmel und die Windrichtung. Da ihm alles in Ordnung zu sein schien, legte er sich nieder, um einige Stunden zu schlafen und Kräfte für den nächsten Morgen zu sammeln.

Er konnte aber lange nicht einschlafen, in einer Art Wachtraum zog noch einmal alles an ihm vorüber, was geschehen war. Einmal schreckte er auf, weil er glaubte, den klagenden Ruf des Großen Nördlichen Tauchers und die Stimme Harrys zu hören. Doch alles war still. Die Kanus trieben langsam nach Norden. Die Sterne funkelten klar, und der See lag so still und dunkel zwischen den Hügeln, als sei er nie vom Wind bewegt oder von der Mittagssonne beschienen worden. Wieder schrie der Nördliche Taucher am Ufer, und Wildtöter sah die dunkle Gestalt des Vogels auffliegen und wusste, dass er sich geirrt hatte. Er legte sich wieder hin und diesmal schlief er bald tief und fest ein.

7

Der Tag hatte kaum gedämmert, als Wildtöter die Augen öffnete. Er sprang auf und sah sich mit der Miene eines Menschen um, der weiß, welche Verantwortung auf ihm ruht. Sein Schlaf war tief und ungestört gewesen und er fühlte sich frisch und erholt. Die Sonne war noch nicht aufgegangen, aber schon erglühte der Himmel in einem kräftigen Rot. Die Luft war vom Gesang der Vögel erfüllt. Mit einem Schlag wurde ihm wieder die gefährliche Lage bewusst, in der er sich befand. Der Wind wehte nicht stark, hatte aber über Nacht etwas zugenommen, und die leichten Kanus waren so weit abgetrieben worden, dass sie sich nun den Hügeln am östlichen Ufer gefährlich genähert hatten. Das dritte Kanu aber trieb langsam auf eine Landspitze zu, die es bald berühren musste, wenn sich der Wind nicht drehte. Die Arche lag noch an der Wasserburg, in deren Nähe sich Natty befand.

Vor allem galt es nun, das leere Boot einzufangen. Nach einigen Ruderschlägen aber sah Natty ein, dass er es nicht mehr einholen konnte, bevor es am Ufer auflief. Da er nicht in einer von vornherein aussichtslosen Verfolgungsjagd seine Kräfte vergeuden wollte, ruderte er langsam und vorsichtig in einem kleinen Bogen auf die Landspitze zu.

Schließlich blieb das leere Kanu nur einige Schritte vom Ufer entfernt an einem kleinen Felsen hängen. Wildtöter band jetzt das Kanu los, das er im Schlepptau hatte, da es ihm nur hinderlich war. Die leichte Strömung hatte das verfolgte Kanu wieder vom Felsen gelöst und es landete mit einem leichten Knirschen im Ufersand. Wenn jemand in den Büschen versteckt auf das Kanu gewartet hatte, musste er Wildtöter längst entdeckt haben, und es war äußerste Vorsicht geboten. Da aber die Landzunge dem Indianerlager fast diagonal gegenüberlag, hoffte er, dass er bisher noch nicht entdeckt worden war. Er war jedoch zu gut mit den Sitten der Indianer vertraut, um nicht zu wissen, dass sich aller Wahrscheinlichkeit nach am ganzen Seeufer Späher umhertrieben.

Als er noch ungefähr sechzig Meter vom Land entfernt war, stand er im Kanu auf. Ein paar kräftige Ruderschläge genügten und das leichte Rindenfahrzeug lief am Strand auf. Schon wollte er sich nach seiner Flinte bücken, als eine Kugel so nahe an ihm vorbeipfiff, dass er zusammenzuckte. Im nächsten Augenblick ließ er sich taumelnd auf den Boden des Bootes sinken. Ein Schrei folgte, das Gebüsch teilte sich und ein Indianer eilte auf das Kanu zu. Auf diesen Augenblick hatte Wildtöter gewartet. Er sprang auf und legte die Flinte an, brachte es aber nicht über sich, in einem Augenblick, da sein Gegner wehrlos war, den Hahn abzudrücken. Sein kurzes Zögern rettete dem Indianer, der mit der Gewandtheit einer wilden Katze wieder in den Büschen verschwand, wahrscheinlich das Leben.

Da Natty wusste, dass sein Gegner erst wieder die Flinte laden musste, sprang er bedenkenlos ans Ufer und nahm die Verfolgung auf. Sobald er das dichte Ufergebüsch hinter sich hatte, suchte er neben dem mächtigen Stamm einer Balsamtanne Deckung. Das Ufer war hier sehr flach und zwischen den mächtigen Stämmen wuchs fast kein Unterholz. Wildtöter hatte daher eine verhältnismäßig gute Sicht. In der nächsten Minute hatte er auch schon den Irokesen entdeckt, der hinter einer Eiche in der Nähe Zuflucht gesucht hatte und soeben die Kugel in den Lauf stieß.

Als die Flinte wieder geladen war, glitt der Indianer hinter dem Baum hervor und wollte zum Ufer schleichen. Wildtöter trat einen Schritt vor und rief: »Hier bin ich, Rothaut, wenn ich es bin, den du suchst. Ich bin zwar noch jung, aber doch nicht so unerfahren, dass man mich wie eine Eule bei hellem Tageslicht abschießen könnte. Ich halte aber nicht viel davon, wenn sich zwei Menschen wie Tiere anfallen. Es hängt von dir ab, ob wir Krieg oder Frieden miteinander haben werden.«

Der Indianer erschrak. Er verstand jedoch etwas Englisch und begriff den Sinn der Worte. Mit einer Geste des Vertrauens stellte er die Flinte auf die Erde, seine Augen aber blitzten gefährlich.

»Zwei Kanus!«, sagte er in den tiefen Kehllauten der Indianer und hielt zwei Finger empor. »Eins für mich!«

»Nein, nein, Mingo, so geht es nicht. Dir gehört keines der Kanus, und solange ich es verhindern kann, wirst du weder das eine noch das andere erhalten. Ich weiß, dass zwischen deinem Volk und meinem Krieg herrscht, aber warum sollten wir uns gegenseitig abschlachten? Geh deinen Weg und lass mich meinen gehen. Die Welt ist groß genug für uns beide, und wenn wir uns einmal in einem ehrlichen Kampf begegnen, wird der Herr über unser Schicksal entscheiden.«

»Gut!«, antwortete der Indianer. »Mein Bruder ist ein Missionar.«

»Das bin ich nicht, Rothaut. Ich bin nur ein Jäger und will ein friedliches Leben in den Wäldern führen. Geh jetzt! Ich hoffe, dass wir im Frieden scheiden werden.«

»Gut! Mein Bruder ist jung, aber weise wie ein Alter!« Der Indianer kam vertrauensvoll näher und lachte freundlich. Wildtöter wies die angebotene Freundschaft nicht zurück, und sie schüttelten sich die Hände, als wollten sie damit ihre friedlichen Absichten bekräftigen.

»Jedem das Seine«, sagte der Indianer. «Ich habe mein Kanu – du dein Kanu.«

»Das wäre nur gerecht, wenn es so wäre. Aber das Kanu gehört nicht dir. Wir können das gleich feststellen. Komm mit mir zum Ufer, und dann wirst du sehen, dass keines der beiden Kanus von einem Indianer gebaut wurde.«

Der Indianer nickte, und als sie daraufhin gemeinsam zum Ufer gingen, schritt er aus, als wollte er seinem Begleiter zeigen, dass er ihm vertraute.

Als sie den Strand erreichten, zeigte er auf Wildtöters Boot und sagte: »Dieses Kanu gehört dem weißen Mann. Dieses dort mir. Ich will keines anderen Mannes Kanu.«

»Du irrst dich, Rothaut. Schau dir das Kanu genau an! Würde ein Indianer sein Boot in dieser Weise bauen? Nein! Dieses Kanu hat der alte Hutter gebaut.«

»Mein Bruder ist jung, doch klug. Es ist nicht von Indianern gebaut – es ist die Arbeit eines weißen Mannes!«

»Es freut mich, dass du das einsiehst, sonst hätte es

noch böses Blut zwischen uns beiden gegeben. Jetzt werden wir aber am besten diesen Gegenstand des Streites aus unserer Reichweite entfernen.«

Während Wildtöter noch sprach, versetzte er dem Kanu mit dem Fuß einen kräftigen Stoß, der es an die zwanzig Meter weit hinaus in den See trieb.

Natty entging es nicht, dass der Wilde einen raschen und gierigen Blick auf das andere Boot warf, in dem die Ruder lagen. Dann aber schien er sich zu besinnen und sagte: »Gut! Du hast recht gehandelt. Du kannst einen Streit schlichten. Leb wohl, Bruder. Geh zum Haus im Wasser – Bisamratten-Haus –, der Indianer geht in sein Lager und sagt dem Häuptling, dass er kein Boot gefunden hat.« Wildtöter freute sich, als er diesen Vorschlag hörte, denn insgeheim machte er sich schon Sorgen um die Mädchen. Er schüttelte die dargebotene Hand des Indianers und sie verabschiedeten sich freundlich.

Während der rote Mann mit der Flinte im Arm friedlich dem Wald zuschritt und sich nicht einmal misstrauisch umsah, ging der weiße Mann zum Kanu und trug zwar die Flinte genauso friedlich unter dem Arm, ließ aber den anderen nicht aus den Augen. Weil aber der Irokese ihm so offen Vertrauen bewies, begann sich Wildtöter zu schämen, dass er dieses Vertrauen nicht erwiderte, schob unbefangen das Kanu ins Wasser und wollte gerade einsteigen, als er zufällig zurückschaute. Seinem geübten Auge entging die Gefahr nicht, in der er sich befand. Zwischen dem Laubwerk erkannte er die schwarzen Augen des Indianers, die wie die eines lauernden Tieres blinkten, und er sah den Lauf der Flinte auf sich gerichtet.

Blitzschnell legte Wildtöter seine eigene Flinte an und feuerte im selben Augenblick wie der Wilde. Man hörte nur einen einzigen Knall und nur ein Echo brach sich an den Hügeln. Wildtöter setzte seine Flinte ab und wartete ruhig, der Rote aber stieß einen Schrei aus, brach durch das Gebüsch und stürzte mit erhobenem Tomahawk auf seinen Gegner zu. In einer Entfernung von ungefähr fünfzehn Metern schleuderte er die gefährliche Waffe, aber seine Hand war so unsicher und schwach, dass Wildtöter sie leicht auffangen konnte. Im gleichen Augenblick taumelte der Indianer und fiel zu Boden.

Wildtöter lud seine Flinte wieder, und nachdem er den Tomahawk in das Kanu geworfen hatte, ging er zu dem Indianer hin. Es war das erste Mal, dass Natty einen Menschen im Kampf fallen sah, es war das erste Mal, dass er selbst auf einen seiner Mitmenschen geschossen hatte. Der Indianer lebte noch, obwohl er tödlich getroffen war, lag reglos auf dem Rücken und verfolgte mit den Augen jede Bewegung seines Feindes. Mit dem Gleichmut der Indianer erwartete er den Todesstreich. Vielleicht glaubte er auch, dass ihm sein Sieger sofort den Skalp nehmen würde, und wollte kein Zeichen der Schwäche geben, wenn er bei vollem Bewusstsein diese grausame Handlung erdulden musste. Wildtöter erriet seine Gedanken und beruhigte ihn mit einer Geste.

»Wasser!«, murmelte der Sterbende.

»Ja, Wasser sollst du haben, so viel du trinken willst!« Wildtöter nahm den Indianer in seine Arme, trug ihn zum Ufer und gab ihm zu trinken. Dann setzte er sich auf einen Stein, bettete den Kopf seines verwundeten

Gegners in seinen Schoß und bemühte sich, ihm zu helfen.

»Gut!«, sagte der Wilde plötzlich. – »Gut! – Du hast ein junges Herz. – Altes Herz ist zähe – es weint nicht – Wie ist dein Name?«

»Wildtöter ist der Name, den ich jetzt trage, aber die Delawaren sagten, dass ich vielleicht einen besseren erhalte, wenn ich vom Kriegspfad zurückkomme.«

»Dieser Name ist gut für einen Knaben – taugt nicht für einen Krieger – keine Furcht – mein Bruder wird bald einen großen Namen haben.« Der Wilde hatte noch so viel Kraft, die Hand zu heben und sie dem jungen Mann auf die Brust zu legen. »Auge ist sicher – Finger sind schnell – bald ein großer Krieger – nicht Wildtöter – Falkenauge! – Ja, Falkenauge …«

Wildtöter oder Falkenauge – denn in späteren Jahren war er in der ganzen Gegend unter diesem Namen bekannt – drückte die Hand seines sterbenden Gegners.

Nach einer Weile stand Natty auf und lehnte den toten Mann in sitzender Stellung mit dem Rücken gegen einen kleinen Felsen. »Ich wollte dich nicht töten, Rothaut«, sagte er leise, »aber du hast mir keine andere Wahl gelassen. Ich kann dir nicht einmal einen Vorwurf machen, du warst wohl verräterisch, aber deiner Erziehung nach war es deine Pflicht. Das ist nun mein erster Kampf mit einem Menschen und wahrscheinlich wird es nicht mein letzter sein. Deinen Skalp sollst du behalten. Freilich warst du nur ein Wilder, aber du magst ein guter Indianer gewesen sein, und du sollst nicht ohne Skalp in deine glücklichen Jagdgründe gehen.«

Sein Selbstgespräch wurde durch einen zweiten Indianer unterbrochen, der einige hundert Meter von der Landspitze entfernt am Ufer auftauchte. Der Rote, offensichtlich auch ein Späher, trat so unbekümmert und offen aus dem Wald, dass ihn Wildtöter entdeckte, bevor er selbst gesehen wurde. Einen Augenblick später aber stieß der Indianer einen Schrei aus, der von lauten Rufen aus dem Wald beantwortet wurde. Den Stimmen nach zu schließen, mochten sich mehr als ein Dutzend Rothäute am Ufer herumtreiben. Natty zögerte nicht länger. Ein paar Schritte brachten ihn zum Kanu, er sprang hinein und stieß sich mit kräftigen Ruderschlägen vom Ufer ab.

Sobald Wildtöter wusste, dass er außer Schussweite war, hörte er zu rudern auf. Das Boot, das er zuerst in den See hatte treiben lassen, war dem Ufer näher als ihm lieb war. Das zweite Kanu befand sich nur einige Meter vor ihm. Der Indianer, der sich vorher gezeigt hatte, war wieder verschwunden, das Geschrei hatte aufgehört, und die Wälder lagen still und scheinbar verlassen da. Plötzlich aber drang eine ziemlich große Indianerschar aus dem Dickicht der Landspitze und brach in ein wütendes Geschrei aus, als sie ihren toten Gefährten entdeckten. Natty musste so schnell wie möglich seine Kanus einfangen. Das eine hatte er bald im Schlepptau und dann ruderte er auf das zweite zu. Dieses Boot war dem Ufer bereits sehr nahe gekommen, er wunderte sich darüber und vermutete irgendeine Strömung im Wasser.

Als er herankam, bewegte sich das Kanu auffällig schnell weiter, und plötzlich sah er einen nackten menschlichen Arm. Im Kanu lag ein Indianer und ruderte mit der Hand.

Wildtöter hoffte, dass der Mann seine Flinte nicht bei sich hatte, und paddelte dem Boot rasch nach. Als der Wilde das Rauschen des Wassers hörte, sprang er auf und stieß einen überraschten Ruf aus. Im nächsten Augenblick war er im Wasser verschwunden, tauchte in einiger Entfernung wieder auf und warf einen scheuen Blick zurück. Er hatte offensichtlich Angst vor der Flinte seines Gegners. Wildtöter hatte jedoch keine feindlichen Absichten. Er ließ den Wilden ungestört ans Ufer entkommen, fing das Boot ein und ruderte auf die Wasserburg zu.

Die Sonne war aufgegangen, stand bereits über den östlichen Bergen und warf eine Flut von Lichtstrahlen über den See.

Als Wildtöter zur Wasserburg kam, sah er Judith und Hetty, die vor der Tür standen und ihn mit Spannung und Sorge erwarteten. Judith hatte von Zeit zu Zeit durch das Fernrohr nach ihm Ausschau gehalten. Ihre Wangen waren gerötet und ihre Augen glänzten in einem seltsamen Licht. Dem jungen Mann war es, als sei das Mädchen nie so schön gewesen wie in diesem Augenblick. Er legte an der Arche an, befestigte sorgfältig die drei Kanus und eilte auf die Plattform.

8

Eine Weile sprach keines der beiden Mädchen ein Wort.

»Wo ist der Vater?«, fragte Judith endlich.

»Er hat Unglück gehabt, ich kann es nicht leugnen«, antwortete Natty aufrichtig. »Er und Harry sind in den Händen der Mingos, und nur der Himmel weiß, wie das enden wird. Ich habe die Kanus mitgebracht, und das ist ein Trost. Wir sind ziemlich sicher, denn die Wilden können nur auf Flößen oder schwimmend die Burg erreichen. Gegen Sonnenuntergang wird Chingachgook zu uns stoßen. Wenn ich ihn im Kanu zur Burg bringen kann, können wir sie verteidigen, bis die Offiziere aus den Garnisonen kommen, und das wird früher oder später der Fall sein.«

»Die Offiziere!«, rief Judith ungeduldig. »Wir können uns selbst verteidigen. Aber was geschieht mit unserem Vater und dem armen Harry?«

Wildtöter erzählte den Mädchen nun in kurzen Worten, was in der Nacht geschehen war. Sie hörten mit gespannter Aufmerksamkeit zu, zeigten aber keine Angst, da sie längst an die Gefahren des Grenzerlebens gewöhnt waren. Judith war erregter als ihre Schwester, Hetty hörte wohl aufmerksam zu und schien schweigend über alles nachzudenken, doch ihr schwacher Verstand erfasste vielleicht nicht ganz, in welcher Gefahr ihr Vater und Harry schwebten. Jedenfalls war sie gefasster als Judith.

Nach Wildtöters Bericht bereiteten die Mädchen schweigend das Frühstück. Auch beim Essen sprach niemand ein Wort. Plötzlich aber sagte Judith: »Dem Vater hätte dieser Fisch sicher geschmeckt. Er sagte immer, der Lachs aus unserem See sei fast so gut wie der aus dem Meer.«

»War dein Vater früher Seemann?«, erkundigte sich Natty. »Harry behauptet, dein Vater hätte viele Abenteuer auf dem Meer erlebt.«

Judith senkte zuerst verlegen den Kopf, dann sah sie Wildtöter an, lächelte vertrauensvoll und wurde plötzlich gesprächig.

»Wenn Harry etwas von der Geschichte meines Vaters weiß, so wollte ich, er hätte es mir erzählt. Manchmal glaube ich auch, dass mein Vater früher zur See gefahren ist. Aber er hat nie mit mir darüber gesprochen. Wenn diese Truhe dort offen wäre oder sprechen könnte, so würden wir bald alles wissen.«

Zum ersten Mal sah sich Wildtöter die Truhe genauer an. Er hatte noch niemals ein so schön gearbeitetes Stück gesehen. Die Ecken waren mit kunstvoll verzierten Stahlplatten versehen und die drei mächtigen Schlösser mussten aus der Werkstatt eines hervorragenden Kunstschmiedes stammen. Wie ein so wertvolles Stück in die Wildnis und in die Hände Hutters gekommen war, konnte Natty sich kaum vorstellen. Er versuchte die Truhe an dem massiven Handgriff hochzuheben, sie war aber so schwer, dass sie ein Mann allein nicht bewegen konnte.

»Vater hat sie noch nie in meiner Gegenwart geöffnet«, bemerkte Judith.

»Doch, der Vater hat sie schon oft geöffnet«, fiel Hetty ein. »Er tut es immer, wenn du fort bist.«

Judith und Wildtöter sahen sich erstaunt an.

»Ist das wirklich wahr, Hetty?«, fragte Judith schnell.

»Ja. Vater macht es nichts aus, wenn ich dabei bin.«

»Und was ist in der Truhe drinnen?«

»Das darf ich dir nicht sagen, Judith. Es ist Vaters Geheimnis, nicht meines.«

»Geheimnis! Es ist seltsam, dass du es wissen darfst und ich nicht.«

»Es gibt einen guten Grund dafür, Judith, aber du darfst ihn nicht wissen.«

Judith schien ziemlich verstört zu sein, gewann aber ihre Fassung schnell wieder und fragte Wildtöter, wer Chingachgook sei.

»In seinem eigenen Land hat Chingachgook bereits einen großen Namen. Er ist ein Mohikaner, aber er lebt bei den Delawaren wie fast alle seines Stammes. Sein Vater war ein Häuptling, der größte Krieger und weiseste Ratgeber der Mohikaner. Chingachgook ist noch jung, zu jung, um sein Volk auf dem Kriegspfad zu führen, aber alle halten große Dinge von ihm. Von seinem Stamm leben nur noch wenige und alle sind verstreut, und so besteht unter ihnen die Häuptlingswürde nur noch dem Namen nach. Als dieser Krieg begann, vereinbarten Chingachgook und ich, uns hier am See zu treffen, und dann gehen wir gemeinsam gegen die Mingos auf den Kriegspfad. Warum wir gerade zu diesem See gekommen sind, ist unser Geheimnis, aber ihr braucht deswegen keine Angst zu haben und könnt mir weiterhin vertrauen.«

»Ein Delaware ist kein Feind«, antwortete Judith nach einer kleinen Pause, »und wir wissen, dass du es gut mit uns meinst.«

Sie sah ihn dabei so offen und vertrauensvoll an, dass es Wildtöter nicht übers Herz brachte, ihr etwas zu verschweigen. »Ich glaube«, sagte er, »dass ich dir und Hetty das Geheimnis mitteilen darf, denn ihr werdet es niemand anderem verraten. Chingachgook liebt das schönste Mädchen unter den Delawaren, die Tochter eines Häuptlings, und auch sie liebt ihn. Alle jungen Männer beneideten Chingachgook, und da war vor allem einer, dem es besonders zu Herzen ging, und wir fürchten, er hat bei allem, was dann geschah, seine Hand im Spiel gehabt. Wah-taWah, so heißt das Mädchen, ging vor zwei Monaten mit seinem Vater und seiner Mutter zu den Strömen im Westen, um Lachs zu fischen, und dort verschwand es plötzlich. Trotz aller Nachforschungen erfuhren wir einige Wochen lang nichts von ihrem Verbleib, vor zehn Tagen aber kam ein Bote in das Land der Delawaren und sagte uns, dass Wah-ta-Wah entführt worden war. Die Mingos haben sie in ihren Stamm aufgenommen und wollen, dass sie einen ihrer jungen Krieger heiratet. Der Bote berichtete, dass sich jene Mingoschar in der Nähe dieses Sees umhertreibt und dass sie hier noch einige Monate jagen wollen, bevor sie nach Kanada zurückkehren. Nun, da war es ganz natürlich, dass Chingachgook und ich beschlossen, uns hier zu treffen. Wir wollen nichts unversucht lassen, um Wah-ta-Wah zu befreien.«

Da es noch einige Stunden bis Sonnenuntergang war – dem vereinbarten Zeitpunkt, an dem er den jungen

Mohikaner treffen sollte –, vergewisserte sich Natty, dass die Waffen in Ordnung waren, und untersuchte die Verteidigungsmöglichkeiten der Burg. Die Entfernung vom Ufer war so groß, dass Flintenkugeln keinen Schaden anrichten konnten. Gegen Feuersgefahr hatte Hutter alle möglichen Vorkehrungen getroffen. Der Fußboden hatte an mehreren Stellen Falltüren, und einige Eimer mit Stricken standen bereit. Die Mädchen konnten leicht jedes Feuer löschen. Während des Tages war überdies wenig zu befürchten, da sie im Besitz aller Kanus waren. Wildtöter wusste aber, wie geschickt Indianer im Bau von Flößen sind, und wartete daher ungeduldig auf den Sonnenuntergang und wünschte, Chingachgook wäre schon hier.

Obwohl die Zeit nicht vergehen wollte, kam aber doch endlich die Stunde heran, da sie aufbrechen mussten. Hetty ging in die Arche, band die zwei Kanus aneinander und ruderte sie durch eine Art Tor in die Palisaden, die die Burg umgaben. Dann befestigte sie die Boote mit Ketten an dem Haus. Die Palisaden waren fest in den Schlamm getriebene Baumstämme, und ein Kanu, das innerhalb dieser Schutzmauer lag, konnte vom Seeufer nicht gesehen werden. Außerdem konnte der Eingang fest verschlossen werden. Bevor jedoch das Tor geschlossen wurde, brachte Judith auch das dritte Kanu in den kleinen Hafen, während Natty Türen und Fenster der Burg absicherte. Schließlich fuhren alle drei im letzten Kanu durch das Tor und verschlossen es fest. Sollte jemand in ihrer Abwesenheit versuchen in die Burg einzudringen, musste er sich bestimmt stundenlang abmühen, und nicht einmal wenn er eine Axt hatte, war es leicht, das Tor aufzubrechen.

Die drei ruderten nun zur Arche, befestigten das Kanu und stiegen in das große Fahrzeug, Wildtöter hatte das Fernrohr mitgebracht und suchte sorgfältig die Ufer des Sees ab.

»Ich kann nichts Verdächtiges sehen«, sagte er. »Aber wir müssen vorsichtig sein. Obwohl die Mingos nichts von Chingachgook und der verabredeten Zusammenkunft am Felsen wissen, so können sie doch sehen, welche Richtung wir einschlagen. Ich will versuchen, sie zu täuschen und mit der Fähre mal diesen Teil des Ufers, mal jenen ansteuern, bis sie es müde werden, uns nachzulaufen.«

Ein leichter Wind wehte aus Norden, Natty zog das Segel auf und steuerte das schwere Fahrzeug nach Osten. Die Entfernung vom Haus bis zum Felsen betrug etwas mehr als zwei Stunden. Die Arche segelte langsam. Da Wildtöter die Pünktlichkeit eines Indianers kannte und noch dazu einen Zickzackkurs einhalten wollte, war er rechtzeitig aufgebrochen.

Als er das Segel aufspannte, stand die Sonne über den westlichen Hügeln. Es war ein herrlicher Junitag. Die Wälder schienen in der Sonne zu schlafen, der leichte Wind kräuselte kaum die Oberfläche des Wassers. Zuweilen flogen Wasservögel vom Ufer auf oder ein einzelner Rabe flatterte hoch über den Bäumen.

»Müssen wir pünktlich bei Sonnenuntergang bei dem Felsen ankommen?«, fragte Judith, die neben Wildtöter stand, der das Steuerrad hielt. »Es wird ziemlich gefährlich sein, wenn wir bei jenem Felsen lange in der Nähe des Ufers bleiben.«

»Das ist ja die Schwierigkeit, Judith! Der Felsen liegt

in Schussweite des Ufers und wir dürfen uns nicht lange dort aufhalten. Deshalb steuere ich auch nicht direkt auf den Felsen zu. Ich will die Indianer in die falsche Richtung locken.«

»Du glaubst also, dass sie uns beobachten, Natty?«

»Ein Indianer auf dem Kriegspfad lässt nie in seiner Wachsamkeit nach, und ich wette, dass uns viele Augen beobachten. Wir müssen die Mingos auf die falsche Spur bringen.«

Als die Sonne hinter den hohen Fichten auf den westlichen Hügeln rot aufglühte, hatte die Arche fast schon die Landspitze erreicht, wo Hutter und Harry gefangen genommen worden waren. Wildtöter hatte absichtlich diese Richtung eingeschlagen. Die Indianer sollten glauben, dass er mit ihnen unterhandeln wollte. Er hoffte, dass sich eine größere Schar auf der Halbinsel versammeln würde. Wenn ihm diese Finte glückte, konnte die Arche ungestört den Felsen erreichen, bevor ihre Verfolger Zeit hatten, durch das Uferdickicht dorthin zu kommen. Natty segelte so nahe ans Ufer, wie es ratsam war. Dann schickte er Judith und Hetty in die Kajüte, bückte sich vorsichtig und änderte plötzlich die Richtung der Arche.

9

Als Wildtöter nur noch etwa hundert Meter vom Felsen entfernt war, zog er das Segel ein und warf den Anker aus, woraufhin sich die Fahrt der Arche beträchtlich verlangsamte. Da er es nicht für ratsam hielt, sich allzu sehr dem Ufer zu nähern, ohne für einen schnellen Rückzug gesorgt zu haben, behielt er die Ankerleine in der Hand. Judith stellte sich an ein Fenster der Kajüte, und Hetty wurde angewiesen, in den Uferbäumen nach Indianern Ausschau zu halten.

Nur noch einige Minuten fehlten bis zum Sonnenuntergang, und Natty fragte sich, ob sein Freund ungefährdet den Felsen erreicht hatte oder ob er den Mingos in die Hände gefallen war. Chingachgook wusste nicht, was in den letzten vierundzwanzig Stunden geschehen war, er war noch jung und das erste Mal auf dem Kriegspfad. Er war hierhergekommen, um das geraubte Mädchen zu befreien, hatte aber keine Ahnung, dass die Mingos bereits den Kampf angefangen hatten.

»Siehst du den Delawaren, Judith?«, fragte Wildtöter.

»Nein, ich kann niemand sehen, weder auf dem Felsen noch am Ufer.«

»Sei vorsichtig, Judith! Ich möchte nicht, dass …«

Ein leiser Ruf des Mädchens unterbrach ihn.

»Was gibt's, Judith?«, fragte er schnell. »Ist jemand zu sehen?«

»Auf dem Felsen steht ein Mann, ein bewaffneter indianischer Krieger.«

»Wo trägt er die Falkenfeder?«, fragte Wildtöter und ließ die Leine etwas nach.

»Er hat sie über dem linken Ohr – und er lächelt.«

»Gott sei Dank, es ist die ›Große Schlange‹!«, rief Natty und rollte die Leine hastig auf. Die Arche trieb ganz nahe an den Felsen.

Im nächsten Augenblick wurde die Tür der Kajüte aufgerissen, ein indianischer Krieger stürzte herein und eilte zu Wildtöter. Fast gleichzeitig hörte man ein wildes Kriegsgeschrei aus den Uferbüschen und zwanzig Mingos sprangen von der Böschung herunter ins Wasser.

Judith und Hetty schrien auf.

»Schnell ans Ruder, Natty«, rief Judith und schloss hastig die Tür. »Das Seeufer ist voller Indianer!«

Die beiden jungen Männer – denn Chingachgook half seinem Freund sofort – strengten sich mächtig an, um das schwere Fahrzeug in Bewegung zu setzen.

»Schnell, Wildtöter, um Himmels willen!«, schrie Judith. »Sie kommen immer näher! Das Wasser geht dem Vordersten schon bis an die Schultern – aber sie lassen sich davon nicht aufhalten.«

Die Fähre kam allmählich in schnellere Fahrt und glitt in tieferes Wasser, woraufhin die Mingos einzusehen schienen, dass die Verfolgung nutzlos war, und zurück ans Ufer wateten. Natty und der junge Indianer ruderten die Arche bis zum Anker und zogen ihn in die Höhe. Ein Stück weiter draußen im See warfen sie ihn wieder aus. Jetzt erst waren sie außer Gefahr.

Chingachgook, ein großer, gut aussehender und kräftiger junger Indianer, untersuchte als Erstes seine Flinte, öffnete die Pfanne und sah nach, ob das Pulver trocken geblieben war. Dann warf er schweigend einen Blick auf die Mädchen.

»Judith und Hetty«, sagte Lederstrumpf-Wildtöter mit der natürlichen Höflichkeit der Waldläufer, »das ist der Mohikanerhäuptling Chingachgook, die Große Schlange, so genannt wegen seiner Klugheit, List und Vorsicht, mein bester Freund. Er trägt die Falkenfeder immer über dem linken Ohr und nicht wie die anderen Indianer in der Skalplocke.«

Der indianische Krieger verstand zwar Englisch, sprach es aber nicht gern und erwiderte die Begrüßung der Mädchen nur mit einer höflichen Gebärde.

»Der Wind wird sich bald legen«, sagte Wildtöter nachher. »Wir brauchen jetzt nicht gegen ihn zu rudern. In einer halben Stunde wird entweder völlige Windstille eintreten oder wir haben Südwind. In jedem Fall werden wir dann ohne Anstrengung die Wasserburg erreichen.«

Die Mädchen zogen sich in die Kajüte zurück, um das Abendessen zu bereiten, während die beiden jungen Männer vorn in der Fähre Platz nahmen und sich gegenseitig ihre Abenteuer berichteten. Sie unterhielten sich in der Sprache der Delawaren. Wildtöter erzählte zuerst ausführlich, was sich seit seiner Ankunft am See zugetragen hatte. Bescheidenheit und Scheu hielten ihn zurück, seinen eigenen Anteil an den Abenteuern allzu sehr in den Vordergrund zu stellen. Als er zu Ende war, begann der Delaware zu sprechen. Sein Bericht war kurz und klar, wenn er auch die malerischen Ausdrücke der Indianer verwendete. Er hatte bei seiner Ankunft am See zahlreiche Spuren der Irokesen gefunden, eine Tatsache, die ihn eher erfreute als abschreckte, war es ja doch der Zweck seines Kommens, eine Irokesenschar aufzustöbern. Als er die Arche bemerkte, war er zuerst nicht sicher, ob sich Wildtöter an Bord befand. Der vorsichtige Zickzackkurs der Arche und die Tatsache, dass sie von einem weißen Mann gesteuert wurde, überzeugten ihn aber bald, dass es kein anderer als sein Freund sein konnte, der sich in dem seltsamen Fahrzeug dem Felsen näherte. Als die Sonne sich dem Horizont zuneigte, bestieg er den Felsen und hielt sich bereit. Obwohl Chingachgook seine Gegner stundenlang beobachtet hatte, kam ihr plötzliches Auftauchen am Ufer für ihn nicht weniger überraschend als für Wildtöter. Die beiden schlossen daraus, dass die Irokesen zahlreicher waren, als sie zuerst geglaubt hatten, und dass überall Späher umherschlichen. Die Große Schlange hatte auch das Lager der Irokesen ausgekundschaftet. Es lag nicht weit von der Stelle, wo Hutter und Harry in ihre Hände gefallen waren.

»Gut, Schlange«, sagte Wildtöter, als der junge Mohikaner seinen Bericht beendet hatte, »weißt du, was mit den Gefangenen der Mingos geschehen ist? Hast du den Vater dieser Mädchen und seinen Begleiter gesehen?«

»Chingachgook hat sie gesehen.«

»Wurden sie grausam behandelt?«

»Nein, Wildtöter. Die Mingos sind so zahlreich, dass sie es nicht einmal für nötig halten, ihre Gefangenen zu fesseln. Heute werden die beiden Männer noch wie Brüder behandelt, morgen wird man ihnen vielleicht die Skalpe nehmen.«

»Judith und Hetty«, rief Wildtöter, »ich habe gute Nachrichten für euch. Mein Freund erzählt mir, dass eurem Vater und Harry noch nichts zuleide getan wurde. Sie dürfen sich sogar im Lager frei bewegen.«

»Würden die Wilden den Vater freilassen, wenn Judith und ich ihnen alle unsere besten Kleider gäben?«, fragte Hetty unschuldig.

»Ach, gute Hetty, wenn es nach ihren Frauen gehen würde, dann vielleicht. Aber ich glaube nicht, dass die Männer mit diesem Handel einverstanden sind. – Sag mir, Schlange, hast du viele Frauen im Lager gesehen?«

Der Delaware hatte alles verstanden, aber nach indianischer Sitte saß er mit abgewandtem Gesicht da, als beträfe ihn dies alles nicht. Erst als er angesprochen wurde, antwortete er kurz und bestimmt.

»Sechs«, sagte er und hob alle Finger der einen Hand und den Daumen der anderen in die Höhe, »außer Wah-ta-Wah.« Und er legte die Hand auf sein Herz.

»Hast du sie gesehen, Häuptling?«, fragte Natty. »Kamst du ihrem Ohr nahe genug, um ihr die Worte zuzuflüstern, auf die sie wartet?«

»Nein, Wildtöter, es waren zu viele Bäume, und Blätter bedeckten die Zweige wie Wolken, die während eines Sturmes den Himmel verbergen. Aber« – der junge Krieger lächelte und seine von Natur aus strengen Züge, die noch dazu mit grellen Farben bemalt waren, wurden milder – »Chingachgook hörte das Lachen von Wah-ta-

Wah. Er erkannte es sofort und in seinen Ohren klang es wie das Zwitschern eines Zaunkönigs.«

»Ja, das Ohr eines Liebenden ist scharf.«

»Und du, Wildtöter«, sagte Judith unvermutet und errötete, »weißt du nicht, wie angenehm es ist, die Stimme einer Frau zu hören, die man liebt?«

»Gott sei mit dir, Mädchen! Ich habe noch nie eine Frau geliebt! Mir sind das Rauschen des Windes und das Rieseln einer Quelle die schönste Musik.«

Judith gab keine Antwort, wandte sich ab und ging langsam in die Kajüte zurück. Hetty folgte ihr. Als die jungen Männer wieder allein waren, fragte Chingachgook: »Wie lange ist mein Freund Lederstrumpf schon an diesem See?«

»Seit gestern Nachmittag, Schlange, eine kurze Zeit, dennoch ist viel geschehen.«

In der Dunkelheit funkelten die Augen des jungen Kriegers. »Hat mein Freund einen Krieger der Mingos getötet?«

Natty nickte und berichtete dann mit kurzen Worten von seinem Kampf in der Bucht. Er verschwieg nichts und erzählte auch, wie ihm der sterbende Mingo einen neuen Namen gegeben hatte, hütete sich aber davor, unnötig mit seinem Sieg zu prahlen. Chingachgook konnte seine Freude kaum verbergen und versprach, nach ihrer Rückkehr alles den Ältesten des Stammes zu berichten.

Dann war es Zeit, die Arche weiter vom Land zu entfernen. Es war ganz dunkel geworden. Der Himmel bewölkte sich immer mehr und man sah keine Sterne. Der Wind hatte sich gedreht und wehte von Süden. Wildtöter zog den Anker hoch und die Arche trieb auf den See hinaus. Das Segel wurde gesetzt, und da sie nur noch zu steuern brauchten, setzten sich Natty, Chingachgook und Judith in den hinteren Teil der Arche, machten Pläne und berieten, wie sie ihre Freunde befreien könnten.

Judith nahm lebhaften Anteil an dem Gespräch und versetzte sowohl Natty als auch den jungen Krieger in Erstaunen, denn ihre Ansichten waren vernünftig und wohldurchdacht, und sie machte einige gute Vorschläge. So verging eine halbe Stunde, während die Arche langsam über das Wasser glitt. Es wurde immer dunkler. Man konnte den Wald am südlichen Ende des Sees kaum mehr wahrnehmen. Mitten im See schimmerte ein heller Wasserstreifen im schwachen Licht des Himmels und in dieser Spur hielt Wildtöter die Fähre.

»Es wird immer finsterer«, sagte Judith, als das Gespräch eine Zeit lang gestockt hatte. »Ich hoffe, wir verfehlen die Wasserburg nicht.«

»Mach dir keine Sorgen, Judith«, antwortete Wildtöter, »solange wir dieser Spur im Wasser folgen, haben wir den richtigen Kurs.«

»Hörst du nichts, Natty? Es kam mir vor, als hörte ich vom Wasser her ein Geräusch.«

Alle drei beugten sich vor und lauschten gespannt. Plötzlich zeigte der Delaware ins Dunkel hinaus. Etwas hatte seine Aufmerksamkeit erregt. Judith und Natty sahen nun ein Kanu, in dem eine Gestalt aufrecht stand und ruderte. Die Männer griffen zu ihren Flinten.

»Soll ich schießen?«, flüsterte Wildtöter. »Nein! Ich will erst fragen, wer es ist.« Dann schrie er zum Kanu hinüber: »Halt! Wenn du näher kommst, muss ich schießen. Hör zu rudern auf und gib mir Antwort.«

»Wenn du ein armes, schutzloses Mädchen tötest«, antwortete eine sanfte Stimme, »so wird es dir Gott nie verzeihen, Natty!«

»Hetty!«, rief Judith, und der Jäger sprang auf, um nach dem Kanu zu sehen, das an der Arche befestigt war. Es war fort. Hetty hatte erschrocken zu rudern aufgehört. Sie saß reglos im Kanu und glich im Dunkel einer gespenstischen Gestalt. Natty holte hastig das Segel ein, aber es war zu spät, die schwere Arche konnte nicht so schnell gebremst werden und Hetty blieb hinter ihnen zurück.

»Was soll das bedeuten, Judith?«, fragte Wildtöter. »Warum hat sie das Kanu genommen und uns verlassen?«

»Sie macht sich immer ihre eigenen Gedanken, Natty, und in ihrer Einfalt sieht sie die Dinge anders als wir. Sie liebt ihren Vater sehr – und dann – dann fürchte ich auch, dass es Hetty der schöne Hurry Harry angetan hat. Sie spricht im Schlaf von ihm und verrät sich bisweilen.«

»Glaubst du, dass sie irgendeinen abenteuerlichen Plan im Kopf hat und Harry und euren Vater befreien will?«

Judith nickte nur.

Man konnte das Kanu gerade noch sehen, aber es war schon so weit entfernt, dass keine Zeit verloren gehen durfte. Natty und die Schlange griffen zu den Rudern und begannen die Fähre zu wenden. Judith eilte an das Steuer. Das ging nicht ohne Lärm ab, Hetty erschrak allem Anschein nach und floh wie ein scheuer Vogel. Nach einer Weile hatten sie das Kanu aus den Augen verloren. Auf dem See herrschte jetzt völlige Stille. Judith lehnte sich über den Rand der Fähre, lauschte angespannt und hoffte irgendein Geräusch zu vernehmen, das ihr die Richtung wies, in die die Schwester geflohen war. Natty und die Schlange spähten vergeblich in die Dunkelheit – Hetty und das Kanu blieben verschwunden.

Die beiden Männer griffen wieder zu den Rudern und die Arche glitt lautlos weiter. Sie steuerten nach Westen, in Richtung des Lagers der Mingo. An einer Stelle, nicht weit vom Ufer, warteten sie fast eine Stunde auf die Ankunft Hettys, weil sie hofften, dass sie dort landen würde. Aber nichts rührte sich. Schließlich beschlossen sie, zur Wasserburg zurückzukehren, denn es war viel zu gefährlich, noch länger in der Nähe des Ufers zu bleiben. Wildtöter machte sich Sorgen, denn es konnte sein, dass durch Hettys unbedachte Flucht eines der Kanus in die Hände der Feinde fiel.

10

Hetty hatte zu rudern aufgehört, um sich ihren Verfolgern nicht zu verraten. Als sie von der Arche nichts mehr hörte, paddelte sie vorsichtig zum westlichen Ufer. Sie brauchte mehr als eine Stunde, bis sie die Landspitze erreichte, stieg aus und blieb dann eine Weile unschlüssig auf dem kiesbedeckten Ufer stehen. So einfach und arglos Hetty auch war, wusste sie doch, dass das Kanu nicht in die Hände der Irokesen fallen durfte. Schließlich entschloss sie sich, das Kanu in den See zu stoßen, und hoffte, Wind und Strömung würden es hin zur Wasserburg treiben.

Plötzlich war es ihr, als hörte sie Stimmen unter den Bäumen. Sie erschrak, wollte wieder ins Kanu springen und fliehen, als sie glaubte Judiths Stimme zu erkennen. Lauschend beugte sie sich vor und hielt sich ganz still. Bald wurde ihr klar, dass die Stimmen vom Wasser her kamen – die Arche näherte sich von Süden. Das Fahrzeug kam sehr dicht an das westliche Ufer heran und musste in ungefähr dreißig Meter Entfernung an der Landspitze vorbeifahren. So stieß Hetty beruhigt das Kanu in den See und blieb auf der schmalen Halbinsel stehen. Sie fühlte sich sicher, denn auch am hellen Tag hätte sie niemand hinter dem dichten Laubwerk der überhängenden Bäume und dem wuchernden Gebüsch entdecken können, und in der Dunkelheit war dies ganz unmöglich. Auch konnte sie jederzeit in den Wald zurück fliehen. Gespannt wartete sie auf die Arche. Das Fahrzeug näherte sich bald mit aufgespanntem Segel. Wildtöter stand mit Judith vorn, der Delaware hielt das Steuer.

Hetty hörte die ihr so gut bekannte Stimme Wildtöters. »Judith, da ist ein Kanu. Halte die Fähre in gerader Linie, Häuptling – so, jetzt habe ich das Boot.«

Das Kanu wurde sofort wieder an der Seite der Arche befestigt und im nächsten Augenblick wurde das Segel niedergelassen.

»Hetty!«, rief Judith besorgt, »kannst du mich hören? Um Gottes willen, antworte, liebe Hetty!«

»Ich bin hier, Judith, hier am Ufer, aber ihr sollt mir nicht folgen.«

»Hetty, was hast du vor? Es ist fast Mitternacht. Weißt du nicht, wie gefährlich es in den Wäldern ist? Willst du einem Indianer in die Hände fallen oder einem wilden Tier?«

»Einem armen, schwachen Mädchen wird niemand etwas antun, Judith. Sei ohne Sorge. Meinen Vater und den armen Hurry Harry wird man töten und martern, wenn ihnen niemand hilft. Ich will zu den Indianern gehen und sie bitten, die beiden freizulassen.«

»Hetty!«, schrie Judith auf, aber als Antwort hörte sie nur die Zweige im Ufergebüsch rauschen. Dann blieb alles still. Hetty war anscheinend in den Wald gelaufen und es war aussichtslos, ihr zu folgen. In der Dunkelheit hätten sie sofort ihre Spur verloren. Auch war eine gemeinsame Suche viel zu gefährlich. Niedergeschlagen hielten die drei auf der Arche eine kurze Beratung ab, zogen das Segel wieder auf und steuerten zur Burg zurück. Trotz seiner Sorgen um Hetty freute sich Wildtöter, dass sie das Kanu wiederhatten, und er überlegte, welcher Plan am nächsten Morgen der beste sei, um Hetty und den Gefangenen zu helfen. Der Wind erhob sich, als sie die Landspitze verließen, und bald hatten sie die Wasserburg erreicht. Hier fanden sie alles in Ordnung. Judith suchte ihre Schlafkammer auf, und Wildtöter und der Delaware legten sich in der Fähre zur Ruhe. Judith aber konnte vor Sorge um ihre Schwester die Nacht über kaum schlafen.

Nachdem Hetty das Ufer verlassen hatte, lief sie in ihrer Angst, doch verfolgt zu werden, immer weiter hinein in den Wald. Unter den Bäumen war es so dunkel, dass sie nur langsam vorwärtskam. Oft stolperte sie und einige Male fiel sie nieder, und nach zwei Stunden Umherirrens war sie so erschöpft, dass sie nicht weiterkonnte. Ohne Furcht bereitete sie sich nun ihr Lager. Zwar wusste sie, dass wilde Tiere in den Wäldern leben, sie wusste aber auch, dass sie fast niemals einen Menschen angreifen. Tom Hutter hatte es ihr oft gesagt und sie zweifelte nie an den Worten ihres Vaters. Sie sammelte trockenes Laub, kniete nieder und bat in ihrer einfältigen und vertrauensvollen Art Gott um Hilfe. In den dichten Wäldern jener Gegend war es selbst im Sommer immer kühl, in den Nächten aber war die Luft sehr frisch. Hetty hatte daran gedacht und einen schweren Mantel mitgenommen, mit dem sie sich zudeckte. In einigen Minuten schlief sie fest und ruhig und öffnete erst dann die Augen, als der graue Schein der Morgendämmerung durch die Wipfel der Bäume fiel.

Gewöhnlich war Hetty auf, bevor die Strahlen der

Sonne sie weckten, aber diesmal war sie so erschöpft, dass sie länger schlief. Ihr Schlaf war aber leichter geworden, sie murmelte unzusammenhängende Worte, streckte ihre Hand aus und berührte etwas, das sich warm anfühlte. Noch halb im Schlaf glaubte Hetty, im Bett neben ihrer Schwester zu liegen. Im nächsten Augenblick aber spürte sie eine feuchte Schnauze an ihrem Gesicht und fuhr hellwach auf. Sie war zuerst so verwirrt, dass sie nicht wusste, wo sie war, dann aber entdeckte sie ein braunes Bärenjunges, das auf den Hinterbeinen neben ihr saß.

Hetty hatte oft junge Bären aufgezogen, und der kleine Bursche war so drollig und unbeholfen, dass sie ihn schon in die Arme nehmen wollte, als ein lautes Brummen sie warnte. Sie wich einige Schritte zurück und sah in einiger Entfernung die Bärin. Das Tier kam etwas näher, erhob sich auf die Hinterbeine, wiegte zornig brummend den plumpen Körper, griff aber das Mädchen nicht an. Glücklicherweise floh Hetty nicht. Sie blieb ganz ruhig stehen und reizte das Tier nicht mit hastigen Bewegungen. Die Bärin beruhigte sich wieder, ja, sie säugte sogar unbekümmert ihr Junges. Eine Weile sah Hetty entzückt zu und vergaß beinahe, warum sie hier im Wald war. Als sie sich wieder daran erinnerte, warf sie einen freundlichen Blick auf die Bärenmutter und ihr Junges und setzte ihren Weg fort. Sie befand sich nicht weit vom Seeufer und konnte das Wasser durch die Bäume blinken sehen. Als sie sich einmal zufällig umsah, bemerkte sie, dass die Bärenfamilie ihr folgte.

Nach einer halben Stunde erreichte Hetty einen Bach, der sich tief in die Erde eingeschnitten hatte und zwischen steilen und hohen, mit Bäumen bedeckten Ufern in den See stürzte. Sie wusch sich und trank und ging dann weiter, immer noch von ihrem seltsamen Gefolge begleitet. Nachdem sie einige Zeit am Ufer entlanggegangen war, blieben die Bären auf einmal zurück. Eine leichte Hand legte sich plötzlich auf Hettys Schulter. »Wohin gehst du?«, fragte eine leise Mädchenstimme, die sehr besorgt klang. »Dort sind Indianer – rote Männer – grausame Krieger.«

Diese unerwartete Begrüßung jagte Hetty keine Angst ein. Sie war auf ein solches Zusammentreffen vorbereitet, und das Indianermädchen, das sie angesprochen hatte, wirkte keinesfalls furchterregend. Es war nicht viel älter als Hetty und lächelte freundlich. Seine Kleidung bestand aus einem Kattunmantel und einem kurzen blauen Rock, der mit Goldtressen eingefasst war und bis zu den Knien reichte. Dazu trug das Mädchen Leggins und Mokassins aus Hirschleder. Das Haar hing in langen dunklen Flechten über den Rücken und war über der niedrigen glatten Stirn gescheitelt. Das Gesicht war zart und regelmäßig.

»Wohin gehst du?«, fragte das Mädchen noch einmal. »Dort sind keine guten Krieger.«

»Wie heißt du?«, fragte Hetty mit der Einfalt eines Kindes.

»Wah-ta-Wah. Ich bin keine Mingo – ich bin Delawarin – Delawaren sind Freunde der Engländer. Die Mingos sind grausam. Komm hierher. Niemand darf uns sehen.«

Wah-ta-Wah führte ihre Gefährtin den Abhang zum See hinunter, bis die überhängenden Bäume und das Buschwerk sie ganz verbargen. Dann setzten sie sich nebeneinander auf einen Baumstamm, der zum Teil im Wasser lag.

»Weshalb kommst du?«, fragte das Indianermädchen. »Woher kommst du?«

In ihrer einfachen, aufrichtigen Art erzählte Hetty ihre Geschichte.

»Weshalb kommt dein Vater in der Nacht ins Lager der Mingos? Er weiß, dass Krieg ist. Er ist kein bartloser Knabe, er weiß, dass die Mingos Tomahawks und Messer und Flinten haben. Weshalb kommt er in der Nacht und fasst mich am Haar. Warum will er den Skalp eines Delawarenmädchens?«

»Deinen Skalp wollte er nehmen?«, rief Hetty entsetzt und wurde bleich.

»Weshalb nicht? Ein Delawarenskalp wird so gut bezahlt wie ein Mingoskalp. Der Gouverneur macht keinen Unterschied. Weiße Männer aber sollen keine Skalpe nehmen. Wildtöter sagt es.«

»Du kennst Wildtöter?«, fragte Hetty erstaunt. »Ich kenne Lederstrumpf auch. Er ist in der Arche mit Judith und mit einem Delawaren, den er die Große Schlange nennt. Es ist ein tapferer und schöner Krieger. Mir gefällt er.«

Das Blut stieg in die braunen Wangen des Indianermädchens. »Chingachgook?«, flüsterte sie, beugte sich vor und sah Hetty gespannt an. »Sein Vater ist Häuptling der Mohikaner. Kennst du die Schlange?«

»Er kam gestern Abend zu uns und war zwei oder drei Stunden in der Arche, bevor ich sie verließ. Ich fürchte, er kam um Skalpe wie mein Vater und Hurry Harry.«

»Weshalb nicht? Chingachgook ist ein roter Krieger. Es ist eine Ehre, wenn er einen Skalp nimmt.«

»Nein, das ist nicht recht, Wah-ta-Wah. Niemand darf einen Skalp nehmen, kein weißer und kein roter Mann.«

»Das ist nicht wahr!«, antwortete das Indianermädchen und seine Augen blitzten. »Der Große Geist will, dass ein junger Mann auf den Kriegspfad geht. Es ist eine Ehre, wenn ein Krieger mit einem Skalp heimkommt.«

»Ist die Große Schlange deswegen gekommen? Nein, das kann ich nicht glauben! Er wird nicht so weit hergekommen sein, nur um einen anderen Menschen zu töten.«

Diese Frage bewegte Wah-ta-Wah sichtlich. Sie warf einen scheuen Blick um sich, als fürchte sie, belauscht zu werden, dann blickte sie Hetty bedeutsam an und schließlich bedeckte sie ihr Gesicht mit beiden Händen. Unvermittelt aber sah sie wieder auf und legte ihren Arm um Hettys Schulter.

»Du bist gut«, flüsterte sie. »Du hast ein gutes Gesicht. Wah-ta-Wah hat schon lange keine Freundin. Willst du ihre Freundin sein?«

»Ich hatte nie eine Freundin. Ich habe eine Schwester. Sie heißt Judith. Sie liebt mich und ich liebe sie. Aber ich möchte gern eine Freundin haben. Deine Stimme gefällt mir und du hast ein so hübsches Lächeln – nur – nur – was du gesagt hast von den Skalpen …«

»Nicht mehr daran denken – nicht mehr davon sprechen«, unterbrach sie Wah-ta-Wah beruhigend. »Ich bin eine Delawarin und du bist eine Weiße. Wir haben andere

Sitten. Aber auch Wildtöter – Lederstrumpf – ist weiß, und Chingachgook rot – und doch sind sie beste Freunde. Nenne mich Wah. Und wie heißt du?«

»Ich heiße Hetty. Du sprichst gut Englisch, Wah?«

»Missionare haben Wah sprechen gelehrt. Wollten Wah lesen lehren, aber nicht gut für ein Delawarenmädchen. Wah will nicht mehr wissen als ein Krieger. Du hast einen Namen, der mir gefällt.«

Hetty erzählte nun ihrer neuen Freundin von ihrem Plan. Plötzlich beugte sich Wah-ta-Wah vor, sah sie an und fragte: »Hetty liebt jungen Krieger – wie? Er hat ein kühnes Gesicht. Vielleicht wird er Häuptling.«

Hetty wurde tiefrot. »Ich glaube«, antwortete sie zögernd, »wenn Harry oft an den See kommt, werde ich ihn so lieben müssen wie den Vater. Ich muss dir die Wahrheit sagen, Wah, weil du mich fragst. Aber ich würde vor Scham sterben, wenn er es wüsste.«

»Warum fragt er dich nicht? Er hat ein kühnes Gesicht, warum spricht er nicht kühn? Ein Krieger muss mit dem Mädchen sprechen, das er zur Frau haben will. Sonst wird das Mädchen nie in seinen Wigwam kommen.«

»Harry wird mich nicht heiraten wollen. Niemand wird mich heiraten«, schluchzte Hetty.

»Wieso weißt du das?«

»Sie sagen alle, dass ich schwach im Kopf bin. Der Vater sagt es und auch Judith, wenn sie böse auf mich ist. Auch meine Mutter hat es gesagt und dabei weinte sie.«

Wah sah das sanfte Mädchen wortlos an, dann schien sie zu begreifen. Mitleid, Achtung und Zärtlichkeit erfüllten sie. Sie stand auf und bat Hetty, sie in das Lager der

Indianer zu begleiten, weil sie wusste, dass kein Indianer ein Wesen kränken würde, das der Große Geist entwaffnet hatte. Bei vielen Stämmen wurden die Schwachsinnigen sogar mit einer Art religiöser Ehrfurcht behandelt. Hetty begleitete ihre neue Freundin ohne Zögern. Sie wollte in das Lager gehen. Während sie langsam das Ufer entlangwanderten, das von überhängendem Gebüsch beschattet wurde, setzte Hetty das Gespräch fort.

»Aber du bist doch ganz bei Verstand?«, fragte sie kindlich. »Es gibt keinen Grund, warum die Schlange dich nicht heiraten sollte.«

»Wah ist eine Gefangene und die Mingos haben gute Ohren. Sprich nicht von Chingachgook, wenn sie dabei sind! Du musst es mir versprechen.«

»Ich weiß«, flüsterte Hetty. »Ich weiß, Wildtöter und die Schlange wollen dich befreien.«

»Wieso weißt du das?«, unterbrach Wah sie schnell und wünschte in dem Augenblick fast, ihre Freundin möge noch weniger bei Verstand sein, als es wirklich der Fall war. »Wieso weißt du es? Sprich nur von deinem Vater und Harry. Die Mingos werden das verstehen. Sehr schlimm für mich, wenn sie wissen, dass Chingachgook hier ist.«

Hetty begriff und versprach, kein Wort von der Großen Schlange zu erwähnen. »Vielleicht wird die Schlange auch deinen Vater und Harry befreien«, flüsterte Wah-ta-Wah, als sie dem Lager schon so nahe waren, dass sie Stimmen hören konnten.

Hetty nickte nur, denn sie hatten das Lager der Irokesen erreicht.

11

Jene Indianerschar, der Wah-ta-Wah wider Willen angehörte, war nicht eigentlich auf dem Kriegspfad, denn sie hatte Frauen und Kinder bei sich. Es war eine größere Sippe der Irokesen, die im englischen Gebiet gejagt und gefischt hatte. Der Ausbruch der Feindseligkeiten zwischen Engländern und Franzosen – ein Krieg, in den alle Stämme hineingezogen werden mussten, die unter ihrem Einfluss lebten – hatte sie in der Nähe des Sees überrascht, und da sie den Winter und Frühling über von dem gelebt hatten, was sie im Feindesland erjagt hatten, wollten sie vor dem Rückzug noch so viel Beute als möglich machen.

Das Lager war nicht zu einem längeren Aufenthalt bestimmt und glich einem befestigten Biwak. Unter einer Eiche war eine Feuerstelle, die zum Kochen diente. Rundherum standen fünfzehn bis zwanzig niedrige Hütten, in denen die Indianer nachts schliefen oder bei stürmischem Wetter Zuflucht suchen konnten. Die Hütten waren recht geschickt aus Zweigen geflochten und mit Baumrinde bedeckt. Hausgerät hatten die Irokesen auf ihren Jagdausflug kaum mitgenommen und neben der Feuerstelle lag nur einfaches Kochgeschirr herum. Flinten, Pulverhörner und Jagdtaschen waren gegen die Bäume gelehnt oder hingen neben der Jagdbeute an niedrigen Ästen. Einige Kinder tummelten sich vor den Hütten, und nur das unterdrückte Lachen und die leisen Stimmen der Mädchen und Frauen unterbrachen bisweilen die tiefe Stille. Die Männer aßen oder schliefen oder prüften ihre Waffen.

Als die beiden Mädchen sich dem Lager näherten, stieß Hetty einen leisen Ruf aus. Sie hatte ihren Vater entdeckt. Er saß, mit dem Rücken gegen einen Baum gelehnt, auf der Erde. Neben ihm stand Hurry Harry. Allem Anschein nach konnten sie sich im Lager frei bewegen, und wer mit indianischen Sitten nicht vertraut war, musste sie für Gäste des Stammes halten. Wah-ta-Wah führte ihre neue Freundin zu den Gefangenen und zog sich dann bescheiden zurück. Hetty blieb neben ihrem Vater stehen, ohne ein Wort zu sagen. Der alte Mann zeigte weder Sorge noch Erstaunen über ihr plötzliches Erscheinen. Er hatte sich längst den Stoizismus der Indianer angeeignet, denn er wusste, dass er sich dadurch ihre Achtung erwerben konnte. Auch die Indianer zeigten keine Verwunderung über das plötzliche und unerwartete Auftauchen einer Fremden. Einige Krieger traten unauffällig zusammen, und nur die Blicke, die sie auf Hetty warfen, verrieten, dass sie über das Mädchen sprachen. Diese äußere Ruhe ist ein Charakterzug aller nordamerikanischen Indianer.

Wenn auch Herr Hutter gleichgültig schien, war er doch gerührt. »Du hättest nicht herkommen sollen, Hetty«, sagte er besorgt. »Die Mingos sind ein wilder Stamm, und du weißt, dass sie unversöhnlich sind.«

»Vater«, antwortete Hetty und sah sich verstohlen um, als hätte sie Angst, dass einer der Indianer sie belauschte. »Ich möchte dich etwas fragen. Ist dir jene Grausamkeit geglückt, um deretwillen du hierhergekommen bist? Ich muss das wissen, bevor ich mit den Indianern rede.«

»Du hättest bei deiner Schwester bleiben sollen, Kind. Was hast du vor?«

»Vater, hast du einen Skalp genommen?«

»Wenn es dich beruhigt, Kind, nein. Ich hatte das junge Mädchen gepackt, mit dem du hierherkamst, aber ihr Geschrei brachte alle Krieger auf die Beine, und gegen eine solche Übermacht war ich wehrlos.«

»Oh, ich bin froh, dass es so war, Vater! Jetzt kann ich offen und mit gutem Gewissen zu den Indianern sprechen. Ich hoffe, auch Harry hat keinem Indianer etwas zuleide getan.«

»Was das betrifft, Hetty«, antwortete der junge Mann ironisch, »so bin ich allerdings nicht fähig dazu gewesen. Das ist die ganze Geschichte!«

»Vater, es ist am besten, wenn du dich still und ruhig verhältst, bis ich mit den Indianern gesprochen habe. Auch du, Harry, sag kein Wort. Folgt mir nicht und lasst mich allein mit ihnen reden. Ich bin sicher, dass alles ein glückliches Ende haben wird.«

Inzwischen war Wah-ta-Wah zu einer Gruppe älterer Krieger gegangen, die während ihrer Gefangenschaft am freundlichsten zu ihr gewesen waren. Der Angesehenste unter ihnen wollte sie sogar als sein Kind adoptieren. Sie hoffte jetzt, dass man sie über ihre neue Freundin ausfragen würde, und tatsächlich wurde sie, als Hetty zu ihrem Vater getreten war, in den Kreis der Krieger gerufen. Sie erzählte, wie sie die geistige Schwäche Hettys entdeckt hatte, und berichtete, warum das Mädchen freiwillig in das Lager ihrer Feinde gekommen war. Wie Wah-ta-Wah erwartet hatte, wurde Hetty mit scheuer Achtung angesehen.

Als Hetty zu den Häuptlingen trat, machten sie ihr ehrfürchtig den Weg frei. In der Nähe lag ein gestürzter Baum und der älteste der Krieger winkte ihr, darauf Platz zu nehmen. Nachher setzte er sich freundlich wie ein Vater neben sie. Die anderen stellten sich im Kreis um sie auf. Hetty wollte zu sprechen anfangen, aber der Häuptling gab ihr durch ein freundliches Zeichen zu verstehen, dass sie noch schweigen sollte. Ein jüngerer Krieger führte Wah-ta-Wah in den Kreis. Sie sollte als Dolmetscher helfen, denn nur wenige der Mingos verstanden Englisch. Wah-ta-Wah war gern dazu bereit, obwohl sie sich der Gefahr bewusst war, sollte sie versuchen die Indianer zu täuschen, doch war sie fest entschlossen, die Nähe ihres Verlobten auf keinen Fall zu verraten.

Als sie an der Seite Hettys Platz genommen hatte, forderte sie der alte Häuptling auf, das weiße Mädchen zu fragen, warum es gekommen sei.

»Sag den Häuptlingen, Wah, wer ich bin – ich bin Thomas Hutters jüngste Tochter. Sag ihnen auch, dass ich hierherkam, um sie zu bitten, meinem Vater und Harry nichts zuleide zu tun. Ich bitte sie, die beiden nicht als Feinde zu behandeln und sie in Frieden gehen zu lassen. Sag ihnen das alles, Wah, und fürchte weder für dich noch für mich. Gott wird uns schützen.«

Wah-ta-Wah bemühte sich, die Worte ihrer Freundin möglichst getreu zu übersetzen. Die Häuptlinge hörten ernst und würdig zu.

»Und nun, Wah-ta-Wah«, fuhr Hetty fort, »möchte ich, dass du diesen roten Männern Wort für Wort mitteilst, was ich dir sagen werde. Mein Vater und Harry kamen mit der Absicht her, möglichst viele Skalpe mitzunehmen, denn der gottlose Gouverneur hat Geld für Skalpe angeboten. Mein Vater und Harry konnten dieser Versuchung nicht widerstehen.«

Wah-ta-Wah zögerte, Hettys Worte zu wiederholen. Sie tat es aber doch, weil sie wusste, dass zwei der Häuptlinge Englisch verstanden. Auch diese Erklärung wurde stumm aufgenommen. Die Häuptlinge hielten diese Handlungsweise für männlich, weil sie ihrem Denken und ihren Gewohnheiten entsprach.

»Und nun, Wah, kannst du ihnen noch mehr sagen. Mein Vater und Harry hatten keinen Erfolg, deshalb können die Mingos keinen Groll gegen sie hegen. Frage sie, ob sie wissen, dass es einen Gott gibt, der die ganze Erde regiert und alle Geschöpfe, die auf ihr leben.«

Wah-ta-Wah sah sie bei dieser Frage etwas erstaunt an, denn wie alle Indianer glaubte sie an den Großen Geist und dachte wahrscheinlich öfter an ihn, als es bei vielen Weißen der Fall war. Sie übersetzte aber Hettys Worte und die Krieger nickten wiederum ernst.

»So ist es gut«, fuhr Hetty fort, »jetzt wird es leicht für mich sein. Der Große Geist, wie ihr unseren Gott nennt, hat ein Buch schreiben lassen, darin stehen alle seine Gebote. Hier ist eines davon, und du musst den Häuptlingen sagen, was ich ihnen daraus vorlesen werde.«

»Warum hat der Große Geist den Indianern kein heiliges Buch gesandt?«, fragte Wah-ta-Wah schnell.

»Warum?«, antwortete Hetty, verwirrt von dieser unerwarteten Frage. »Warum? Ach – weißt du, die Indianer können doch nicht lesen. Darum!«

Wenn Wah-ta-wah von dieser Antwort nicht zufriedengestellt war, so zeigte sie es nicht, sie nickte nur freundlich mit dem Kopf und bat Hetty fortzufahren.

Hetty zog aus ihrer Tasche ehrerbietig eine kleine englische Bibel. Die Krieger beobachteten Hetty aufmerksam, und als sie das kleine Buch sahen, lief ein erstauntes Murmeln durch ihre Reihen. Hetty hob ihre Bibel triumphierend in die Höhe, als erwarte sie, der Anblick würde ein Wunder bewirken. Als kein Wunder eintrat, wandte sie sich, ohne über die Ruhe der Indianer gekränkt oder befremdet zu sein, ihrer neuen Freundin zu und begann zu lesen. Sie wurde immer aufgeregter, ihre Wangen glühten und ihre sonst so leise Stimme wurde stärker und ausdrucksvoll. Seit ihrer Kindheit war sie durch ihre Mutter mit der Bibel vertraut und sie blätterte mit erstaunlicher Schnelligkeit von einer Stelle des Buches zur anderen und wählte Sätze aus, in denen von Versöhnlichkeit und Milde die Rede war.

»Liebe deinen Nächsten wie dich selbst«, las sie vor. »Wah, sage ihnen das!«

»Unser Nächster ist kein schlechtes Bleichgesicht«, antwortete Wah-ta-Wah bestimmt. »Der Nächste des Irokesen ist der Irokese, für den Mohikaner der Mohikaner, für das Bleichgesicht das Bleichgesicht. Das brauche ich den Häuptlingen nicht zu übersetzen.«

»Du vergisst, Wah, dass das die Worte des Großen Geistes sind. Auch die Häuptlinge müssen ihm gehorchen. Schau, da steht: ›Liebe deine Feinde, tue Gutes denen, die dich hassen …‹ «

Doch für Wah-ta-Wah war es nun ganz unmöglich, ihr

zu folgen. Sie hätte nicht einmal die Worte gefunden, um diese seltsamen Lehren zu übersetzen, sie war aber so verblüfft und verwundert, dass sie schweigend zuhörte, bis Hetty endlich erschöpft war und nicht mehr weiterreden konnte. Wah-ta-Wah übersetzte kurz das Wesentliche, soweit sie es selber verstanden hatte.

Glücklicherweise hatte die Mitteilung über Hettys Geisteszustand die Indianer auf etwas Ungewöhnliches vorbereitet. Damit erklärten sie sich alles, was ihnen töricht und paradox erschien. Einige der alten Männer hatten auch ähnliche Lehren von den Missionaren gehört.

»Dies ist das gute Buch der weißen Menschen«, sagte einer der Häuptlinge und nahm Hetty die Bibel aus der Hand. Sie sah ihn gespannt an. »Das ist das Gesetz, wonach meine weißen Brüder zu leben behaupten. Sage meiner jungen Schwester«, wandte er sich an Wah-ta-Wah, »dass ich meinen Mund öffnen und einige Worte sagen will.«

»Der Häuptling will sprechen. Meine Freundin soll zuhören«, sagte Wah-ta-Wah.

»Das ist das Gesetz der weißen Männer«, fuhr der Indianer fort. »Sie sollen denen, die sie beleidigen, Gutes tun. Wenn ein Bruder die Flinte verlangt, muss er ihm auch das Pulverhorn geben. Ist das das Gesetz der weißen Männer?«

»Nein, nein!«, rief Hetty. »In der Bibel steht kein Wort von einer Flinte, und Pulver und Kugeln sind dem Großen Geist durchaus zuwider.«

»Weshalb bedient sich dann der weiße Mann der Flinten, des Pulvers und der Kugeln? Es ist Gesetz, dass er denen, die etwas von ihm verlangen, doppelt so viel geben muss. Warum nimmt er dann den armen Indianern alles, die doch nichts von ihm verlangen? Er kommt von jenseits der aufgehenden Sonne mit seinem Buch in der Hand und er lehrt die roten Männer, es zu lesen. Weshalb vergisst er selbst alles, was darin steht? Was ihm der Indianer gibt, damit ist er nicht zufrieden. Jetzt bietet er Gold für die Skalpe unserer Frauen und Kinder, und doch nennt er uns wilde Tiere, wenn wir im offenen Kampf einen Krieger töten und seinen Skalp nehmen. – Ich habe gesprochen. Mein Name ist Rivenoak.«

Als Hetty diese Worte hörte, wurde sie ganz verlegen. Klügere Köpfe als dieses arme Mädchen konnten schon oft auf ähnliche Fragen keine Antwort geben. Hetty wurde immer verwirrter und brach schließlich in Tränen aus. Wah-ta-Wah legte ihre Arme um ihre Schultern und versuchte sie zu trösten.

Inzwischen hatte einer der Krieger Tom Hutter und Harry herbeigebracht. Wah vermutete, dass die beiden befragt werden sollten.

»Tochter«, sagte der älteste Häuptling zu Wah, »frage diesen Graubart, warum er in unser Lager kam.«

Die Frage wurde übersetzt. Hutter war viel zu dickköpfig, um für seine Handlungen nicht einzustehen. Auch war er vertraut mit dem Denken der Indianer und wusste, dass ihm eine Unwahrheit nichts einbringen konnte. Er gestand daher ohne Zögern, warum er in das Lager gekommen war, und rechtfertigte sich damit, dass die Regierung der Provinz einen hohen Preis auf Skalpe gesetzt hatte. Das aufrichtige Geständnis wurde von den Kriegern mit großer Selbstverständlichkeit aufgenommen. Es bewies ihnen, dass sie einen ebenbürtigen Feind gefangen genommen hatten. Harry gestand ebenfalls die Wahrheit. Danach entfernten sich die Häuptlinge schweigend, als hielten sie die Angelegenheit für erledigt.

Hetty und Wah blieben mit Hutter und March allein zurück. Scheinbar kümmerte sich niemand mehr um sie, insgeheim aber wurden sie sorgfältig beobachtet. Hutter und Harry kannten nur zu gut die Wachsamkeit der Indianer und wussten, wie nutzlos jeder Fluchtversuch war, wenn er nicht sorgfältig vorbereitet worden war. Da sie bemerkt hatten, dass auch Wah-ta-Wah nicht freiwillig im Lager der Irokesen war, sprach Hutter freier, als es sonst ratsam gewesen wäre.

»Ich mache dir keinen Vorwurf, Hetty, dass du gekommen bist«, sagte er, setzte sich neben seine Tochter und nahm ihre Hand, »aber Predigten und Bibel sind nicht die Mittel, um einen Indianer zu bekehren. Hat Wildtöter dir etwas aufgetragen, was du uns sagen sollst? Will er uns befreien?«

»Ja, das ist die Hauptsache«, fiel Harry ein, »wenn du uns zu etwa tausend Schritten Freiheit verhelfen kannst, so will ich für das andere bürgen.«

Hetty sah traurig von einem zum anderen. »Vater«, antwortete sie, »Judith und Wildtöter wussten nicht, dass ich hierher wollte, bis ich die Arche verlassen hatte. Ich fürchte, sie sind in der Burg und müssen sie verteidigen und können dir nicht zu Hilfe kommen.«

»Nein, nein«, unterbrach sie Wah-ta-Wah leise, damit niemand hören konnte, dass sie mit den Weißen sprach.

»Wildtöter verlässt keinen Freund in Gefahr. Er wird helfen.«

»Das klingt gut, alter Tom«, sagte Harry, nickte ihr zu und lachte. »Gebt mir nur eine schlaue Indianerin zur Freundin und ich werde dem Teufel Trotz bieten.«

»Nicht laut sprechen!«, warnte ihn Wah-ta-Wah. »Einige Mingos haben eine englische Zunge und alle haben englische Ohren.«

»Willst du uns bei der Flucht helfen?«, fragte Hutter. »Du kannst auf eine gute Belohnung rechnen, und nichts ist leichter, als dich deinen Eltern zurückzuschicken, sobald wir in der Burg sind. Solange wir die Kanus und die Arche haben, beherrschen wir den See. Nur ein schweres Geschütz könnte uns vertreiben.«

»Dann wohl wieder ans Ufer kommen, um Skalpe zu holen?«, antwortete Wah-ta-Wah kalt und spöttisch.

»Das ist uns schlecht bekommen. Es nützt aber nichts, wenn wir darüber klagen, und dein Spott hilft uns auch nicht weiter.«

»Vater«, sagte Hetty, »Judith will die Truhe aufbrechen. Sie hofft, dass etwas darin ist, mit dem sie deine Freiheit erkaufen kann.«

Hutter machte ein finsteres Gesicht und murmelte etwas unwillig vor sich hin.

»Warum die Truhe nicht aufbrechen?«, fragte Wah-ta-Wah. »Das Leben ist mehr wert als eine alte Truhe. Sag deiner Tochter, sie soll die Truhe aufbrechen. Sonst hilft dir Wah-ta-Wah nicht.«

»Ihr wisst nicht, was ihr verlangt. Ihr seid beide einfältige Mädchen und solltet nicht von Dingen sprechen, die ihr nicht versteht. Die Gleichgültigkeit der Indianer will mir nicht gefallen, Harry. Glaubst du, dass wir uns auf dieses Mädchen hier verlassen können?«

»Hört«, unterbrach ihn Wah-ta-Wah schnell und mit blitzenden Augen. »Wah-ta-Wah ist keine Mingo, sie ist Delawarin. Sie hat ein Delawarenherz. Sie ist eine Gefangene. Gefangene müssen sich helfen. Es ist nicht gut, wenn wir jetzt weitersprechen. Die Tochter soll bei ihrem Vater bleiben. Wah-ta-Wah wird kommen und sie besuchen. Dann wird sie sagen, was zu tun ist.«

Wah-ta-Wah erhob sich, verließ die Weißen und ging zu ihrer Hütte, als hätte sie kein Interesse mehr an ihnen.

12

Wildtöter und der Delaware standen in der Nacht ein paarmal auf und beobachteten den stillen, weiten See. Sie konnten aber nichts Verdächtiges entdecken. Als der Tag anbrach, wachte Natty als Erster auf. Sein Freund, der in der letzten Zeit nur wenig und unruhig geschlafen hatte, erhob sich erst, als die Sonne bereits aufgegangen war. Er wollte sich gerade anziehen, als Wildtöter in die Kajüte der Arche trat und ihm einen Sommeranzug Hutters brachte.

»Judith hat mir das für dich gegeben, Häuptling«, rief er, »es wäre sehr unvorsichtig, wenn du dich in deinem Kriegsschmuck und deinen Kriegsfarben zeigtest. Wasche die Farbe von deinem Gesicht und ziehe diese Kleider an. Hier ist auch ein Hut. Denke daran, dass Wah-ta-Wah in der Nähe ist und dass wir sie befreien müssen. Ich weiß, dass du die Kleider eines weißen Mannes nur ungern anziehen wirst. Aber es ist unbedingt nötig.«

Chingachgook sah Hutters Anzug widerwillig an, ließ sich aber überzeugen, dass eine Verkleidung das Klügste war, was er tun konnte. Sollten die Irokesen einen Indianer in der Burg bemerken, würden sie noch mehr auf der Hut sein und außerdem Verdacht schöpfen und Wah-ta-Wah gewiss strenger bewachen. Chingachgook bewegte sich freilich so ungeschickt in seiner neuen Ausrüstung, dass Wildtöter mehr als einmal darüber lächelte.

Als die drei Belagerten sich zum Frühstück setzten, waren alle still und nachdenklich. Judith war müde, denn sie hatte fast die ganze Nacht nicht geschlafen, und die beiden Männer dachten an die ungewisse Zukunft.

Nach einer Weile brach Judith das Schweigen. »Es wäre schrecklich«, sagte sie, »wenn meinem Vater und Hetty etwas zustoßen sollte. Wir dürfen nicht länger untätig bleiben. Wir müssen uns einen Plan ausdenken, wie wir sie befreien können.«

»Ich weiß es, Judith. Was glaubst du, was wir tun sollten?«

»Ich bin ziemlich ratlos, Natty. Aber könnten wir nicht den Mingos ein Lösegeld anbieten?«

»Daran habe ich auch schon gedacht, Judith. Es fragt sich nur, ob die Indianer darauf eingehen und ob wir etwas haben, das sie reizen könnte. Dein Vater hat ein gutes Haus, und vielleicht finden wir irgendwelche Gegenstände, die für die Mingos einen Wert besitzen. Ich denke da zum Beispiel an eine gute Flinte und ein Fass Pulver. Zwei kräftige Männer aber kann man nicht für eine Kleinigkeit loskaufen und ich fürchte …«

»Was meinst du?«, fragte Judith ungeduldig, als sie bemerkte, dass Wildtöter zögerte.

»Nun, Judith, die Franzosen haben ebenfalls Preise auf Skalpe gesetzt. Mit dem Geld für zwei Skalpe kann man ein Fass Pulver kaufen und eine Flinte.«

»Es ist schrecklich«, murmelte Judith. »Ich glaube aber auch nicht, dass die Irokesen ihre Gefangenen ausliefern, wenn wir nur die Flinte und das Pulver anbieten können, und es wird auch kaum nützen, wenn ich ihren Frauen alle meine Kleider gebe. Aber wir haben ja noch die Truhe!«

»Ja, wir haben die Truhe«, antwortete Natty Bumppo zögernd. »Wenn man zwischen einem Geheimnis und seinem eigenen Skalp wählen muss, würden die meisten Männer es vorziehen, ihren Skalp zu behalten. Hat dein Vater dir je verboten, die Truhe zu öffnen?«

»Nein. Er glaubte, dass die Truhe gut genug verschlossen ist.«

»Es ist eine schöne Truhe. Chingachgook, dies ist doch kein Holz aus unseren Wäldern?«

Der Delaware befühlte das Holz mit den Fingern, prüfte die Härte mit den Nägeln und schüttelte dann den Kopf. Dann betrachtete er neugierig die Stahlplatten und die schweren Vorlegeschlösser. Wildtöter fragte nach dem Schlüssel.

»Ich habe nie einen Schlüssel gesehen«, antwortete Judith. »Und doch muss es einen geben. Hetty hat ja gesehen, wie der Vater die Truhe aufmachte.«

»Wenn ein Schlüssel da ist, so müssen wir ihn finden. Chingachgook, du hast Augen wie ein Luchs und bist schlauer als wir alle. Wo glaubst du, dass der Besitzer den Schlüssel versteckt haben kann?«

Gemeinsam suchten sie dann die ganze Burg nach dem fehlenden Schlüssel ab. Aber sie fanden ihn nirgends und standen schließlich ziemlich niedergeschlagen im Schlafzimmer der beiden Mädchen. Chingachgook betrachtete aufmerksam die Kleider und Habseligkeiten Hettys und Judiths. Seinem scharfen Blick entging nicht, welch großer Unterschied in der Kleidung der Schwestern bestand.

»Das Mädchen mit dem schwachen Verstand sah die Truhe offen?«, fragte er interessiert. »Der Schlüssel wird also nur vor der Wilden Rose verborgen gehalten?« So nannte der Delaware Judith in den Gesprächen mit seinem Freund. Natty nickte, und der Indianer fuhr fort: »Wo könnte ein Schlüssel vor der Wilden Rose besser verborgen werden als unter den Kleidern der anderen Schwester?«

Wildtöter konnte nicht umhin, über diese kluge Schlussfolgerung leise zu lachen. Chingachgook untersuchte die Kleiderhaken und fand den Schlüssel tatsächlich in einem groben Beutel hinter einigen Röcken verborgen. Natty Bumppo-Lederstrumpf nahm ihn und ging schnell in das andere Zimmer. Der Schlüssel passte. Nachdem er den Deckel der Truhe in die Höhe gehoben hatte, wollte er sich mit seinem Freund zurückziehen, da es sich allem Anschein nach um ein Familiengeheimnis handelte, doch Judith bat ihn zu bleiben.

»Gut«, antwortete Natty, »zuerst aber wollen wir den See und die Ufer beobachten, damit wir nicht eine unliebsame Überraschung von unseren Freunden, den Mingos, erleben.«

Da weder er noch Chingachgook irgendetwas Verdächtiges entdecken konnten, kamen sie bald wieder zu Judith zurück. Judith hatte seit ihrer Kindheit vor dieser Truhe und ihrem unbekannten Inhalt eine ehrfürchtige Scheu gehabt. Weder ihr Vater noch ihre Mutter hatten in ihrer Gegenwart davon gesprochen. Sie fürchtete nun ein wenig die Vorwürfe ihres Vaters, schalt sich jedoch selber wegen ihrer Bedenken, da sie ihm ja helfen wollte.

Obenauf in der Truhe lag ein Stück grobe Leinwand, das Wildtöter vorsichtig entfernte. Verschiedene Kleidungsstücke kamen zum Vorschein, die aus feinem Tuch und vornehm verarbeitet waren. Ein scharlachroter Rock hatte mit Goldtressen gesäumte Knopflöcher, schien aber keine Uniform zu sein, sondern die Kleidung eines wohlhabenden Mannes. Als Natty den Rock auseinanderlegte, stieß Chingachgook einen leisen bewundernden Ruf aus.

»Ich wette, dass uns dieser Rock sehr helfen wird«, sagte Natty lachend. »In ganz Amerika gibt es wohl kein Indianerherz, das einem so prachtvollen Stück widerstehen kann.«

Der Rock, der ganz gewiss nie für Hutter bestimmt gewesen war, wurde wieder beiseitegelegt. Als Nächstes lag in der Truhe ein Brokatkleid, das sehr kostbar aussah, obwohl es durch nachlässige Behandlung etwas gelitten hatte. Diesmal war es Judith, die vor Erstaunen große Augen machte, denn sie hatte noch nie einen so feinen Stoff in so schönen Farben gesehen. Sie war wie ein Kind entzückt, das ein neues Spielzeug erhält, lief mit dem Kleid in ihr Schlafzimmer und kam gleich darauf in voller Pracht zurück.

»Judith«, sagte Wildtöter und sah sie bewundernd an, »du siehst wie eine Königin aus. Ich weiß nun, was wir tun müssen. Ich schicke dich in diesem Kleid zu den Mingos, sie werden einer so feinen Dame keine Bitte abschlagen und deinen Vater, Harry und Hetty ausliefern.«

Judith errötete. »Glaubst du, dass die Irokesen diese Kleider als Lösegeld annehmen, Natty?«, fragte sie.

»Ich bin sicher, dass kein Indianer diesem roten Rock widerstehen kann und keine Indianerfrau diesem Kleid.«

Judith verließ rasch das Zimmer und kam gleich darauf in ihrem eigenen Kleid wieder zurück. Die beiden jungen Männer überlegten nun, ob sie den Inhalt der Truhe weiterhin untersuchen sollten. Judith zerstreute ihre Bedenken, die sie hatten, und meinte: »Erst wenn wir den ganzen Inhalt kennen, Natty, wissen wir, was am besten als Lösegeld taugt.«

Unter einem zweiten Stück Leinwand lagen zwei kunstvoll mit Silber eingelegte Pistolen. In einer Stadt wäre ihr Wert beträchtlich gewesen, doch in den Wäldern kannte man diese Waffen kaum. Nur europäische Offiziere, die die Kolonien besuchten, besaßen damals Pistolen. Natty nahm sie aus der Truhe und zeigte sie dem Delawaren.

»Eine Kinderflinte«, erklärte Chingachgook und lächelte, als er eine der Pistolen in die Hand nahm und betrachtete.

»Du irrst dich, Große Schlange«, antwortete Wildtöter. »Diese Waffe ist für einen Ewachsenen bestimmt. In der Hand eines Mannes, der mit ihr umgehen kann, ist sie ein gefährliches Spielzeug für den Gegner.«

Als Nächstes kam ein Gegenstand aus der Truhe, der sorgfältig in ein Tuch eingeschlagen war. Nachdem Natty das Tuch entfernt hatte, stellte sich heraus, dass darin eines der mathematischen Instrumente eingehüllt gewesen war, wie sie damals von Seeleuten benützt wurden. Wildtöter und Chingachgook betrachteten staunend und bewundernd das unbekannte glänzende Instrument. »Ich habe einmal die Instrumente der Geometer gesehen, Judith«, sagte Natty, »aber das hier ist noch viel komplizierter.«

»Vater ist kein Geometer und mit diesem Instrument kann er bestimmt nicht umgehen. Ich glaube auch nicht, dass er je den roten Rock getragen hat. Er ist ihm viel zu groß und dieses Instrument hier geht über seine Gelehrsamkeit.«

»Der alte Bursche muss irgendwann jemanden beerbt haben. Man sagt, er sei ein Seemann gewesen, und ohne Zweifel war diese Truhe. – Doch was ist das!«

Natty hatte eine Schachtel geöffnet und nahm die Figuren eines Schachspiels heraus. Sie waren aus Elfenbein, größer als gewöhnlich und sorgfältig und kunstvoll geschnitzt. Jede Figur stellte den Gegenstand dar, wonach sie benannt wird: die Springer saßen auf Pferdchen, die Türme standen auf Elefanten, und selbst die Bauern waren deutlich erkennbar. Das Spiel war nicht vollständig und einige Figuren waren zerbrochen. Chingachgook vergaß seine indianische Würde und zeigte offen sein Entzücken. Er nahm jede Figur in die Hand und betrachtete sie. Vor allem die Elefanten hatten es ihm angetan.

»Das Tier mit dem Turm scheint dir zu gefallen, Häuptling«, sagte Wildtöter und lächelte.

»Es ist ein Elefant«, rief Judith. »Ich habe in den Garnisonen oft Bilder dieser Tiere gesehen und die Mutter hatte ein Buch, in dem sie beschrieben waren.«

»Das Tier ist gut für die Mingos«, sagte Chingachgook und gab den Elfenbeinelefanten widerstrebend seinem Freund zurück. »Es könnte einen ganzen feindlichen Stamm kaufen.« Mit einem leichten Seufzer und glitzernden Augen fügte er hinzu: »Sogar den Stamm der Delawaren!«

Alle drei waren sich bald einig, dass nichts die Gier der Irokesen mehr reizen konnte als die Elefanten. Natty beschloss daher, dem Häuptling die vier Türme des Spieles als Lösegeld anzubieten. Die restlichen Schachfiguren wurden wieder in die Schachtel gelegt und auch alles Übrige in der Truhe verstaut. Natty klappte den Deckel zu und verschloss sie wieder.

Inzwischen war mehr als eine Stunde vergangen. Chingachgook hielt sich gerade in der Schlafkammer Hutters auf, weil er sich von den wunderbaren Figuren nicht trennen konnte und sie lange und ausgiebig betrachten wollte. Natty und Judith saßen in der Küche beisammen. Plötzlich hörten sie einen leichten Schritt auf der Plattform und gleich darauf erschien Hetty in der Tür.

Wildtöter sprang sofort auf, und Judith stieß einen leichten Schrei aus, denn hinter Hetty stand ein junger indianischer Krieger, der nicht älter als fünfzehn Jahre alt sein mochte. Natty rief seinem Freund schnell in der Sprache der Delawaren eine Warnung zu, dann trat er an die Tür. Hetty und der Irokesenjunge waren jedoch allein gekommen. Ein kleines Floß, das an der Seite der Arche lag, machte Wildtöter klar, wie man Hetty hierhergebracht hatte. Er schüttelte den Kopf und murmelte vor sich hin: »Das kommt davon, wenn man in anderer Leute Truhen wühlt! Eine schöne Bescherung wäre es gewesen, wenn eine ganze Horde Mingos auf Flößen gekommen wäre!«

Judith hatte sich von ihrem Schrecken erholt, umarmte

ihre Schwester und küsste sie. Hetty war noch ganz von der Reinheit und Heiligkeit ihrer Aufgabe erfüllt. Sie begann sofort von ihren Erlebnissen zu erzählen. Wildtöter hörte aufmerksam zu, während der junge Indianer unter der Tür stehen blieb und scheinbar gleichgültig vor sich hinblickte.

»Als ich den Häuptlingen aus der Bibel vorlas«, schloss Hetty ihre Erzählung, »merkte ich nicht, dass es Eindruck auf sie machte. Aber Judith, wer könnte den Worten widerstehen, die in der Bibel aufgeschrieben sind. Ich saß gerade mit Wah beim Frühstück, da kamen die Häuptlinge und sagten, alles, was ich ihnen vorgelesen hätte, wäre wahr – müsste wahr sein –, es sei wie der Gesang eines Vogels in ihren Ohren gewesen. Sie sagten mir, ich sollte in die Burg zurückkehren und dies alles dem großen Krieger erzählen, der einen ihrer Tapferen erschlagen hat. Sie wären glücklich, wenn sie zur Burg kommen könnten, ich sollte ihnen dann noch mehr aus dem Buch vorlesen. Wildtöter, sie bitten dich, ihnen einige Kanus zu leihen. Dann werden sie mit dem Vater und Harry und ihren Frauen zu uns kommen. Hier auf der Plattform wollen sie dem Gesang des weißen Manitus zuhören. Stell dir vor, Judith, das sagten sie!«

Hetty wollte weitersprechen, aber Wildtöter unterbrach sie und fragte: »Wurde dieses Floß nach dem Frühstück mit Wah gebaut, Hetty?«

»Nein, Natty. Das Floß war schon fertig und lag nahe beim Lager im Wasser. Die Indianer führten mich hin. Dann ruderte der Junge mit mir zur Burg.«

»Und die Wälder sind voll von diesen Landstreichern

und sie warten nur darauf, wie wir ihren Vorschlag aufnehmen. Als Erstes müssen wir diesen jungen Mingo loswerden, dann können wir weiter planen. Bring mir die Elefanten!«

Judith kam seinem Wunsch sofort nach. Wildtöter konnte sich in den meisten indianischen Dialekten dieser Gegend verständigen. Er ließ den Irokesenjungen auf der Truhe Platz nehmen und stellte unvermittelt zwei der Elfenbeinfiguren vor ihn hin. Der Junge hatte bislang keine Neugierde gezeigt. Vieles in dem Haus musste ihm neu und unbekannt sein, aber er hatte keinen Augenblick seine Beherrschung verloren. Zwar hatte er alles ganz genau betrachtet, aber so unauffällig und mit einer so unschuldigen und kindlichen Miene, dass nur ein Mann, der in einer ähnlichen Schule erzogen worden war wie Wildtöter, den wirklichen Zweck erraten konnte. Sobald jedoch der Blick des Jungen auf die Figuren der unbekannten Tiere fiel, konnte er sein Erstaunen nicht mehr verbergen. Er stieß einen Ruf des Entzückens aus, wurde aber gleich darauf sehr verlegen, weil er nach den Begriffen der Indianer etwas Unschickliches getan hatte. Er konnte jedoch seinen Blick nicht von den Elefanten abwenden und nach einem kurzen Zögern nahm er einen in die Hand. Natty ließ ihn gewähren. Schließlich legte er seine Hand auf das nackte Knie des Indianerjungen.

»Ich will mit meinem jungen Freund aus Kanada sprechen«, sagte er. »Er möge das Wunder eine Minute lang vergessen.«

»Wo ist der andere weiße Bruder?«, fragte der Junge plötzlich und schaute auf.

»Er schläft. Wieso wusste mein junger Freund, dass ich nicht allein bin?«

»Ich habe ihn vom Ufer aus gesehen. Irokesenkrieger haben scharfe Augen.«

»Gut, du weißt also, dass ich noch einen Freund habe. Aber jetzt hör mir zu. Zwei weiße Männer sind Gefangene im Lager der Irokesen.«

Der Junge nickte scheinbar gleichgültig, nur seine Augen blitzten, als sei er stolz über die Gefangennahme der beiden Weißen.

»Du weißt sicher, dass der ältere eurer Gefangenen der Vater dieser zwei Mädchen ist, und der andere ist mit einer von ihnen verlobt. Die Mädchen möchten das Leben ihrer Freunde retten. Für jeden Skalp wollen sie eines der wunderbaren Tiere hier als Lösegeld geben. Kehre zurück und sage dies deinen Häuptlingen und bring mir die Antwort vor Sonnenuntergang.«

Der Irokesenjunge ging eifrig auf diesen Vorschlag ein, und Natty zweifelte nicht, dass er den Auftrag wunschgemäß ausführen würde. Er sah ihm nach, wie er über den See paddelte und dann im Dickicht am Ufer verschwand.

Inzwischen hatte Natty den Delawaren aufgesucht. Chingachgook empfing sie freundlich, das sanfte Mädchen hatte seine Zuneigung gewonnen, und er hoffte auch, von ihr eine Nachricht über seine Verlobte zu erfahren. Hetty setzte sich und betrachtete den Delawaren eine Weile nachdenklich. Dann fragte sie: »Du bist Chingachgook, die Große Schlange der Delawaren, nicht wahr?«

»Ja, ich bin Chingachgook«, antwortete der Delaware schlicht. »In Wildtöters Sprache: die Große Schlange.«

Wieder schwiegen beide, bis der Indianer fragte: »Hat keine Zunge im Lager der Irokesen den Namen Chingachgook genannt, Welkende Lilie? Wurde der Name bei den Mingos nicht von einem kleinen Vogel gesungen?«

Sie antwortete nicht, senkte den Kopf und errötete. Dann blickte sie schelmisch auf und lächelte unschuldig wie ein Kind.

»Hat meine Schwester einen solchen Vogel gehört?«, fragte Chingachgook noch einmal mit sanfter Stimme.

»Du bist Chingachgook, du musst es sein, denn es ist kein anderer Indianer hier, und sie glaubte, Chingachgook würde kommen.«

»Will mir meine Schwester nicht sagen, was der Vogel gesungen hat? Wie sieht er aus? Wie geht es ihm?«

»Sie sagte immer wieder den Namen Chingachgook. Und dann sagte mir Wah, ich solle dir leise zuflüstern, du sollst den Mingos nicht trauen. Und sie sagte, es gäbe einen großen, glänzenden Stern, der ungefähr drei Stunden nach Sonnenuntergang über den Hügeln steht. Wenn dieser Stern am Himmel erscheint, kommt sie zur Landspitze, wo ich das Ufer betrat. Dort sollst du sie in einem Kanu erwarten.«

»Gut! Chingachgook hat seine Schwester verstanden.«

Hetty nickte befriedigt, dann schilderte sie das Lager der Irokesen. Trotz ihrer Naivität beobachtete sie scharf. Keiner der Irokesen schien zu vermuten, dass Chingachgook in der Wasserburg war, obwohl sie gesehen hatten, dass sich ein Indianer an Bord der Arche begeben hatte. Hetty erzählte auch, dass ihre Freundin Wah-ta-Wah sich frei bewegen durfte und niemand ihr misstraute.

13

Als der Delaware wieder zu seinem Freund trat, hatte er die europäischen Kleider abgelegt. Wildtöter machte ihm Vorwürfe, aber die Große Schlange erklärte, dass eine Verkleidung nutzlos sei und nur Misstrauen erregen konnte, da die Mingos ja wussten, dass ein Indianer auf die Arche gekommen war. Jetzt, da Chingachgook bald seine Wah-ta-Wah zu sehen hoffte, hätte ihn nichts mehr bewegen können, ihr nicht als indianischer Krieger entgegenzutreten.

Daraufhin erzählte Natty, was er mit dem jungen Irokesen ausgehandelt hatte, und Chingachgook berichtete von dem Gespräch mit Hetty.

»Vor allem wollen wir Wah-ta-Wah befreien«, sagte Natty. »Mit dieser Aufgabe aber können wir die Verteidigung der Wasserburg und der Töchter des alten Hutter vereinen.«

»Ich will ins Lager der Mingos gehen«, antwortete Chingachgook. »Niemand außer Wah-ta-Wah kennt Chingachgook, und ein Vertrag sollte nur von einem Häuptling abgeschlossen werden. Gib mir die fremden Tiere. Ich werde mit dem Kanu zum Ufer rudern.«

Wildtöter spielte mit einer Angel und ließ seine Beine über den Rand der Plattform hängen. Er antwortete seinem Freund nicht, sondern führte stattdessen ein Selbstgespräch. »Ja, ja, das muss Liebe sein!«, murmelte er vor sich hin. »Ich habe gehört, dass sie bisweilen die Vernunft ganz trübt. Sie soll einen Mann hilflos wie ein unvernünftiges Tier machen. Es muss stimmen, wenn sogar ein Delaware seine Vernunft und Klugheit verliert.« Er machte eine Pause und wandte sich dann an den Häuptling. »Das kann nicht dein Ernst sein, Chingachgook! Du bist ein Häuptling und wirst bald an der Spitze deiner Krieger auf den Kriegspfad gehen. Willst du dich kampflos in die Hände deiner Feinde begeben?«

»Wah!«, antwortete der Indianer.

»Jawohl, Wah! Ich weiß, dass es Wah heißt und immer wieder Wah! Ich mache mir wirklich Sorgen um dich, Chingachgook! So einen unvorsichtigen Plan habe ich noch von keinem Häuptling gehört. Ein Kanu sollst du nicht haben, solange dir noch die Stimme deines Freundes etwas gilt.«

»Wildtöter hat recht«, antwortete die Schlange nach einer Weile. »Eine Wolke verhüllte das Gesicht Chingachgooks und seine Augen waren blind. Mein Bruder hat ein gutes Gedächtnis für gute Taten und ein schwaches für schlechte. Er wird es vergessen.«

»Ja, das ist leicht gesagt. Sprich nicht mehr davon, Schlange, und wenn dir wieder eine solche Wolke nahe kommt, dann geh ihr aus dem Weg. – Setz dich zu mir, wir müssen unseren Plan besprechen. Du siehst, dass diese Landstreicher Flöße bauen können. Es wird ihnen nicht schwerfallen, uns mit einer großen Schar zu überfallen. Vielleicht wäre es besser, alle Lebensmittel in die Arche zu bringen, die Burg abzuschließen und uns alle in das Fahrzeug zu begeben. Wir sind dann beweglich und können unsere Stellung immer wieder verändern. Außerdem sind wir mit dem Segel viel schneller als jedes Floß.«

Chingachgook stimmte diesem Plan zu. Sollte die Unterhandlung erfolglos verlaufen, so bestand wenig Hoffnung, dass die Burg nicht in der Nacht angegriffen würde. Zwei Männer aber reichten nicht zur Verteidigung der Burg gegen eine so zahlreiche Indianerschar aus. Es war leicht für die Irokesen, Baumstämme an das Ufer zu bringen und Flöße in jeder Größe zu bauen.

Sie unterrichteten Judith über die geplanten Maßnahmen und begannen sofort mit der Vorbereitung. Betten, Kleider, Küchengeräte, Waffen und Munition und die geheimnisvolle Truhe wurden in die Arche gebracht, die an der östlichen Seite der Wasserburg verankert war, sodass man sie vom Ufer aus nicht sehen konnte.

Nach zwei Stunden waren sie fertig. Zu diesem Zeitpunkt näherte sich auch bereits wieder das kleine Floß vom Ufer her der Wasserburg. Durch das Fernglas sah Natty Lederstrumpf, dass sich nur zwei unbewaffnete Krieger darauf befanden. Chingachgook und die Mädchen zogen sich zurück. Die Schlange postierte sich mit mehreren Flinten an der Tür, während Judith durch eine Schießscharte das Floß beobachtete. Wildtöter hatte sich einen Stuhl an den Rand der Plattform gestellt und darauf Platz genommen. Die Flinte lehnte er an die Stuhllehne.

Als das Floß noch etwa zwanzig Meter entfernt war, rief er den Irokesen zu, sie sollten zu rudern aufhören. Die beiden Krieger standen auf und das Floß trieb langsam auf die Burg zu.

»Seid ihr Häuptlinge?«, fragte Wildtöter. »Oder haben

die Mingos Krieger ohne Namen gesandt? Wenn das der Fall ist, so rudert schnell wieder fort. Ich unterhandle nur mit Häuptlingen.«

»Hugh!«, rief der Ältere der beiden auf dem Floß. »Mein Bruder ist sehr stolz, aber Rivenoak ist ein Name, der einen Delawaren erbleichen lassen kann.«

»Das kann wahr sein oder es kann eine Lüge sein, Rivenoak, je nachdem. Warum kommt ihr auf Baumstämmen zu mir?«

»Die Mingos sind keine Enten, die auf dem Wasser schwimmen können. Wenn die weißen Männer ihnen ein Kanu geben, so werden sie in einem Kanu kommen.«

»Das wird nie geschehen, aber ihr seid auf euren Baumstämmen willkommen.«

»Wir danken, mein junger Krieger. Er hat doch einen Namen? Wie nennen ihn die Häuptlinge?«

Wildtöter zögerte einen Augenblick, dann konnte er nicht widerstehen, er lächelte und sagte mit fast kindlichem Stolz: »Wie alle, die noch jung sind, bin ich unter verschiedenen Namen bekannt. Einer eurer Krieger, der erst gestern Morgen in die ewigen Jagdgründe wanderte, gab mir den Namen Falkenauge, weil mein Blick schneller war als der seine, als es um Leben und Tod zwischen uns ging.«

Die Wirkung dieser Worte war groß. Die Krieger stießen einen Ausruf des Erstaunens aus und sahen Wildtöter mit plötzlicher Ehrerbietung an. Dann flüsterten sie miteinander.

»Mein Bruder Falkenauge hat eine Botschaft an uns gesandt«, sagte schließlich Rivenoak. »Sie hat unsere Herzen erfreut. Wir hören, dass er Figuren von zwei Tieren mit zwei Schwänzen besitzt. Ohne Zweifel besitzen sie einen großen Zauber. Will er sie seinen Freunden zeigen?«

»Feinden wäre richtiger«, murmelte Natty. »Hier ist eines der Tiere. Ich werfe es euch auf Treu und Glauben zu. Wenn ich es nicht zurückerhalte, so muss ich meine Flinte sprechen lassen.«

Rivenoak nickte und Natty warf ihm einen der Elefanten zu. Nun siegten wiederum Entzücken und Staunen über die sonst übliche indianische Gelassenheit. Einige Minuten lang untersuchten die beiden Irokesen die Elfenbeinfigur, die ihnen wunderbar und geheimnisvoll erschien. Je länger sie das unbekannte Tier betrachteten, desto aufgeregter wurden sie.

»Hat mein weißer Bruder noch mehr solche Tiere?«, fragte Rivenoak schließlich.

»Es sind noch mehr da, Mingo. Aber mit einem einzigen solchen Tier kann ich fünfzig Skalpe kaufen.«

»Einer meiner Gefangenen ist ein großer Krieger, schlank wie eine Tanne, stark wie ein Elch, schnell wie der Hirsch und wild wie der Panther. Einmal wird er ein großer Häuptling werden und die Soldaten des Königs anführen.«

»Nein, Häuptling, du täuschst dich. Hurry Harry wird nie mehr werden als ein Korporal. Sein Skalp ist nicht mehr wert als der jedes anderen einfachen Mannes.«

»Mein alter Gefangener ist weise. Er ist der König dieses Sees und ein großer Krieger.«

»Nun, es gibt genug Leute, die anderer Meinung sind.

Ein weiser Mann hätte sich nicht so leicht fangen lassen wie Mister Hutter. Es gibt nur einen König, dem dieser See gehört, und der ist weit weg. Ein Tier mit zwei Schwänzen ist zwei solche Skalpe wert.«

»Mein Bruder hat noch ein solches Tier! Er wird zwei für den alten Vater geben.«

»Der Schwimmende Tom ist nicht mein Vater, aber ich will ihn trotzdem nicht im Stich lassen. Zwei Tiere für einen Skalp und jedes Tier noch dazu mit zwei Schwänzen – das ist aber wirklich zu viel!«

Rivenoak nahm nun bei einem der üblichen Kunstkniffe Zuflucht, um den Handel so gut wie möglich abzuschließen. Er tat, als hätte er Zweifel, ob ein solches Tier mit zwei Schwänzen überhaupt lebe. Wahrscheinlich seien die Figuren ganz wertlos, behauptete er zu guter Letzt. Er wurde immer heftiger, während Wildtöter ruhig und gelassen blieb. Zwar hatte er selbst keine Ahnung, was ein Elefant wirklich war, aber dass die Figuren wertvoll waren, das wusste er.

Endlich erklärte Rivenoak, es sei nutzlos, weiterzuverhandeln, und bereitete sich zur Abfahrt vor. Beiden Parteien war es aber im Grunde genommen nicht recht, den Handel vorzeitig abzubrechen. Natty überlegte im Stillen, wie er Rivenoak zum Bleiben veranlassen konnte, und Rivenoak verzögerte die Abfahrt. Er ließ die Burg und seinen Gegner nicht aus den Augen, sprach leise mit seinem Gefährten und stieß mit dem Fuß gegen die Zweige, die auf dem Floß lagen. Wildtöters Aufmerksamkeit hatte nachgelassen, weil er sich den Kopf zerbrach, was er weiter tun sollte. Zu seinem Glück hatte Judith scharfe Augen.

»Nimm dich in Acht, Natty!«, rief sie. »Unter den Zweigen liegen Flinten!«

Rivenoak verstand allem Anschein nach die Worte Judiths, er richtete sich kerzengerade auf und lächelte höflich.

»Weshalb sollen Rivenoak und sein Bruder eine Wolke zwischen sich lassen?«, fragte er. »Sie sind beide weise, tapfer und großmütig. Sie sollten Freunde sein. Wir werden die Gefangenen für zwei Tiere freigeben.«

»Mingo«, antwortete Wildtöter erfreut, »du sollst sehen, dass ein weißer Mann einen vollen Preis bezahlt. Behalte das Tier, das du vergessen hast mir zurückzugeben. Zeige es deinen Häuptlingen. Wenn du unsere Freunde bringst, will ich dir noch zwei dieser Tiere geben, und« – er zögerte einen Augenblick – »wenn unsere Freunde vor Sonnenuntergang in der Burg sind, so gebe ich dir vielleicht noch ein viertes Tier, um die Zahl gerade zu machen.«

Ein zufriedenes Lächeln huschte über das strenge Gesicht Rivenoaks. Er nahm die Elefantenfigur wieder in die Hand, betrachtete sie vergnügt und sagte dann zu Natty, er sei mit diesen Bedingungen einverstanden. Dann ruderten die beiden Irokesen langsam zum Ufer.

»Kann man diesen Wilden vertrauen?«, fragte Judith, als sie mit Hetty auf die Plattform kam. »Werden sie nicht behalten, was sie haben, und uns blutige Beweise schicken, dass wir von ihnen überlistet wurden?«

»Judith, ich kenne die Indianer, und glaube mir, dieses Tier mit zwei Schwänzen wird den ganzen Stamm in Aufregung versetzen. Ich wette, dass sie an Zauberei und an alles Mögliche denken. Zwei Gefangene werden ihnen als kein hoher Preis für so wertvolle Gegenstände erscheinen.«

»Natty, die Indianer werden doch Vater und Harry freilassen?«, fragte Hetty unschuldig. »Ich las ihnen aus der Bibel vor und du hast doch gesehen, wie anders sie nun sind als früher.«

Wildtöter hörte Hetty freundlich an, aber er konnte nicht umhin, den Kopf zu schütteln. »Ein paar Verse der Bibel bewirken kein Wunder, Hetty. Es sind Irokesen und wir sind ihre Feinde. Sie werden die Gefangenen zwar ausliefern, aber ganz gewiss nachher alles versuchen, sie – und uns dazu – in ihre Gewalt zu bringen. Wir müssen jetzt diese Landstreicher bei guter Laune erhalten, denn erstens wollen wir euren Vater und Harry retten und zweitens muss Chingachgook seine Verlobte Wah befreien.«

Eine Stunde nach der anderen verging. Schon stand die Sonne sehr tief über den Hügeln im Westen, aber noch immer sah man weit und breit kein Floß auf dem See. Endlich entdeckte Wildtöter mit dem Fernrohr im Dickicht am Ufer eine Schar Indianer, und bevor die Sonne untergegangen war, wurde das Floß ins Wasser gestoßen. Judith sah durch das Fernrohr ihren Vater und Harry. Die beiden lagen gebunden auf dem Floß. Da die Sonne schon sehr tief stand, beeilten sich die Indianer, und in kurzer Zeit legte das Floß bei der Burg an.

Die Übergabe der Gefangenen bereitete noch einige Schwierigkeiten. Die Mingos mussten ihren Feinden vertrauen, was ihnen nicht leichtfiel. Wenn sie Hutter und Harry freigelassen hatten, waren ihre Gegner in der Überzahl und konnten ihnen ohne Schwierigkeiten den Rückweg abschneiden. Wildtöter war sich dieser Tatsache bewusst und sah ein, dass Rivenoaks Bedenken berechtigt waren. Seine Ehrlichkeit hatte aber den Irokesen beeindruckt.

»Mein Bruder weiß, dass ich ihm vertraue«, sagte er. »Ich gebe mich in seine Hand und verlasse mich, dass sein Gesicht nicht lügt.« Er löste Hutters Beinfesseln. »Ein Skalp für noch ein Tier!«

»Halt, Häuptling«, unterbrach ihn Natty, »behalte deinen Gefangenen noch einen Augenblick. Ich muss erst das Lösegeld holen.«

Wildtöter ging in das Haus und befahl Judith, alle Waffen zu verstecken. Er fürchtete Harrys Jähzorn und Rachsucht und wollte nicht, dass von seiner Seite aus der Vertrag gebrochen wurde. Dann steckte er die Schachfiguren ein und kehrte auf die Plattform zurück.

»Sie sind willkommen in Ihrer alten Wohnung, Mister Hutter«, sagte er und half dem Alten auf die Plattform, während er verstohlen Rivenoak einen der Türme aushändigte. »Ihre Töchter sind froh, dass Sie wieder hier sind. Da ist ja auch schon Hetty, die Sie begrüßen will.«

Harrys Beinfesseln wurden gelöst und auch er durfte zu seinen Freunden kommen. Rivenoak erhielt inzwischen die beiden letzten Schachfiguren.

Harry stand ziemlich unsicher auf den Beinen, die zu lange festgebunden gewesen waren, um sie sofort wieder in der Gewalt zu haben, er taumelte hilflos und machte ein verlegenes Gesicht.

»Du siehst aus wie eine Tanne im Sturm«, rief Wildtöter. »Ich bin aber sehr froh, dass dir die Mingos bei deinem letzten Besuch in ihrem Lager deine Haare gelassen haben.«

»Hör, Natty«, antwortete March ärgerlich, »ich würde dir anraten, mir bei dieser Gelegenheit weniger deinen Witz als deine Freundschaft zu zeigen.«

Wildtöter band die Arme seiner Freunde los, und sie stampften und sprangen fluchend umher, um ihr stockendes Blut wieder in Bewegung zu bringen. Das Floß war schon ziemlich weit entfernt, als Harry zufällig auf den See schaute und begriff, wie schnell er seiner Rache entging. Er konnte sich schon besser bewegen, obwohl er noch immer etwas ungeschickt war. Im nächsten Augenblick riss er Wildtöter die Flinte von der Schulter und versuchte den Hahn zu spannen. Doch Natty war zu schnell für ihn. Er entwand ihm die Waffe, aber während des Ringens ging ein Schuss in die Luft. Harry setzte sich enttäuscht nieder, rieb sich die schmerzenden Handgelenke, fluchte und verhieß den Mingos für später fürchterliche Rache.

14

Die Ruhe des Abends hatte sich über den See gesenkt. Die Sonne war untergegangen, der Himmel war düster und ein leichter Wind strich über das Wasser. In der Wasserburg war es still geworden. Harry und Hutter fühlten sich beschämt und gedemütigt und dachten nur noch an Vergeltung. In Wahrheit hatten sie ein schlechtes Gewissen und konnten solche Gedanken am leichtesten vergessen, wenn sie den Mingos an allem Schuld gaben. Die anderen waren nachdenklich und schweigsam. In dieser Stimmung setzten sich alle zum Abendessen.

»Alter Tom«, sagte Harry nach einer Weile lachend, »du sahst wie ein gebundener Bär aus, und es wundert mich, dass du nicht mehr gebrummt hast. Gut, es ist alles vorüber. Es hat keinen Sinn, wenn wir die verdammten Rothäute verwünschen. Rivenoak hat einen guten Skalp. Ich würde gern ebenso viel dafür bezahlen wie die Kolonie. Ja, in dieser Beziehung bin ich jetzt genauso freigebig wie der Gouverneur. Eine Zeit lang hatten wir schon alle Hoffnung aufgegeben, um die Wahrheit zu sagen, Natty. Ich kann noch immer nicht begreifen, wieso es dir möglich war, uns loszukaufen. Wirklich, für diesen Dienst verzeihe ich es dir sogar, dass du mich gehindert hast, Rache an diesen Burschen zu nehmen. Wie hast du uns befreit? Verrate uns das Geheimnis!«

»Wir zahlten ein Lösegeld für euch. Der Preis war so

hoch, dass ihr euch hüten müsst, nochmals den Irokesen in die Hände zu fallen. Sonst dürfte unser Vermögen nicht mehr ausreichen, euch ein zweites Mal loszukaufen.«

»Ein Lösegeld! Dafür muss der alte Tom geradestehen. Ich habe kein Geld. Ja, man soll es nicht glauben! Gold ist Gold, niemand kann da widerstehen. In dieser Beziehung sind sich Indianer und Weiße gleich.«

Hutter stand auf und winkte Natty, ihm zu folgen. Er führte ihn in das andere Zimmer und erfuhr, für welchen Preis er seine Freiheit erhalten hatte. Der alte Mann war weder erstaunt noch zornig, weil sie die Truhe durchsucht hatten, und als er erfuhr, dass der restliche Inhalt unangetastet geblieben war, gab er sich zufrieden. Natty und Hutter kehrten wieder zu den anderen zurück.

»Ich bin neugierig, ob wir jetzt Frieden oder Krieg mit den Wilden haben werden«, sagte Harry nach einem längeren Schweigen.

Wildtöter war vor einigen Minuten vor die Tür getreten, weil ein leichtes Geräusch seine Aufmerksamkeit erregt hatte. In diesem Augenblick kam er wieder ins Zimmer und warf als Antwort ein kleines Holzbündel auf den Tisch. Es bestand aus einem Dutzend Stöcken, die mit einem Riemen aus Hirschleder fest zusammengebunden waren. March nahm das Bündel und trat damit zum Feuer. Beim schwachen Licht der glühenden Fichtenscheite sah er, dass die Enden der Stöcke in Blut getaucht waren.

»Wenn das nicht auch für einen Engländer eine klare, verständliche Sprache ist!«, stellte er trocken fest. »Das nennen sie in New York eine Kriegserklärung. Wo hast du das Bündel her, Natty?«

»Es lag draußen auf der Plattform und es ist allerdings eine indianische Kriegserklärung. Zugleich ist es aber auch ein Beweis, Harry, wie wenig wachsam du bist. Sonst würdest du gehört haben, wie der junge Indianer, der uns dieses Bündel gebracht hat, auf seinem Floß wieder fortruderte.«

»Gib mir die Flinte, Judith. Ich will diesem Landstreicher eine Antwort geben, die er so bald nicht wieder vergessen wird.«

»Nicht, solange ich hier bin, Harry«, betonte Natty ruhig. »Man muss sein Wort halten, sei es nun gegen einen Indianer oder einen Weißen. Dieser Irokesenjunge kam als Bote und ruderte mit einem brennenden Holzspan zu unserer Burg, sodass wir ihn jederzeit sehen konnten. Es ist nicht üblich, einem Boten ein Leid zuzufügen. Außerdem ist es nur ein Junge und kein erwachsener Krieger. Jetzt ist er bereits wieder ein schönes Stück fortgerudert und hat den Holzspan gelöscht. Die Nacht ist zu dunkel, um ihn mit deiner Flinte zu treffen.«

»Aber ich kann ihn mit dem Kanu verfolgen und mir seinen Skalp holen. Verdammt! Je schneller diese Brut ausgerottet wird, desto besser ist es für uns alle.«

Harry lief hinaus zu den Kanus, aber Wildtöter rief Chingachgook, der draußen auf der Plattform stand, rasch einige Worte in der Sprache der Delawaren zu. Der Häuptling stieg in das Kanu und entfernte schnell die Ruder. Harry war wütend. Er ballte seine kräftigen Fäuste und ging auf den Indianer los. Alle hatten Angst, dass es zu einem Streit kommen würde, und Judith, die so ruhig alle Aufregungen der vergangenen Tage ertragen hatte, zitterte auf einmal wie Espenlaub. Die kaltblütig zur Schau gestellte Gleichgültigkeit Chingachgooks brachte aber Harry rechtzeitig zur Besinnung. Er wusste, dass ein Indianer sich nicht ungestraft beleidigen lässt.

Eine bedrückte Stille entstand.

»Ich wäre mir selber untreu geworden«, sagte Natty schließlich, »wenn ich nicht so gehandelt hätte, Harry. Selbst der niedrigste Indianer, der in den Wäldern umherschleicht, würde sich schämen, einem Boten ein Haar zu krümmen.«

Hutter zog Harry am Ärmel in die Arche. Dort saßen sie lange nebeneinander und unterhielten sich flüsternd. Auch die Schlange und Natty hielten eine Beratung ab. Noch drei Stunden fehlten bis zum Aufgang jenes Sternes, der Wah-ta-Wah zur Landspitze führen sollte.

Nach einer Weile erschien Hutter wieder auf der Plattform. Er billigte Nattys Plan, die Burg während der Nacht zu verlassen und auf der Arche Zuflucht zu suchen. Es bestand kaum ein Zweifel darüber, dass die Mingos die Burg erobern wollten. Der alte Mann glaubte, dass der Angriff schon in dieser Nacht erfolgen würde.

Die Wasserburg wurde verschlossen und abgesichert, dann zogen sie die Kanus hinter den Palisaden hervor und befestigten sie an der Arche. Sie brachten die wenigen Habseligkeiten, die noch in der Burg geblieben waren, in die Kajüte, löschten das Feuer und bestiegen die Arche.

Die Nacht war so dunkel, dass die Abfahrt der Arche vom Ufer aus nicht bemerkt werden konnte. Als Hutter das Fahrzeug von der Burg abstieß, ließ sich nicht feststellen, aus welcher Richtung der Wind kam. Trotzdem zog er aber das Segel auf. Länger in der Nähe der Burg zu bleiben konnte gefährlich werden. Bald setzte sich die Arche in südliche Richtung in Bewegung.

Wildtöter beobachtete aufmerksam Hutter und March. Er wusste nicht, ob die Richtung, die sie eingeschlagen hatten, dem Zufall oder einer bestimmten Absicht entsprang. Nach etwa zwei Stunden war es aber klar, dass sich die Arche immer mehr dem Lager der Indianer näherte. Harry redete lebhaft auf die Große Schlange ein. Kurz danach trat der Delaware zu seinem Freund und berichtete ihm, was besprochen worden war.

»Mein alter Vater und mein junger Bruder, die Große Tanne« – so wurde March von dem Delawaren genannt – »möchten Mingoskalpe an ihren Gürteln sehen. Auch an Chingachgooks Gürtel ist Platz für einige Skalpe, sein Volk wird auf sie blicken, wenn er in sein Dorf zurückkommt. Ich weiß, dass mein Bruder Wildtöter eine weiße Hand hat. Er wird nicht einmal einen Toten berühren. Er wird auf uns warten, und wenn Chingachgook zurückkehrt, bittet er seinen Freund, nicht zornig sein Gesicht abzuwenden. Die Große Schlange der Mohikaner muss sich würdig erweisen, mit Falkenauge auf den Kriegspfad zu gehen.«

»Ja, Große Schlange, mir scheint, dass ich diesen Namen behalten werde, und ich muss gestehen, dass ich ihn gern trage. Was deinen Plan betrifft, so weiß ich, dass du darin nichts Böses siehst und dass du dazu erzogen wurdest. Ich werde mein Gesicht nicht abwenden. Hätten uns die Mingos nicht die blutigen Stöcke überbracht, würde niemand in dieser Nacht gegen sie ziehen. Wer nach Blut dürstet, darf sich nicht beklagen, wenn sein Blut vergossen wird. Aber ich bitte dich trotzdem – vergiss deine Großmut nicht! Sei barmherzig, Schlange, und schone die Frauen und Kinder.«

»Ich will die Worte meines Bruders nicht vergessen. Mein Bruder wird auf der Fähre hier bleiben. Chingachgook muss sich jetzt beeilen. Wah-ta-Wah wird bald am Ufer warten.«

Der Indianer trat zu Hutter und March, und nachdem sie das Segel niedergelassen hatten, stiegen sie alle drei in ein Kanu und verließen die Arche. Weder Hutter noch March hatten ein Wort mit Wildtöter gewechselt. Als das Kanu nicht mehr zu sehen war, setzte sich Natty an das Ende der Arche und hing seinen Gedanken nach. Nach einer Weile kam Judith zu ihm. Die Arche lag fast reglos im Wasser und man hörte nichts als das leise Schlagen der Wellen gegen die Planken.

Auch diesmal war es die Gier nach Geld, die Hutter und March zu diesem nächtlichen Abenteuer bewegte. Dazu kam noch der Gedanke an Rache. Sie hofften, dass die meisten Krieger ausgezogen waren, um die Wasserburg zu überfallen, und dass sich nur noch Frauen und Kinder im Lager befanden. Vorsichtig ruderten sie das Kanu zum Ufer und landeten. Ihre Flinten im Anschlag schlichen sie geräuschlos zum Lager hin. Die Große Schlange ging voran. Nach einer Weile sah er zwischen den Stämmen einen schwachen Schimmer. Das Feuer war heruntergebrannt und nur noch einige Holzscheite glosten schwach.

Sobald Hutter und seine Gefährten den Schein der Feuerstelle sahen, glitten sie schneller als vorher weiter, blieben aber in sicherer Entfernung vom Lager stehen. Es war so dunkel, dass sie fast nichts unterscheiden konnten. Sie sahen nur die schattenhaften Umrisse der nächsten Baumstämme, die glühenden Scheite und das dichte Gewölbe der Blätter.

Chingachgook beschloss, die nächste Hütte zu untersuchen. Er bewegte sich wie eine Katze vorwärts und kroch schließlich auf Händen und Knien weiter. Bevor er sich in die Hütte wagte, horchte er lange. Kein Laut war zu hören, nicht einmal das Atmen der Schläfer. Die Hütte war leer! Geräuschlos glitt er nun von Hütte zu Hütte. Alle Behausungen waren verlassen. Er kehrte zu seinen Gefährten zurück, und zu Hutters und Harrys Verdruss blieb ihnen nichts anderes übrig, als wieder zur Arche zu paddeln.

Auf der Arche lauschte inzwischen Wildtöter angespannt in die dunkle Nacht. Er sprach nur leise mit Judith, die neben ihm saß. Nach einer Stunde hörte Natty plötzlich den Schlag eines Ruders. Er hatte merkwürdigerweise sofort das Gefühl, dass die Skalpjäger erfolglos zurückkehrten, und freute sich darüber. Nicht lange danach tauchte das Kanu neben der Arche auf, Chingachgook und die beiden anderen kamen an Bord und banden das Kanu an. Weder Hutter noch Harry sprachen ein Wort über ihr nächtliches Abenteuer. Als der Delaware an Wildtöter vorüberkam, murmelte er nur: »Das Feuer ist aus.«

Welche Fahrtrichtung sollten sie nun wählen? Hutter meinte, es genüge, die Arche in Fahrt zu halten. Er und Harry setzten noch das Segel, dann warfen sie sich auf ihre Decken und waren bald eingeschlafen. Wildtöter und sein Freund steuerten die Arche. Judith und Hetty blieben auch auf.

Einige Zeit trieb die Fähre das westliche Ufer entlang. Sie bewegte sich langsam, hielt aber genau auf jene Landspitze zu, wo Wah-ta-Wah auf sie warten wollte. Der Indianer war scheinbar ruhig, als aber eine Minute nach der anderen verstrich, wurde er immer aufgeregter. Sie waren vielleicht noch eine Viertelstunde von ihrem Ziel entfernt, als Chingachgook auf eine Stelle am Ufer deutete. Auf der südlichen Seite der Landspitze glimmte im Gebüsch ein kleines Feuer. Die Irokesen hatten ihr Lager auf die Landspitze verlegt, die Wah-ta-Wah als Treffpunkt bestimmt hatte.

15

Langsam schwamm die Arche weiter, und es konnte noch eine Viertelstunde vergehen, bis sie die Landspitze erreichte. Die Irokesen hatten ihr Lagerfeuer in der Nähe des südlichen Ufers der Landspitze angelegt, und es war schwierig, das Fahrzeug auf dem See in Deckung des Ufergebüsches zu halten. Wildtöter steuerte deshalb einen Zickzackkurs.

»Die Mingos glauben, wir wären noch in der Wasserburg«, flüsterte er. »Zum Glück schlafen Harry und Hutter, sonst würden sie wieder auf Skalpabenteuer ausgehen. Siehst du, Schlange, das Feuer wird hier durch die Büsche verdeckt. Hier können wir ankern.«

Chingachgook warf sofort den Anker aus und holte das Segel ein. Das Ufer lag nun gefährlich nahe, aber die dunklen Schatten der Bäume verbargen die Arche, und sie brauchten eine Entdeckung nicht zu fürchten, solange sie darauf achteten, kein Geräusch zu machen.

»Jetzt werden Chingachgook und ich in das Kanu umsteigen«, sagte Wildtöter. »Der Stern ist zwar noch nicht aufgegangen, es kann aber nicht mehr lange dauern, obwohl wir ihn kaum hinter den Wolken sehen werden. Ich wette, dass Wah-ta-Wah nicht zu spät kommt, es sei denn, die Mingos haben Verdacht geschöpft und benützen sie als Lockvogel, um uns zu fangen.«

»Wildtöter«, unterbrach ihn Judith leise, »das ist ein

gefährliches Unternehmen. Weshalb müssen zwei Menschen Leben und Freiheit aufs Spiel setzen?«

»Du vergisst, Judith, dass ich deswegen an diesen See gekommen bin. Es wäre eine Schande, wenn ich das jetzt vergessen würde. Würdest du in einem solchen Augenblick deinen Freund verlassen?«

»Ich fürchte, du hast recht. Versprich mir aber, dass du auf dich achtgibst!«

Wildtöter lachte leise und gab keine Antwort.

Plötzlich sagte Judith mit fast erstickter Stimme: »Natty, glaubst du alle diese Dinge, die Harry über mich erzählt?«

»Aber Judith! Warum sollte ich ihm glauben? Harry ist eifersüchtig und er meint es doch nicht im Ernst. Ich sagte ihm auch, dass ich es gar nicht nett von ihm finde, wenn er von einem wehrlosen Mädchen in dieser Art redet, nur weil er sie nicht für sich gewinnen kann.«

Chingachgook stand bereits im Kanu. Als Wildtöter ihm folgte, blickte ihm Judith regungslos nach, bis sie das Boot nicht mehr sehen konnte.

Chingachgook und sein Freund begannen ihr gefährliches Abenteuer mit einer Kaltblütigkeit, die erfahrenen Männern Ehre gemacht hätte. Der Indianer saß vorn im Kanu und Wildtöter ruderte. So konnte der junge Häuptling als Erster das Land betreten und seiner Geliebten entgegeneilen. Natty Bumppo steuerte nicht in gerader Linie auf die Landspitze zu, sondern in einem Winkel, der ihnen, falls sie entdeckt wurden, einen günstigen Fluchtweg offen hielt.

Es wurde immer dunkler, man konnte kaum noch die

Umrisse der Hügel sehen. Chingachgook spähte ganz vergeblich nach seinem Stern aus, Wolken hatten fast den ganzen Himmel überzogen. Natty flüsterte seinem Freund zu, dass sie noch einige Minuten zu früh dran waren. Chingachgook war aber schon so ungeduldig, dass er nicht mehr warten wollte. Sie steuerten nun dem Ufer zu. Natty hob und senkte lautlos das Ruder und Chingachgook griff nach seiner Flinte. Als das Kanu in den Schatten der Uferbäume glitt, sahen sie, dass sie zu weit nach Norden gesteuert waren. Behutsam änderten sie die Richtung, bis das Kanu leise knirschend im Uferkies auffuhr, und zwar gerade an jener Stelle, wo Hetty gelandet war.

Chingachgook sprang an Land und spähte vorsichtig umher. Dann watete er im seichten Uferwasser ein ganzes Stück die Landzunge entlang, fand aber nirgends eine Spur von Wah-ta-Wah. Er kehrte zu seinem Freund zurück, und sie beratschlagten flüsternd, was weiter zu tun sei. Die Schlange hatte Angst, dass sie den Ort der Zusammenkunft verfehlt hatten. Wildtöter glaubte, dass sie zu früh gekommen waren.

Während er noch sprach, fasste er aufgeregt die Hand seines Freundes und zeigte auf die Kuppen der Hügel im Osten. Die Wolken hatten sich geteilt, der Abendstern funkelte zwischen den Zweigen der Bäume. Das war ein glückliches Vorzeichen. Bald darauf hörten die jungen Männer Schritte, die näher kamen, unterdrücktes Kindergeschrei und das leise Lachen indianischer Frauen. Sie mussten ganz in der Nähe des Lagers sein. Der Widerschein eines Feuers beleuchtete die mächtigen Äste einer Balsamtanne. Nachdem sie eine Viertelstunde gewartet hatten, schlug Wildtöter vor, im Kanu weiterzurudern, bis sie das Lager sehen konnten, Chingachgook weigerte sich aber, die vereinbarte Stelle zu verlassen. Wildtöter war damit einverstanden und wollte allein die Landspitze umrudern, während die Große Schlange sich weiterhin im Ufergebüsch verborgen halten sollte.

Natty ruderte langsam, vorsichtig und fast geräuschlos, immer im Schatten der Uferbäume. Er war fast mit dem Lager und der Arche in einer Linie, als er das Feuer erblickte, und sein Kanu glitt in den hellen Lichtstreifen, den die Flammen auf das Wasser warfen, bevor er halten konnte. Mit ein paar lautlosen Paddelschlägen brachte er sich wieder in Sicherheit. Dann wartete er mit angehaltenem Atem. Aber keiner der Irokesen hatte ihn gesehen.

Vom Kanu aus konnte er das ganze Lager überblicken. Die Indianer bereiteten ihre Mahlzeit und hatten ein großes Feuer angezündet, das gerade in diesem Augenblick aufflammte, weil eine Frau dürres Reisig daraufwarf. Die umliegenden Bäume wurden in helles Licht getaucht, und Wildtöter sah, dass viele der Krieger abwesend waren. An einen Baum gelehnt saß jedoch Rivenoak mitten im Lager. Das ernste, wilde Gesicht des Häuptlings war von den Flammen beleuchtet. Er zeigte gerade einem der Indianer die Elfenbeinfiguren. Ein Junge blickte neugierig über seine Schulter. Im Hintergrund lagen acht oder zehn Krieger auf der Erde.

Eine Schar Frauen und Kinder hielt sich etwas abseits auf, sie lachten und schwatzten und schienen sehr vergnügt zu sein. Eine alte Frau saß auf dem Boden und machte ein mürrisches Gesicht. Natty sah sich besorgt nach Wah-ta-Wah um. Sie war nirgends zu sehen. Einmal glaubte er, ihre Stimme zu erkennen, aber er musste sich wohl getäuscht haben. Nach einiger Zeit drehte sich die Alte um und rief zornig und laut ein paar Worte. Unter den Bäumen im Hintergrund hervor trat ein junger Krieger, dem zwei Mädchen folgten. Eines der Mädchen war Wah-ta-Wah.

Wildtöter wusste nun, dass Wah-ta-Wah bewacht wurde und dass es ihr nicht möglich gewesen war, zu dem vereinbarten Treffpunkt zu kommen. Offensichtlich war die alte Frau ihre Wächterin. Der junge Krieger schien Wah-ta-Wah sehr zugetan zu sein und bemühte sich, ihre Aufmerksamkeit zu erregen, doch Wah beachtete ihn kaum. Sie war sehr unruhig und blickte immer wieder in die Wipfel der Bäume hinauf, als wollte sie nach dem Stern Ausschau halten. Schließlich setzte sie sich zu den anderen Frauen.

Wildtöter beschloss, zu seinem Freund zurückzukehren. Er wusste, dass Chingachgook nichts unversucht lassen würde, um seine Verlobte noch an diesem Abend zu befreien – und sollte es auch ein noch so gewagtes und verzweifeltes Unternehmen sein. Er paddelte geräuschlos das Ufer entlang und fand Chingachgook noch auf seinem Posten.

Sie zogen nun das Kanu an Land, und zwar an einer Stelle, wo es Wah-ta-Wah finden musste, sollte sie zur Landspitze kommen. Unendlich vorsichtig schlichen sie dann zum Lager.

Das Feuer brannte so hell wie vorher. Die Frauen und Mädchen saßen noch beisammen und unterhielten sich. Rivenoak war in den Anblick der Schachfiguren versunken. Wildtöter merkte, dass Chingachgook zitterte, und legte ihm mahnend die Hand auf die Schulter. Einen Augenblick stand der Delaware wie im Traum da und starrte auf Wah-ta-Wah, die im Kreis der Frauen saß, dann ahmte er täuschend ähnlich das Zirpen eines Eichhörnchens nach. Eichhörnchen zirpen so oft in den Wäldern, dass keiner der Mingos diesen Laut beachtete. Wah jedoch hörte plötzlich zu sprechen auf, und man sah, dass sie am liebsten aufgesprungen wäre, sie beherrschte sich aber und gab einem der anderen Mädchen lächelnd eine Antwort. Das Zirpen eines Eichhörnchens war das Zeichen, mit dem ihr Geliebter sie oft aus dem Wigwam zu einem der geheimen Zusammenkünfte gerufen hatte.

Wah plauderte unbefangen weiter, und nur einem sehr aufmerksamen Beobachter wäre aufgefallen, dass sich ihr Benehmen plötzlich geändert hatte. Einmal wandte sie wie zufällig ihr Gesicht in jene Richtung, aus der das Zirpen des Eichhörnchens gekommen war. Schließlich reckte sie die Arme und gähnte, als wäre sie schläfrig. Noch einmal zirpte das Eichhörnchen, und Wah wusste, dass sie nun handeln musste. Nachts schlief sie in einer kleinen Laubhütte, die ganz in der Nähe stand, und befand sie sich einmal darin, so war eine Flucht unmöglich, weil die Alte, die einen sehr leichten Schlaf hatte, sich stets vor die Tür legte.

Glücklicherweise kam ihr ein Zufall zu Hilfe. Einer der Krieger rief die Alte und schickte sie um Wasser. Im Norden der Landzunge gab es eine Quelle. Die Alte nahm sofort eine Kürbisflasche, rief Wah und verließ das Lager. Ihr Weg zur Quelle musste sie an den beiden Männern vorbeiführen. Natty und die Große Schlange traten in den tiefen Schatten der Bäume zurück und warteten mit angehaltenem Atem. Die Alte hielt Wah-ta-Wah fest am Handgelenk. Als sie an dem Baum vorbeikam, hinter dem Chingachgook und sein Freund standen, griff der Indianer zu seinem Tomahawk. Er wollte der alten Frau den Schädel einschlagen. Ein einziger Schrei konnte aber alle Krieger herbeiholen, und Natty fiel seinem Freund daher in die Arme, teils aus Vorsicht, teils weil er sich scheute, einen Menschen zu töten, wenn es nicht notwendig war.

Als die Alte und Wah vorüber waren, zirpte wiederum das Eichhörnchen. Die Alte blieb erstaunt stehen und sagte, es sei höchst ungewöhnlich, dass ein Eichhörnchen mitten in der Nacht zirpe. Wah aber lachte nur und meinte, sie hätte schon oft ein Eichhörnchen in der Nacht gehört. Dann gingen die beiden Frauen weiter zur Quelle, während ihre Verfolger ihnen lautlos nachhuschten.

Als sich die Alte bückte und die Kürbisflasche füllte, packte sie Natty an der Kehle und drückte zu. Die Alte stieß einen gurgelnden Laut aus und ließ die Hand des Mädchens los. Im nächsten Augenblick hatte Chingachgook seine Geliebte am Arm gefasst und floh mit ihr zum Ufer.

Wildtöter presste der Alten die Kehle zusammen und lockerte nur dann und wann seinen Griff, damit sie Atem holen konnte. Einmal aber gelang es ihr, laut aufzuschreien, und gleich darauf hörte Natty, wie einige Krieger aus dem Lager herbeistürzten. Er sah sie zwischen den Bäumen gegen den Schein des Feuers wie die dunklen Figuren eines Schattenspiels auftauchen, schleuderte die Alte fort und verschwand schnell im dichten Unterholz.

16

Trotz der Gefahr, in der er sich befand – denn die Irokesen schwärmten über die ganze Landzunge aus – zögerte Wildtöter einen Augenblick, bevor er in den Büschen Deckung suchte. Er konnte die vier Indianer, die ihm am nächsten waren, deutlich in der Dunkelheit ausnehmen – weil sie von hinten durch den Feuerschein beleuchtet wurden. Schon legte er die Flinte auf den Vordersten an, schoss aber dann doch nicht, denn es hätte ihm wenig geholfen, einen der Verfolger zu töten, und wahrscheinlich alle anderen auf ihn gehetzt. Er tauchte im Dickicht unter und erreichte kurz nachher das Ufer, wo Chingachgook und Wah-ta-Wah schon ungeduldig auf ihn warteten. Sie saßen bereits im Kanu und waren zur Abfahrt bereit. Wildtöter warf seine Flinte in das Kanu und wollte es gerade vom Ufer abstoßen, als aus dem Gebüsch ein riesenhafter Indianer wie ein Panther auf ihn sprang. Mit aller Kraft stieß Natty das Kanu weit in den See hinaus und war sich kaum bewusst, dass er sich dadurch den Händen seiner Feinde auslieferte. Er wäre auch sehr erstaunt gewesen, hätte jemand seine Selbstaufopferung als Großmut bezeichnet. Nein, er wollte nur seinem Freund und dem Mädchen, das dieser liebte, beistehen und hielt dies für ganz selbstverständlich.

Die Gewalt des Stoßes schleuderte ihn selbst kopfüber ins Wasser. Dabei riss er seinen Gegner mit. Obwohl das

Wasser einige Schritt weiter draußen sehr tief war, reichte es am Ufer den Kämpfenden nur bis zur Brust. Wildtöters Hände waren frei, aber der Irokese hielt ihn so fest umklammert, dass er sein Messer nicht ziehen konnte. Ein verzweifelter Ringkampf folgte, der aber nicht lange dauerte, weil ein halbes Dutzend Indianer ins Wasser sprang und ihrem Gefährten zu Hilfe kam. Wildtöter fügte sich der Übermacht und ließ sich gefangen nehmen, denn es war zwecklos, sich gegen so viele Gegner zur Wehr zu stellen.

Die Irokesen hatten das Kanu nicht bemerkt, obwohl es dem Ufer noch immer sehr nahe war. Wildtöters Gegner fand erst nach einiger Zeit seinen Atem und sein Gedächtnis wieder, denn Natty hatte ihn gewürgt, bis er fast ohnmächtig geworden war. Dann freilich fing er zu schreien an und deutete auf das Kanu. Aber nun war es zu spät. Die Flüchtlinge waren längst außer Schussweite. Als der Delaware gesehen hatte, dass er seinem Freund nicht mehr helfen konnte, war er so schnell davongepaddelt, dass das Kanu nun weit draußen im See war.

Wildtöter wurde nun zum Lagerfeuer geführt. Als Rivenoak seinen Gefangenen erkannte, glitt ein triumphierendes Lächeln über sein dunkles Gesicht, und er rief rasch alle Krieger zu sich. Die wilden Blicke, die sie auf den Gefangenen warfen, verrieten keinen Hass, sondern eher Bewunderung. Wie alle Indianer achteten sie einen Gegner, der sich als tapfer und klug erwiesen hatte.

Man nahm Natty sein Messer ab, fesselte aber seine Arme nicht. Ein starkes Seil aus Baumrinde, mit dem seine Füße gebunden wurden, hinderte ihn nicht am Gehen, machte aber eine Flucht unmöglich. Viele der Irokesenkrieger betrachteten ihn mit unverhohlener Bewunderung und zeigten ganz offen ihre Freude, einen so hervorragenden Gefangenen in ihrem Lager zu sehen. Natty durfte sich ans Feuer setzen und seine Kleider trocknen. Nach einer Weile trat Rivenoak zu ihm. »Mein Freund ist willkommen«, sagte er mit einem vertraulichen Kopfnicken und einem verstohlenen Lächeln, »er ist sehr willkommen. Die Huronen« – denn so nannten die Irokesen sich selbst – »haben das Feuer neu entfacht, damit der weiße Mann seine Kleider daran trocknen kann.«

»Ich danke dir, Rivenoak«, antwortete Natty in seiner ruhigen Art, »ich danke dir für deinen Willkommensgruß und für das Feuer. Beides kann ich schätzen und ein Feuer ist nach einem Bad im kalten Wasser recht wohltuend.«

»Mein Bruder Falkenauge ist kein Feigling. Warum lebt er bei den Delawaren?«

»Als ich ein Kind war, kam ich zu den Delawaren, und ich hoffe, in ihrem Stamm zu leben und zu sterben. Die Delawaren sind keine Feiglinge.«

»Falkenauge hat keine gespaltene Zunge und sagt, was er denkt. Er ist ein Bekannter der Bisamratte« – dies war der Name, den die Indianer Hutter gegeben hatten – »er hat in seinem Wigwam gelebt, aber er ist nicht sein Freund. Er will keine Skalpe wie ein Indianer, er kämpft wie ein tapferer Weißer. Die Bisamratte ist weder weiß noch rot, weder Fisch noch Vogel. Er ist eine Wasserschlange, bisweilen im See und bisweilen auf dem Land, und ist gierig nach Skalpen, wie ein von den weißen Männern Ausgestoßener. Falkenauge kann zu ihm zurückkehren und ihm erzählen, dass er die Huronen überlistet hat und ihnen entfliehen konnte. Wenn dann vor seinen Augen ein Nebel liegt, kann Falkenauge die Tür der Burg für die Huronen öffnen. Und wie wird dann die Beute geteilt werden? Falkenauge wird das meiste erhalten, die Huronen werden mit dem Rest zufrieden sein.«

»Das ist deutlich genug. Ich verstehe, was du verlangst. Wenn ich im Haus des Alten bin, sein Brot esse und mit seinen hübschen Töchtern scherze, soll ich seine Augen in einen so dichten Nebel hüllen, dass er selbst die Tür seiner Kajüte nicht mehr sehen kann, geschweige denn das Land.«

»Falkenauge sollte als Mingo geboren worden sein. Sein Blut ist nicht weiß.«

»Da irrst du dich, Rivenoak. Wenn also Hutter und seine Töchter schlafen und Hurry Harry von seinen Abenteuern gegen die Indianer träumt und wenn alle glauben, Falkenauge sei ein treuer Wächter, so habe ich nichts weiter zu tun, als irgendwo eine Fackel aufzustellen, die Tür zu öffnen und die Mingos einzulassen, damit sie ihre Feinde umbringen.«

»Mein Bruder kann kein weißer Mann sein! Er ist würdig, ein großer Häuptling der Mingos zu werden.«

»Ja, das könnte wahr sein. Jetzt aber hör mir gut zu, Rivenoak! Ich bin ein ehrlicher Mann. O ja, man darf eine Kriegslist anwenden, aber wer seine Freunde verrät und täuscht, der ist wahrhaft ein schlechter Kerl. Kein rechtschaffener weißer Mann kann tun, was du mir vorschlägst. Auch kein Delaware würde es tun. Und ich weiß nicht, ob es ein Mingo täte.«

Der Häuptling senkte den Kopf. Nach einer Weile

schaute er auf und zwang sich zu einem Lächeln. »Liebt Falkenauge die Bisamratte?«, fragte er plötzlich. »Oder liebt er eine der Töchter?«

»Nein. Der alte Tom ist nicht der Mann, den ich achten könnte, und die beiden Töchter sind zwar hübsch genug, um jedem Burschen den Kopf zu verdrehen, aber ich liebe sie nicht.«

»Ah, ich verstehe. Falkenauge spricht mit einem Freund. Er weiß, dass Rivenoak ein Mann ist, der sein Wort hält. Mein Freund kam, weil ein Mädchen eine Schnur in den Händen hält, die den stärksten Krieger leiten kann.«

»Du bist jetzt der Wahrheit näher als vorhin. Es ist wahr, aber das eine Ende der Schnur ist nicht an meinem Herzen befestigt.«

»Was will mein Bruder damit sagen? Liebt er mit dem Kopf und nicht mit dem Herzen?«

»Es ist ganz einfach, Rivenoak. Die Schnur, von der du sprichst, ist am Herzen eines Delawaren befestigt, eigentlich eines Mohikaners, der jetzt bei den Delawaren lebt. Er heißt Chingachgook, und ich folgte ihm hierher, denn es gibt nichts, das stärker ist als Freundschaft.«

»Eine Schnur hat zwei Enden, das eine ist im Herzen des Mohikaners befestigt, und das andere?«

»Nun, das andere war noch vor einer halben Stunde hier dicht am Feuer. Wah-ta-Wah hielt es in ihrer Hand.«

»Rivenoak versteht seinen Bruder«, antwortete der Häuptling, und nur ein Aufblitzen seiner Augen verriet, dass er erst jetzt begriff, was sich an diesem Abend zugetragen hatte. »Wah-ta-Wah wurde gezwungen, uns zu verlassen.«

»Ich glaube nicht, dass sie gezwungen werden musste«, entgegnete Natty und lachte leise. »Der Delaware liebt das Mädchen und das Mädchen liebt ihn.«

Rivenoak schwieg, ließ dann seinen Gefangenen allein und trat zu den anderen Kriegern. Ein paar liefen fort, um die Spuren bei der Quelle zu untersuchen. Als sich herausstellte, dass Nattys Bericht auf Wahrheit beruhte, wurde er mit fast noch größerem Respekt als vorher behandelt.

Der junge Indianer, der mit Wah-ta-Wah ins Lager gekommen war, hatte sich die ganze Zeit abseits der anderen gehalten. Die Mädchen lachten gutmütig über die mürrische Miene des jungen Mannes, dem seine Schöne davongelaufen war. Schließlich wandte er sich verdrossen ab und trat zum Feuer, neben dem Wildtöter saß.

»Das ist die Pantherkatze!«, sagte er und schlug sich mit der Hand auf die nackte Brust.

»Das ist Falkenauge«, antwortete Wildtöter ruhig. »Mein Auge ist scharf – kann die Pantherkatze weit springen?«

»Von hier bis zu den Dörfern der Delawaren. Falkenauge hat das Mädchen gestohlen, das meine Frau werden sollte. Er muss es zurückbringen oder sein Skalp wird in meinem Wigwam trocknen.«

»Falkenauge hat nichts gestohlen. Wah-ta-Wah wird nie deine Frau werden. Sie wird Chingachgook in seinen Wigwam folgen.«

»Die Schlange der Delawaren ist eine Kröte, die sich im Wasser versteckt. Sie hat Angst, an Land zu kommen.«

»Das ist eine Lüge. Vor einer Stunde erst stand der Delaware keine fünfzig Schritte von dir entfernt.«

»Wah lacht über ihn! Sie weiß, dass er unerfahren ist und noch nie auf dem Kriegspfad war. Sie wird einen Mann heiraten und nicht einen Narren.«

»Wie kannst du das wissen, Pantherkatze?«, antwortete Wildtöter und lachte. »Sie ist vor dir geflüchtet. Lass dir raten, Pantherkatze, und suche dir eine Frau unter den Mädchen der Mingos. Eine Delawarin wird dir nie gutwillig folgen.«

Die Finger des jungen Kriegers krampften sich um seinen Tomahawk. In diesem Augenblick trat aber Rivenoak herzu, befahl dem jungen Mann, sich zu entfernen, und setzte sich zu Wildtöter.

»Falkenauge hat recht«, begann er nach längerem Schweigen. »Sein Blick ist scharf, und er sieht die Wahrheit auch in dunkler Nacht, während unsere Augen geblendet waren. Falkenauge darf seinen Freunden nicht untreu werden.«

»Ich bin froh, dass du das eingesehen hast, Rivenoak, denn ein Verräter ist meiner Meinung nach schlimmer als ein Feigling.«

»Die Mingos wissen, dass sie einen berühmten Krieger zum Gefangenen haben, und sie werden ihn demgemäß behandeln. Wenn er gemartert werden soll, werden seine Qualen derart sein, dass kein gewöhnlicher Mann sie ertragen könnte. Soll er als Freund behandelt werden, wird es eine Freundschaft von Häuptlingen sein.« Bei diesen Worten blickte Rivenoak verstohlen auf das Gesicht Wildtöters. Natty Bumppo fühlte, wie sein Herzschlag stockte, aber er bemühte sich, trotzdem eine kaltblütige Miene zur Schau zu tragen, damit der scharfe Blick seines Feindes kein Zeichen von Schwäche entdecken konnte.

»Ich bin in eure Hände gefallen«, antwortete der Lederstrumpf, »und ich weiß, dass ihr mich euren Sitten gemäß behandeln werdet. Ich darf jetzt nicht prahlen, welche Martern ich ertragen kann, denn in dieser Hinsicht wurde ich noch nie geprüft. Ich will aber versuchen, meinen Brüdern, den Delawaren, keine Schande zu machen. Wir wurden alle mit Schwächen geboren, und ich fürchte, dass ein weißer Mann große körperliche Qualen nicht standhaft durchhalten kann, während ein Indianer Triumphlieder singt und sich seinen Feinden gegenüber seiner Taten rühmt.«

»Das werden wir sehen. Falkenauge hat ein tapferes Gesicht und einen starken Körper. Warum aber sollte er gemartert werden? Die Mingos sähen ihn lieber als ihren Freund. Der Tod eines ihrer Krieger wird nicht immer eine Wand zwischen ihnen lassen.«

»Das würde mich freuen, Rivenoak, denn ich habe euren Krieger im ehrlichen Kampf getötet. Doch zwischen Mingos und Delawaren besteht keine Freundschaft, das weißt du, und ich bin ein Freund der Delawaren …«

Wildtöter hielt inne, denn Hetty Hutter stand plötzlich ruhig neben dem Feuer, als gehöre sie dem Stamm an. Die beiden Männer waren so sehr in ihr Gespräch vertieft gewesen, dass sie das Kommen des Mädchens nicht gehört hatten. Als Rivenoak Hetty sah, befahl er einigen jüngeren Kriegern, die Umgebung des Lagers abzusuchen, weil er einen neuerlichen Angriff fürchtete. Dann winkte er Hetty zu sich.

»Ich hoffe, Hetty, dein Besuch ist ein Zeichen, dass Chingachgook und Wah in Sicherheit sind«, sagte Wildtöter. »Warum bist du gekommen?«

»Judith bat mich darum, Natty. Als der Delaware Wah-ta-Wah zur Arche brachte und uns von deiner Gefangennahme erzählte, ruderte mich Judith in einem Kanu ans Ufer. Sie bat mich, die Indianer zu überreden, dich freizulassen, und sie sagte, ich sollte ihnen alle Elfenbeinfiguren anbieten.«

»Dein Vater und Harry, wussten sie etwas von deinem Auftrag, liebe Hetty?«

»Nein. Sie schliefen beide noch, und Judith und der Delaware weckten sie nicht auf. Sie hatten Angst, Vater und Harry würden wieder auf Skalpjagd ausziehen. Judith ließ mir keine Ruhe, sie wollte unbedingt, dass ich zu dir gehe, und ich habe es gern getan.«

»Warum ist sie denn so besorgt um mein Schicksal? Vielleicht hat sie Angst, dass Harry mich befreien will und den Feinden wieder in die Hände läuft.«

»Judith kann Harry nicht leiden«, erwiderte Hetty unschuldig, aber bestimmt.

Wildtöter gab keine Antwort. Er sah sich vorsichtig um und flüsterte dann Hetty eindringlich zu: »Ich kann mir denken, was diese Landstreicher vorhaben. Rivenoak spricht mit den jungen Kriegern. Ich wette, dass sie dich beobachten werden. Du kannst nicht unbemerkt wieder im Kanu zurückrudern. Es tut mir leid, dass Judith dich geschickt hat. Wenn sie dich abholt, kann es gefährlich für sie werden.«

»Du brauchst keine Angst zu haben, Natty«, entgegnete das Mädchen leise und vertraulich. »Ich habe alles sorgfältig mit Judith besprochen. Ich weiß, dass ich nicht sehr klug bin, aber mit diesen Indianern nehme ich es noch auf. Sobald mein Auftrag ausgeführt ist, werde ich zurückkehren.«

»Arme Hetty, das ist leichter gesagt als getan!«

Das Mädchen lächelte nur und fuhr dann eifrig fort: »Judith will unbedingt wissen, was mit dir geschehen wird, wenn die Indianer kein Lösegeld nehmen wollen. Das ist der wichtigste Teil meines Auftrags.«

»So wichtig ist das gar nicht. Jetzt hör mir gut zu, Hetty! Wenn du wieder auf der Arche bist, dann sage ihnen, sie sollen sehr vorsichtig sein. Besonders in der Nacht. Am besten ist es, wenn sie immer zu einer anderen Stelle des Sees segeln. Es kann nicht mehr lange dauern, bis die Truppen am Fluss erfahren, was hier geschehen ist. Dann erhalten wir Hilfe, denn von hier aus ist es nur ein Tagesmarsch bis zur nächsten Garnison. Einen besseren Rat kann ich euch nicht geben. Sag deinem Vater und Harry, sie sollen nicht auf Skalpjagd gehen, denn die Mingos sind wachsam und vorsichtig.«

»Aber du hast mir noch immer nicht gesagt, Natty, was ich Judith ausrichten soll. Sie wird mich wieder zurückschicken, wenn ich ihr nicht die Wahrheit sage.«

»Dann sag sie ihr! Judith wird die Wahrheit ertragen. Ich bin ein Gefangener der Indianer, und nur Gott weiß, welche Folgen das haben wird. Sie wollen mich durch Drohungen zwingen, dass ich euch alle verrate. Chingachgook weiß, dass ich das nie tun werde. Du kannst aber auch die anderen beruhigen.«

»Und was geschieht mit dir, Natty? Judith will es wissen.«

»Die Mingos werden den Tod ihres Kriegers rächen wollen und mich bestimmt martern. Ich werde es ertragen, so gut ich es kann. Sag Judith, sie soll sich keine Sorgen um mich machen. Vielleicht werde ich jammern und klagen, wenn die Schmerzen zu groß sind, aber ich werde meine Freunde nie verraten.«

Hettys sanftes Gesicht verzog sich schmerzlich und drückte heftige Anteilnahme aus. Sie nahm die Hand Wildtöters und bat ihn, während der Martern die Bibel zu lesen, dann würde es ihm leichter fallen, das Leid zu ertragen. Als Natty freimütig eingestand, dass er nicht lesen konnte, war sie entschlossen, bei ihm zu bleiben, ihm vorzulesen und ihn zu trösten. Wildtöter schüttelte lächelnd den Kopf, und da Rivenoak wieder auf sie zukam, bat er das Mädchen, ihn zu verlassen. Hetty ging unbefangen und zutraulich zu den Indianerinnen. Der Häuptling setzte sich wieder zu dem Gefangenen und unterhielt sich mit ihm, als bestünde keine Feindschaft zwischen ihnen.

17

DIE JUNGEN MÄNNER, die bei Hettys unerwarteter Ankunft ausgeschickt worden waren, kehrten bald zurück und berichteten, dass sie kein Fahrzeug entdeckt hätten. Rivenoak glaubte daher, dass das Mädchen wie das erste Mal allein gekommen sei. Vorsichtshalber wurden jedoch Wachen aufgestellt, alle anderen aber begaben sich zur Ruhe. Hetty schloss sich den indianischen Mädchen an, die sie freundlich aufnahmen, ihr Felle zum Zudecken gaben und ihr einen Platz zum Schlafen anwiesen.

Im Lager waren dreizehn Männer und drei hielten Wache. Einer musste den Gefangenen beim Feuer bewachen, der Zweite schritt das Ufer der Bucht ab und der Dritte nahm seinen Posten auf der Landspitze ein.

Um Mitternacht wachte Hetty auf. Sie ging unbefangen zum Feuer, schürte es und wärmte sich daran. Der Wache haltende Krieger wurde nicht misstrauisch, Hetty benahm sich so natürlich, dass er glaubte, sie sei nur der Kühle der Nacht wegen aufgestanden. Hetty blickte vielleicht eine Minute traurig auf den schlafenden Gefangenen, dann verließ sie das Lager. Obwohl sie sich nicht bemühte, leise und vorsichtig zu gehen, war ihr Schritt doch wie immer leicht und kaum hörbar. Der Indianer sah sie in der Dunkelheit verschwinden, schöpfte aber keinen Verdacht, denn er glaubte nicht, dass ein Mädchen, das zweimal freiwillig ins Lager gekommen war, zu fliehen beabsichtigte. Außerdem wusste er, dass seine beiden Gefährten am Ufer umherstreiften.

Hetty stieß auch bald auf die zweite Wache, einen jungen Krieger, der ihr entgegenkam, als er ihren leichten Schritt auf dem kiesigen Ufer hörte. Es war nun so dunkel, dass man im Schatten der Bäume in einer Entfernung von zwanzig Schritten niemand erkennen konnte. Der Indianer war nicht wenig erstaunt, als er Hetty sah, denn er hatte seine Freundin erwartet, die ihm versprochen hatte, die Langeweile der Wache zu vertreiben. Auch er wunderte sich nicht über Hettys nächtlichen Spaziergang. In einem indianischen Lager ist der Schlaf so unregelmäßig wie die Mahlzeiten. Er ließ Hetty vorübergehen, ohne sie aufzuhalten.

Sie wanderte am Ufer weiter, versunken in Gedanken. Nach einer Weile kam sie zu der Stelle, die Judith mit ihr verabredet hatte, und sagte laut: »Hier bin ich, Judith! Ich bin allein.«

»Pst!«, klang es vom Wasser her. Hetty bemerkte undeutlich die Umrisse eines Kanus, das geräuschlos näher kam und bald ans Ufer stieß. Nachdem Hetty in das kleine Fahrzeug gestiegen war, ruderte Judith vielleicht hundert Meter in den See hinaus, dann machte sie einen weiten Bogen, um aus dem Bereich des Lagers zu kommen, und schlug die Richtung zur Arche ein. Sie paddelte das Kanu geschickt wie ein Mann. Nach einer Weile sagte sie: »Hier sind wir sicher, Hetty, und du kannst mir nun alles erzählen. Du musst aber leise reden, denn in einer so stillen Nacht wie heute kann man unsere Stimmen weithin hören.«

»Die Mingos wissen nicht, dass ich sie verlassen habe, Judith.«

»Das ist gut. Jetzt sag mir aber schnell, was du gesehen hast. Wie geht es Wildtöter? Hast du mit ihm gesprochen?«

»O ja! Er saß mit gefesselten Beinen am Feuer«, antwortete Hetty leise. Stockend und immer wieder zu unwesentlichen Dingen abschweifend, erzählte sie nun ihre Erlebnisse, und Judith stellte ihre Fragen mit solcher Ungeduld, dass man leicht sah, wie sehr ihr das Schicksal Wildtöters am Herzen lag. Als sie endlich alles gehört hatte, ruderte sie das Kanu der Stelle zu, wo sie die Arche verlassen hatten. Es war sehr dunkel und die Hügel und Bäume warfen tiefe Schatten auf das Wasser, und es stellte sich heraus, dass es nicht einfach war, die Arche zu finden. Sie schien spurlos verschwunden zu sein. Manchmal glaubten die Schwestern, die Arche wie einen dunklen Schatten aus dem See aufragen zu sehen, aber wenn sie hingerudert waren, entdeckten sie, dass es nur eine Täuschung gewesen war. Mit wachsender Unruhe suchte Judith nach dem Fahrzeug.

»Die Indianer können nicht mit einem Floß gekommen sein und unsere Leute im Schlaf überrascht haben, Hetty«, begann Judith schließlich. »Ich hätte das Geräusch hören müssen. Nein, die Arche haben sie gewiss nicht erobert.«

»Vielleicht glaubte der Vater, dass wir schlafen, und ist mit der Arche zur Burg gefahren, Judith.«

»Das kann möglich sein. Wir haben jetzt etwas mehr Südwind als vorhin und sie werden …«

Judith hielt jäh inne. Ein Blitz leuchtete auf, dem der Knall eines Schusses folgte. Fast im gleichen Augenblick hörte man eine Frau gellend aufschreien. Die schreckliche Stille, die darauf folgte, war noch unheimlicher als der laute Schrei vorher. So tapfer Judith auch war, blieb ihr doch fast das Herz stehen und sie wagte kaum zu atmen. Hetty verbarg ihr Gesicht in den Händen und zitterte heftig.

»Das war ein Schrei in Todesangst«, flüsterte Judith schließlich. »Wenn die Arche zur Burg gefahren ist, dann muss sie an der Landspitze vorbeigekommen sein, und der Schuss kam von dorther. Glaubst du, dass Wah-ta-Wah ein Unglück zugestoßen ist?«

»Wir wollen schnell hinrudern, Judith. Vielleicht braucht sie unsere Hilfe.«

Die beiden Schwestern ruderten schneller. Judith bemerkte einen Lichtschimmer zwischen dem Gesträuch am Ufer und lenkte das Kanu ohne jede Vorsicht darauf zu. Nahe dem Ufer hielten sie an, da sie die Stimmen der Mingos hörten. Alle Insassen des Lagers waren versammelt, und einige trugen Fackeln, die ein helles Licht verbreiteten.

Mit dem Rücken an einen Baum gelehnt, von einem jungen Krieger gestützt, saß eine junge Indianerin. Sie lag im Sterben. In der feuchten Nachtluft war der scharfe Geruch nach Pulver deutlich wahrzunehmen, und Judith wusste, dass das indianische Mädchen erschossen worden war und dass es nur jemand aus der Arche getan haben konnte.

Der Körper der Getroffenen glitt zu Boden. Alle Fackeln

wurden bis auf eine ausgelöscht, der junge Krieger hob die Tote auf und die Indianer kehrten ins Lager zurück.

Judith seufzte tief auf. Sie hatte im Schein der Fackeln die Gestalt Wildtöters entdeckt, der mit Mitleid und Scham auf das erschossene Mädchen geblickt hatte. Die Augen der Krieger waren hasserfüllt auf ihn gerichtet gewesen.

Judith paddelte das Kanu vorsichtig um die Landspitze. Sie konnte das schreckliche Bild nicht vergessen. Das Kanu glitt lautlos in die Dunkelheit. Die Arche war nicht zu sehen. Eine vollkommene Stille herrschte, als sei die Ruhe der Nacht nie gestört worden. Schweigend ruderten die beiden Mädchen in die Mitte des Sees, wo sie am sichersten waren, ließen dann das Kanu nach Norden treiben und legten sich, so gut es ging, zur Ruhe.

Kurz darauf, nachdem Judith zum zweiten Mal die Arche verlassen hatte, um ihre Schwester abzuholen, waren Hutter und March aufgewacht. Chingachgook und seine Verlobte waren bereits an Bord. Der Delaware berichtete dem alten Mann, was sich in den letzten Stunden ereignet hatte und dass Judith und Hetty die Arche verlassen hatten. Darüber machte sich Hutter keine Sorgen. Er wusste, dass er sich auf seine ältere Tochter verlassen konnte. Sie war klug und vorsichtig. Um Hetty hatte er überhaupt keine Angst, weil er sicher war, dass ihr kein Wilder etwas zuleide tun würde. Die Nachricht von der Gefangenschaft Wildtöters nahm er ziemlich gleichgültig auf. Der junge Mann würde ihm zwar bei der Verteidigung der Burg abgehen, aber sonst vermisste er ihn nicht, denn die Ansichten des jungen Mannes behagten ihm nicht und er hatte sich im Laufe ihrer kurzen Bekanntschaft nicht für ihn erwärmen können.

Chingachgook und Wah-ta-Wah zogen sich zum hinteren Ende der Fähre zurück, während Hutter vorn blieb. Hurry Harry gesellte sich bald zu ihm.

»Dein Freund Natty lief den Wilden in die Hände wie ein Bär, der in eine Wolfsgrube fällt«, sagte der alte Mann nach einer Weile. »Wenn er nun seine Dummheit mit seinem Leben bezahlen muss, darf er niemandem Vorwürfe machen.«

»Das ist der Lauf der Welt, alter Tom«, antwortete Harry, »jeder muss selbst für seine eigenen Sünden büßen. Obwohl es mir nahegeht, wenn der Junge ein böses Schicksal erleiden sollte! Aber wo sind Judith und Hetty? Ich habe sie auf der Arche nicht gefunden.«

Hutter erzählte kurz, was geschehen war.

»Das kommt von seiner glatten Zunge!«, brauste Harry jähzornig auf. »Ich kann das nicht ruhig mit ansehen. Wir beide waren auch Gefangene, und doch rührte die schöne Judith keinen Finger, um uns zu befreien. Dieses Bürschchen hat sie verzaubert. Verdammt, ich bin nicht der Mann, der sich so etwas gefallen lässt. Fahren wir näher zur Landspitze hin, Tom. Ich will sehen, was es dort gibt.«

Hutter hatte dagegen nichts einzuwenden. Er drehte das Segel in den Wind und bald wurden die dunklen Umrisse der Bäume auf der Landspitze sichtbar. Nun steuerte der Alte vorsichtig näher ans Ufer. In der Dunkelheit konnte man kaum etwas ausnehmen, er wähnte sich vollkommen sicher und dachte nicht daran, dass sich das Segel schwarz vom Wasser abhob. Der junge Krieger am Ufer sah es, vergaß die indianische Vorsicht und stieß in seiner Überraschung einen tiefen, heiseren Schrei aus. Harry hob blitzschnell die Flinte, und ohne nachzudenken, drückte er ab. Der Zufall leitete die Kugel. Sie traf die Freundin des Kriegers tödlich.

In jenem Augenblick, als March diese unüberlegte Handlung beging, war das Kanu mit Judith und Hetty nur etwa dreißig Meter entfernt. Hurry Harry hörte betroffen den Todesschrei des Mädchens am Ufer und für einen Augenblick kämpften in ihm widersprechende Gefühle. Zuerst lachte er voll Schadenfreude, aber dann machte ihm doch sein Gewissen Vorwürfe. Schließlich stieß er den Kolben seiner Flinte trotzig auf den Boden der Arche und begann ein Liedchen vor sich hin zu pfeifen. Die Arche glitt bereits wieder vom Ufer weg und Hutter steuerte der Seemitte zu.

Der Alte war über diesen Schuss verärgert, denn der Tod eines Mädchens brachte keinen Vorteil, während der Kampf mit den Mingos dadurch nur immer blutiger und unbarmherziger zu werden drohte. Er beherrschte aber seinen Zorn, weil die Gefangenschaft Wildtöters die Hilfe und Unterstützung Harrys doppelt wichtig machte. Chingachgook war aufgesprungen und für einen Augenblick war die alte Feindschaft zwischen Mohikanern und Mingos vergessen. Hass gegen die Weißen erfüllte ihn, jedoch gewann er rasch seine Fassung wieder und wandte sich nur voll Verachtung ab. Nicht so Wah-ta-Wah! Mit blitzenden Augen eilte sie zu Harry.

»Weshalb schießt du?«, rief sie empört. »Was hat dir

das Mingomädchen getan? Was werden die Mingos nun tun? Weißt du nicht, dass dein Freund gefangen ist? Willst du, dass sie ihn töten? Du bist groß wie eine Tanne, aber du hast keinen Anspruch auf Ruhm. Du hast nicht das Lager erobert, keine Gefangenen gemacht, keinen Skalp genommen, nichts, gar nichts! Blut verlangt Blut. Rote Krieger werden das nicht vergessen. Nein! Warum bist du so unachtsam und feig?«

March war noch nie so gedemütigt worden, aber da er selbst ein schlechtes Gewissen hatte, gab er keine Antwort und verteidigte sich nicht, sondern entfernte sich nur mit einem hochmütigen Gesicht, als verschmähte er es, mit einem Mädchen zu streiten.

Die Arche war zu dieser Zeit schon sehr weit weg vom Ufer, und als die Fackeln unter den Bäumen auftauchten, hatte sie schon den offenen See erreicht. Eine Stunde verging in düsterem Schweigen. Dann zog sich Wah-ta-Wah zurück, Chingachgook schlief im vorderen Teil der Fähre und Hutter und Harry hielten Wache.

Allmählich dämmerte der Morgen und man hörte die ersten Vögel singen. Hutter war nun doch um seine Töchter – und vielleicht ebenso sehr um das Kanu – besorgt. Als es heller wurde, nahm er Kurs auf die Wasserburg, weil er sicher war, dass Judith und Hetty dorthin kommen würden. Die Burg war nur noch eine halbe Stunde entfernt und der Wind war günstig. Nicht lange danach tauchte Judiths Kanu im offenen See auf. Es war in der Dunkelheit an der Fähre vorübergetrieben. Hutter nahm sein Fernrohr, überzeugte sich, dass seine Töchter im Kanu waren, und nickte befriedigt.

Als er das Fernrohr niederlegte, hob es der Delaware auf und richtete es auf das Kanu. Es war das erste Mal, dass Chingachgook durch ein Fernrohr sah, und er vergaß beinahe seine indianische Würde und Ruhe. Seine Augen funkelten und er konnte ein lautes »Hugh!« nicht unterdrücken. Er winkte Wah-ta-Wah, und als das Mädchen auch hindurchschaute, zuckte es zuerst ängstlich zusammen, dann schlug es entzückt seine Hände zusammen und lachte. Schon nach einigen Minuten verstand sie gut mit dem Instrument umzugehen. Die beiden betrachteten jetzt abwechselnd die Ufer des Sees, die umliegenden Hügel und die Wasserburg. Nachdem Wah das Gebäude lange und aufmerksam angesehen hatte, sprach sie leise und eindringlich mit ihrem Verlobten. Die Große Schlange betrachtete dann ebenfalls lange die Burg und verließ dann rasch die Kajüte.

Die Arche war nicht mehr weit von der Burg entfernt, als Chingachgook zu den beiden weißen Männern trat.

»Wir dürfen nicht zur Burg fahren«, erklärte er ernst. »Die Mingos sind dort.«

»Zum Teufel!«, rief Harry. »Wenn das wahr ist, alter Tom, dann wäre es eine hübsche Falle für uns. Die Mingos sollen dort sein! Na schön, vielleicht ist es wahr. Ich kann aber nichts Verdächtiges feststellen.«

Hutter ließ sich das Fernrohr geben, konnte aber auch nichts entdecken, was auf die Anwesenheit von Indianern hätte schließen lassen.

»Du hast wahrscheinlich das falsche Ende nach vorn gehalten, Delaware«, sagte March lachend. »Auf dem ganzen See gibt es keine Mingospur.«

»Im Wasser gibt es keine Spuren«, fiel Wah-ta-Wah lebhaft ein. »Aber seht ihr den Mokassin nicht?«

»Gib mir das Fernrohr noch einmal, Harry«, sagte Hutter. »Ein indianisches Mädchen stellt selten eine zwecklose Behauptung auf. Dort an dem Pfeiler ist wirklich ein Mokassin angetrieben worden. Mokassins sind Schuhe und keine Seltenheit, denn wir alle tragen sie gelegentlich, es kann aber trotzdem ein Zeichen sein, dass die Burg während unserer Abwesenheit Besuch erhalten hat.«

Harry ließ das Segel herunter und die Arche schwamm langsam auf die Burg zu. Alle sahen jetzt ganz deutlich den Mokassin, der an einem der Pfeiler hängen geblieben war. Doch es gab verschiedene Erklärungen dafür, wie er dorthin gekommen sein könnte. Er konnte zum Beispiel von irgendwoher den See hinauf- oder hinabgetrieben und zufällig hängen geblieben sein.

Wah erklärte sich bereit, mit dem Kanu zu den Palisaden zu fahren und den Mokassin zu holen. Aus der Art, wie das Schuhwerk mit Stachelschweinsborsten verziert war, wäre es dann leicht zu erkennen, ob es ein Mokassin der Irokesen war.

Von diesem Vorschlag aber wollte der Delaware nichts hören. »Chingachgook wird fahren«, sagte er. »Ein Indianer hat bessere Augen als ein weißer Mann.« Bevor ihn Wah-ta-Wah daran hindern konnte, stieg er schnell ins Kanu.

Sie sah ihm schweigend und besorgt nach. Hielten sich tatsächlich Irokesen in der Burg auf, so war Chingachgook ihren Schüssen ohne Deckung ausgesetzt. Der Delaware ruderte auf die Burg zu und behielt Fenster und

Schießscharten sorgfältig im Auge. Jeden Augenblick erwartete er, irgendwo den Lauf einer Flinte zu sehen oder einen Schuss zu hören, aber er erreichte ungefährdet die Palisaden. Hier war er einigermaßen geschützt. Er paddelte ganz langsam um das Gebäude und beobachtete alles genau. Totenstille herrschte, alles war verschlossen und nirgends konnte er eine Veränderung sehen.

Chingachgook zögerte einen Augenblick und überlegte, ob er auf die Plattform steigen und durch eine der Schießscharten sehen sollte, aber er war zu gut mit allen Spielarten indianischer Kriegslist vertraut, um nicht zu wissen, dass ein solches waghalsiges Unternehmen keinen Vorteil bringen konnte. Er setzte daher seine Fahrt um die Palisaden langsam fort, und als er sich dem Mokassin näherte, warf er ihn mit einer geschickten und unmerklichen Bewegung seines Ruders in das Kanu. Jetzt war er zur Rückfahrt bereit, aber er wusste, dass sie noch gefährlicher war als die Hinfahrt, da er die Schießscharten nicht mehr im Auge behalten konnte. Waren wirklich Mingos in der Burg, dann war es am besten, sich scheinbar sorglos zurückzuziehen, als hätte die Untersuchung jeden Verdacht behoben. Chingachgook ruderte also ruhig auf die Arche zu, ohne sich ein einziges Mal umzusehen.

»Nun, Schlange«, rief Harry, als Chingachgook anlegte, »was gibt's Neues von den Bisamratten?«

»Alles gefällt mir nicht«, antwortete der Delaware. »Es ist zu still dort.«

»Das ist typisch indianisch! Wenn du uns nichts Besseres mitzuteilen hast, kann der alte Tom sein Segel anspannen und hinfahren. Wo ist der Mokassin?«

»Hier!«, antwortete Chingachgook.

Der Mokassin wurde einer sorgfältigen Prüfung unterzogen, und Wah-ta-Wah erklärte, er müsse einem Mingo gehören. Hutter und der Delaware waren der gleichen Ansicht, doch musste der Indianer, der ihn verloren hatte, ja nicht unbedingt im Haus sein. Hutter und Harry waren nicht Männer, die sich durch einen bloßen Verdacht abschrecken ließen. Sie zogen das Segel wieder auf, der leichte Wind trieb die Arche langsam vorwärts und sie konnten in Ruhe die Wasserburg beobachten. Es war noch immer totenstill. Die Sonne hatte sich noch nicht über den Horizont erhoben und Wälder und See lagen in dem grauen durchscheinenden Dämmerlicht der ersten Morgenfrühe. Langsam trieb die Arche auf das Haus zu und stieß schließlich an die Palisaden.

Hutter hatte ein Kanu an die Spitze der Fähre gezogen, stieg ein und öffnete das Tor der Palisaden, um das leichte Fahrzeug in den Vorhof zu rudern. March kletterte prahlerisch auf die Plattform, sprang zu Hutter ins Kanu und half ihm das Tor zu öffnen. Vorher hatte Hutter dem Delawaren eine Leine gegeben, mit der die Arche befestigt werden sollte, und er hatte ihn auch aufgefordert, das Segel herunterzulassen.

Chingachgook ließ aber das Segel stehen, warf die Leine über einen Pfeiler und ließ die Arche etwas zurücktreiben, sodass man sie nur mit einem Kanu erreichen konnte. Die Palisaden, die dicht vor ihnen lagen, bildeten eine Art Brustwehr. Der Delaware war überzeugt, dass er sich in dieser Stellung gegen etwaige Feinde in der Burg verteidigen konnte.

Ein kräftiger Paddelschlag brachte das Kanu bis zur Falltür unter der Burg. Hier fand Hutter alles noch so befestigt, wie es sein sollte. Er öffnete das Schloss und stieß die Falltür auf. Harry steckte seinen Kopf in die Öffnung und schwang sich hinauf.

»Komm nur, alter Tom!«, rief er. »Hier ist alles in Ordnung, und deine Wohnung ist so leer wie eine Nuss, die ein Eichhörnchen ausgenagt hat. Komm, alter Bursche! Wir wollen die Fenster aufmachen und frische Luft hereinlassen.«

Plötzlich hörte man den Fall eines schweren Körpers und einen kräftigen Fluch Harrys und dann war im Inneren der Burg der Teufel los. Ein paarmal schrie ein Indianer gepresst auf, die Wände der Burg erzitterten und immer wieder hörte man einen dumpfen Fall.

Im ersten Augenblick wusste Chingachgook nicht, was er tun sollte. Alle Waffen waren in der Arche, Hutter und Harry hatten ihre Flinten zurückgelassen, und er sah keine Möglichkeit, wie er sie den beiden zukommen lassen konnte. Die Kämpfenden waren völlig abgeschnitten. Da er ihnen nicht helfen konnte und Wah-ta-Wah nicht unnötig der Gefahr aussetzen wollte, durchschnitt er die Taue und entfernte die Fähre mit einem kräftigen Stoß an die zehn Meter weit von den Palisaden. Dann griff er zu den schweren Rudern, und es gelang ihm, die Arche gegen den leichten Wind eine kurze Strecke von der Burg wegzubringen. Als er zu rudern aufhörte, war die Arche siebzig Meter von der Plattform der Burg entfernt. Auch Judith und Hetty hatten jetzt Verdacht geschöpft und blieben mit ihrem Kanu etwa vierhundert Meter weiter weg ruhig liegen.

In der Burg dauerte der erbitterte Kampf weiter an. Plötzlich flog die Tür auf. Einer der Mingos hatte sie gewaltsam aufgesprengt und drei oder vier seiner Gefährten folgten ihm in voller Flucht nach. Dann wurde ein Mingo, den Kopf nach vorn, durch die Tür geschleudert, und March erschien wie ein wütender Löwe auf der Plattform. Hutter war bereits gefesselt. Eine kurze Kampfpause trat ein, in der sich die Gegner wie Hunde misstrauisch belauerten.

Wie waren die Mingos in die Burg gekommen? Trotz aller Vorsichtsmaßregeln hatten sie die Abfahrt der Arche beobachtet, denn ihre Späher befanden sich am östlichen und westlichen Ufer des Sees. Bei Einbruch der Nacht waren sie auf Flößen zur Burg gerudert und hatten sie, wie erwartet, leer gefunden. Die Flöße wurden sofort wieder zum Ufer zurückgeschickt, um Verstärkung zu holen. Zwei der Irokesen kletterten inzwischen aufs Dach, entfernten die Baumrinde und stiegen in die Burg ein. Als die Flöße wiederkamen, blieben acht der kräftigsten Krieger in der Burg zurück und verbargen sich in dem unteren Raum.

In der Morgendämmerung sahen sie durch die Schießscharte, wie die Arche näher kam. Der Anführer der Schar ließ nun alle Waffen, auch die Messer, entfernen, weil er die Weißen lebend fangen wollte und die Heißblütigkeit seiner Krieger kannte. Seile aus Baumrinde waren vorbereitet, die Indianer verbargen sich in den Zimmern und erwarteten das Zeichen zum Angriff. Der Kampf war dann schnell ausgebrochen und wurde auf beiden Seiten mit verbissener Heftigkeit geführt.

18

Harry verschnaufte einen Augenblick, fiel dann die Indianer wütend an und trieb sie vor sich her. Den ersten Mingo, der ihm in die Hände kam, hob er über die Plattform und schleuderte ihn ins Wasser, als sei er ein wehrloses Kind. In der nächsten Sekunde folgten zwei weitere seiner Schar nach, wobei einer so unglücklich auf den anderen stürzte, dass dieser bewusstlos und verletzt auf die Holzbohlen niedertaumelte. So blieben noch vier Feinde, und in einem Faustkampf, in dem keine Waffen benützt wurden, glaubte Harry, es mit dieser Anzahl von Indianern aufnehmen zu können, da er ihnen an körperlicher Kraft weit überlegen war.

»Hurra! Alter Tom!«, schrie er. »Die Schufte sollen in den See. Ich werde sie alle tauchen lassen!« Den verwundeten Indianer, der sich am Rand der Plattform festhielt, stieß er sofort ins Wasser, den Nächsten trat er so heftig in den Magen, dass auch dieser Gegner ausgeschaltet wurde, und schließlich blieben nur noch zwei kampffähige Mingos übrig. Einer von ihnen war nicht nur der Größte und Stärkste der Schar, sondern auch ein sehr erfahrener Krieger, der die Riesenkräfte seines Feindes richtig einschätzen konnte, aber wusste, dass er selbst für einen Ringkampf besser gerüstet war, da er nur einen Lendenschurz trug und den Körper mit Fett eingerieben hatte, sodass sein Gegner ihn nicht so leicht fassen konnte. Harry warf sich trotzdem ohne Zögern auf ihn, und der Kampf, der folgte, war in der Tat schrecklich. Die beiden wechselten so blitzschnell ihre Positionen, dass der letzte noch kampffähige Irokese seinem Gefährten nicht beistehen konnte und nur atemlos zusah, wie gebannt durch einen Zauber. Es war ein noch unerfahrener Junge, der zum ersten Mal auf dem Kriegspfad war und dem bei diesem erbitterten Kampf auf Leben und Tod das Blut erstarrte.

Zuerst versuchte Harry seinen Gegner niederzuwerfen und packte ihn an der Kehle und am Arm, aber der Rote, der einen besseren Halt an den Kleidern seines Feindes fand, entschlüpfte ihm immer wieder. Mit einer verzweifelten Anstrengung und gewaltiger Kraft schleuderte Harry schließlich seinen Gegner gegen die Bohlenwände des Hauses, sodass dieser für einen Augenblick die Besinnung verlor und vor Schmerzen aufstöhnte. Er gab jedoch nicht auf und drang in der nächsten Sekunde wieder auf Harry ein, der ihn nun um den Leib fasste und aufhob und sich dann mit seinem eigenen schweren Gewicht auf den Körper seines Feindes fallen ließ, der dadurch betäubt wurde und in seiner Gewalt war. Harry packte die Kehle seines Opfers, presste sie zusammen und drückte den Kopf des Indianers über den Rand der Plattform. Die Augen des Roten quollen hervor, und sein Gesicht verfärbte sich blau, in diesem Augenblick aber wurde von hinten die Schlinge eines Baumrindenseils um Harrys Arme geworfen, und seine Ellenbogen wurden auf seinem Rücken mit solcher Kraft zusammengeschnürt, dass er hilflos war. Blitzschnell wurden auch seine Beine zusammengeschnürt und sein Köper wurde mitten auf die

Plattform gerollt. Sein Gegner begann wieder zu atmen, erholte sich aber nur allmählich und hatte nicht die Kraft, sich zu erheben.

Während sich Harry auf den Ringkampf konzentriert hatte, waren die beiden von ihm ins Wasser geschleuderten Indianer die Palisaden hinaufgeklettert und ihrem Gefährten zu Hilfe gekommen. So hatte sich plötzlich das Blatt gewendet. March hatte sich aber so heldenhaft gewehrt, dass ihn die Indianer mit Achtung und nicht ohne Furcht betrachteten. Als sie nach ihrem in den See geschleuderten verletzten Gefährten Ausschau hielten, den sie in der Aufregung des Kampfes aus den Augen verloren hatten, sahen sie seine leblose Gestalt auf dem seichten Seegrund liegen. Seine Hände hatten sich im Todeskampf um die Wasserpflanzen verkrampft.

Chingachgook und seine Verlobte hatten den Kampf von der Arche aus mit angesehen. Als die Mingos das Seil um die Arme Harrys legen wollten, griff der Delaware zur Flinte, aber bevor er schießen konnte, war Harry schon überwältigt. Ein Blick auf Wah und der Gedanke an die Folgen einer Unvorsichtigkeit unterdrückten jeden weiteren Wunsch nach Rache. Er wusste, wie gefährlich es für ihn und Wah sein würde, sollten die Mingos mit dem Kanu, das nun in ihrem Besitz war, die Arche angreifen. Sollte er mit Wah in dem neben der Arche liegenden Kanu fliehen und versuchen, über die Berge im Osten die Dörfer der Delawaren zu erreichen? Aber das war zu gefährlich, denn sicherlich wurde der ganze See von Spähern bewacht, sodass sich kein Kanu ungesehen dem Ufer nähern konnte. Ohne Zweifel würden die Mingos sofort ihre Spur aufnehmen und die Kräfte Wah-ta-Wahs waren den Anstrengungen einer solchen Flucht nicht gewachsen. Vor allem aber wollte der Delaware Wildtöter nicht im Stich lassen, er war fest entschlossen, seinem Freund beizustehen, sobald sich eine Möglichkeit ergab.

Wah-ta-Wah dachte weniger an die Gefahr, in der sie sich selber befand, als an die ihrer weißen Freundinnen. Das Kanu mit Judith und Hetty lag etwa dreihundert Meter von der Burg entfernt im See. Die Mädchen hatten zu rudern aufgehört. Was in der Burg wirklich vor sich gegangen war, hatten sie nicht sehen können, da die Plattform vor ihren Blicken verborgen lag. Wah-ta-Wah trat an die Spitze der Fähre, winkte Judith und Hetty zu und versuchte sie durch Zeichen zu bewegen, zur Arche zu rudern. Judith war aber zu weit entfernt, um Wah-ta-Wah zu erkennen, und allem Anschein nach glaubte sie, dass auf der Arche Mingos wären. Sie ruderte nicht näher. In diesem Augenblick trat die Sonne über die Tannen der östlichen Berge und ein leichter Südwind kam auf.

Chingachgook verlor keine Zeit, das Segel aufzuziehen, und dieser Anblick schien die Indianer auf der Plattform aus ihrer Untätigkeit aufzuwecken. Als die Spitze der Fähre durch den Wind gewendet wurde, unglücklicherweise in der falschen Richtung, kam sie der Burg bedenklich nahe. Wah schrie ihrem Verlobten eine Warnung zu, aber der Delaware, der noch nie ein so großes Fahrzeug gesteuert hatte, verlor die Herrschaft über die Arche, überließ sie ihren eigenen Bewegungen, drängte Wah in die Kajüte und sah sich nach den Gewehren um.

Die steuerlose Arche trieb langsam vorwärts, bis der

Bug zwischen zwei Pfeilern der Palisaden hängen blieb. Chingachgook spähte durch eine Schießscharte und wartete auf eine Gelegenheit zum Schießen, während die Mingos sich in ähnlicher Absicht innerhalb des Gebäudes aufhielten. Der vom Kampf halb bewusstlose Krieger lehnte an den Bohlen des Hauses, weil seinen Freunden keine Zeit geblieben war, ihn hineinzutragen. March lag gebunden in der Mitte der Plattform. Der Delaware hätte den erschöpften und hilflosen Krieger leicht erschießen können, aber er verschmähte eine Tat, die ihm weder Ehre noch einen Vorteil bringen konnte.

»Zieh einen der Pfähle raus«, rief Harry, »und schieb die Arche ab!«

Seine Aufforderung wurde zwar nicht befolgt, machte aber Wah-ta-Wah auf ihn aufmerksam. Mit einem Blick begriff sie seine Lage. Seine Arme und Beine waren mit starken Rindenseilen zusammengebunden und er konnte nur die Hände etwas bewegen. Durch eine der Schießscharten flüsterte sie ihm leise, aber deutlich zu: »Weshalb lässt du dich nicht hierherrollen und in die Arche fallen? Wenn dich jemand verfolgt, wird Chingachgook schießen.«

In diesem Augenblick schossen die Indianer gleichzeitig ihre Flinten ab, ohne jemanden zu verletzen, obwohl einige Kugeln die Kajüte trafen. Wah öffnete vorsichtig die Tür der Kajüte, wagte aber nicht, sich den Blicken der Mingos auszusetzen. Die ganze Zeit über hing die Fähre vorn fest, während das andere Ende sich langsam drehte und der Plattform immer näher kam. Harry hatte sein Gesicht der Arche zugewandt und stöhnte, als hätte er große Schmerzen, wälzte sich dann herum, ließ aber dabei die Arche nicht aus den Augen. Endlich wurde das Fahrzeug frei und schob sich langsam entlang der Palisaden. Der von Wah vorgeschlagene Rettungsversuch war ziemlich gefährlich, bot aber die einzige Chance, dem sicheren Tod zu entgehen. Auch entsprach er Harrys verwegenem Charakter. Er wartete bis zum letzten Augenblick, und als die Spitze der Fähre dicht an die Palisaden streifte, wand und krümmte er sich wieder wie in unerträglichen Schmerzen, verwünschte alle Indianer und die Mingos im Besonderen und wälzte sich plötzlich schnell der Fähre zu.

Unglücklicherweise hatte er, als er den Rand der Plattform erreichte, seine Richtung etwas geändert, er verfehlte die Arche und fiel ins Wasser. Wah hatte ihn die ganze Zeit beobachtet, und mit instinktartiger Schnelligkeit öffnete sie die Tür gerade in jenem Augenblick, als die Indianer wieder einmal ihre Flinten abgeschossen hatten. Im Schutz der Kajüte eilte sie nun an den Rand der Fähre, dabei stolperte sie fast über ein Ende des Segels, das hier befestigt war, und kurz entschlossen warf sie die daran befindliche Leine dem hilflosen Harry zu. Die Leine fiel auf seinen Kopf, und es gelang ihm, sie mit den Zähnen zu fassen. Er war ein guter Schwimmer und ließ sich so weit sinken, bis nur noch sein Gesicht über Wasser war. In dieser Lage konnte er seine Hände wie Flossen bewegen. Die Bewegungen der Arche zogen das Seil stärker an und er wurde mit ihr fortgeschleppt.

Die Mingos waren so eifrig bedacht, den Delawaren zu töten, dass sie ihren Gefangenen nicht beachtet hatten. Wah-ta-Wah rief ihrem Verlobten leise zu, in welcher Lage sich Harry befand. Gemeinsam holten sie das Seil ein. Als die Arche weiter fortrieb und das Gesicht Harrys nicht mehr durch die Palisade gedeckt war, bemerkten ihn die Mingos, brachen sofort in ein wildes Geheul aus und eröffneten das Feuer. Die erste Kugel schlug knapp neben Harry ins Wasser. Eine zweite, dritte und vierte Kugel verfehlte ebenfalls ihr Ziel, wenn auch March den Luftdruck gefährlich nahe verspürte. Einen Augenblick später war er aber bereits außer Gefahr und sicher hinter der Arche. Chingachgook und seiner Verlobten gelang es, den schweren Körper Harrys etwas in die Höhe zu ziehen. Chingachgook durchschnitt die Fesseln, aber es war nicht einfach, den Geretteten über den Rand des Fahrzeuges zu heben, weil er seine Arme noch nicht gebrauchen konnte. Endlich war er aber doch an Bord, wo er vor Erschöpfung niedersank.

Sobald die Roten Harry aus den Augen verloren hatten, brachen sie in ein Wutgeschrei aus, drei liefen zur Falltür und sprangen in das Kanu. Doch March war jetzt in der Fähre und der Delaware hielt seine Flinte in Bereitschaft. Da die Arche mit dem Wind segelte, war sie auch schon sehr weit von der Wasserburg entfernt und wurde immer weiter abgetrieben.

Das Kanu mit den Töchtern Mister Hutters lag fast einen Kilometer weiter draußen im See. Judith und Hetty wussten nicht, was vorgefallen war, und nahmen an, dass vielleicht Irokesen die Arche besetzt hatten, und hielten daher vorsichtig Abstand. Sobald sie das Kanu bemerkten, schlugen sie die Richtung zum östlichen Ufer ein.

Aus langer Gewohnheit waren die Mädchen sehr gewandt mit den Rudern, und Judith hatte oft in scherzhaften Wettfahrten mit jungen Männern, die bisweilen den See besuchten, gesiegt. Als die drei Roten die Palisaden verlassen hatten und sie sich auf dem offenen See der Arche ungeschützt nähern sollten, ließ ihr Eifer merklich nach. Sie waren ohne Deckung und in dem leichten Rindenfahrzeug jeder Kugel ausgesetzt. Statt der Arche zu folgen, paddelten die drei Krieger dem östlichen Ufer zu.

Judith begann sofort den Rückzug in südlicher Richtung. Obwohl sie sich sehr nahe dem Ufer befand, wagte sie nicht zu landen. Anfangs beachteten die Indianer das andere Kanu wenig, da sich darin nur die beiden Mädchen befanden. Nachdem aber fast eine Stunde in wechselndem Zickzackkurs vergangen war, schienen sie plötzlich einen Entschluss gefasst zu haben und begannen Jagd auf die Mädchen zu machen.

Als der Delaware merkte, dass Judith sorgfältig vermied, der Arche näher zu kommen, zog er das Segel ein, da er mit dem schweren Fahrzeug kaum hoffen konnte, die schnellen Bewegungen eines Rindenkanus auszuführen. Er hoffte, dass die Schwestern ihr Misstrauen verloren und zur Arche ruderten.

Das Kanu der Irokesen befand sich nicht in der besten Ausgangsposition für eine Wettfahrt. Sie hatten nur zwei Ruder und der dritte Mann war eine unnötige Last. Beide Boote kamen gleich schnell vorwärts, aber keine der beiden Parteien bot schon anfangs alle Kräfte auf. Einige Minuten genügten jedoch, um den Roten zu beweisen, dass sie alle Kraft und Geschicklichkeit anwenden mussten, wenn sie das Kanu mit den beiden Schwestern einholen wollten.

Judith hatte sich dem östlichen Ufer zugewandt, um Zuflucht an Land zu finden. Als sie sich aber dem Land näherte, gab sie diesen Plan auf und lenkte das Kanu von den dunklen Schierlingstannen weg wieder mehr der Mitte des Sees zu. Das war ein Vorteil für ihre Verfolger, weil sie nun die ganze Breite des Sees vor sich hatten. Die Kanus glitten schnell über das Wasser, doch nach einer Viertelstunde waren die Indianer den beiden Mädchen kaum näher gekommen. Sie begannen sich nun beim Rudern abzuwechseln.

Als Judith zufällig hinter sich blickte und das Vorhaben bemerkte, begann sie daran zu zweifeln, dass dieses Abenteuer gut ausgehen konnte. Sie wusste, dass sie viel früher erschöpft sein würde als ihre Verfolger, die sich abwechselnd ausruhen konnten. Bis jetzt war es den Indianern nicht gelungen, den Mädchen mehr als hundert Meter nahe zu kommen. Bevor Judith und Hetty aber die Seemitte erreichten, hatten ihre Verfolger merklich Abstand aufgeholt. Obwohl Judith nicht leicht in Verzweiflung zu bringen war, spielte sie doch einen Augenblick mit dem Gedanken, sich gefangen nehmen zu lassen. Dann aber war es ihr unmöglich, ihren Plan zur Befreiung Wildtöters auszuführen, und die Hoffnung darauf gab ihr neue Kraft. In den nächsten Minuten gelang es ihr, den Vorsprung zu vergrößern.

Die Irokesen merkten bald, dass sie alle ihre Kräfte aufbieten mussten, sollten sie sich nicht der Schande aussetzen, bei dieser Wettfahrt von Frauen geschlagen zu werden. Als nun der stärkste Mann am Ruder war, strengte er sich derart an, dass sein Paddel zerbrach. Das entschied die Wettfahrt. Ein Kanu mit drei Mann, die nur ein Ruder hatten, konnte unmöglich Flüchtlinge wie die Töchter von Mister Thomas Hutter einholen.

Die Irokesen gaben die Verfolgung auf und ruderten zur Wasserburg zurück. Etwa nach einer Stunde verließ die ganze Schar im Kanu die Burg und paddelte dem Ufer zu.

Judith ruderte dann auf die Burg zu, die gänzlich verlassen zu sein schien. Auch die Arche, die etwa eine halbe Fahrstunde nördlich von ihr lag, kam langsam immer näher. Judith war nun überzeugt, dass ihre Freunde in der Arche waren. Vorsichtig schlug sie mit Hetty einen Kreis um die Wasserburg ein. Nirgends war ein Kanu zu sehen, kein Irokese ließ sich blicken. Das machte den beiden Mädchen Mut und sie paddelten zur Plattform.

»Geh du ins Haus, Hetty«, begann Judith, »und sieh nach, ob die Indianer fort sind. Sie werden dir nichts zuleide tun, und wenn noch einer von ihnen da ist, so kannst du mich warnen.«

Als Hetty die Plattform betreten hatte, zog sich Judith mit ihrem Kanu etwas zurück, um zu einer Flucht bereit zu sein. Bald darauf erschien Hetty wieder und rief ihr zu, dass alles sicher sei.

»Ich bin in allen Zimmern gewesen, Judith«, sagte sie, »sie sind leer. Nur der Vater schläft in seinem Zimmer. Ich mache mir Sorgen um ihn, er schläft so unruhig.«

Ein Stöhnen drang aus dem Innern der Burg. Die Schwestern sahen sich besorgt an, dann eilten sie hinein.

In der Ecke des kleinen Zimmers saß ihr Vater auf dem Boden und sein Kopf war auf die Brust gesunken. Ein unheimliches Gefühl ergriff Judith, sie trat entschlossen zu ihm hin und nahm ihm die Mütze ab, die sein Gesicht fast verbarg.

Die Indianer hatten dem alten Mann, obwohl er noch lebte, seinen Skalp genommen.

19

In dem Kampf mit den Indianern hatte Mister Hutter einen tödlichen Messerstich erhalten, und zwar von jenem alten Krieger, der die Waffen der anderen entfernt hatte, um die Weißen lebend in ihre Hände zu bekommen. Hutter hatte aber den Alten zu sehr bedrängt und dieser hatte in der Verzweiflung zum Messer gegriffen. Als die drei Krieger von der Verfolgung zurückkehrten und sich entschlossen, das Haus zu verlassen, hatten sie Hutter skalpiert und ihn sterbend zurückgelassen.

Die beiden Mädchen betteten ihren Vater vorsichtig auf den Boden, verbanden die schreckliche Kopfwunde und wuschen ihm das Blut vom Gesicht.

»Judith«, flüsterte Hetty, »der Vater ging selbst auf Skalpjagd aus, wo ist jetzt seiner?«

»Still, Hetty! Sei still! Vielleicht versteht er dich. Es ist zu entsetzlich, vor ihm davon zu sprechen.«

»Wasser!«, stöhnte Hutter mit verzweifelter Anstrengung. »Wasser! Wollt ihr mich vor Durst umkommen lassen?«

Die beiden brachten ihm Wasser, und Hutter trank gierig. Nachher fühlte er sich etwas erleichtert und öffnete die Augen. Sein Blick war starr und glasig.

»Vater«, begann Judith erschüttert, »können wir etwas für dich tun?«

»Vater?«, wiederholte der alte Mann langsam und stockend. »Nein, Judith, nein, Hetty, ich bin nicht euer Vater! Sie war eure Mutter, aber euer Vater … seht in der Truhe nach. Dort werdet ihr alles finden. Gebt mir noch Wasser!«

Judith, die sich besser an ihre Kindheit erinnerte als ihre Schwester, fühlte trotz allem Kummer eine unwillkürliche Befreiung, als sie die Worte des Sterbenden vernahm. Es wäre zu viel gesagt, wollte man behaupten, dass sie ihn nie geliebt hatte, aber sie fühlte sich erleichtert, dass es nun nicht mehr ihre Pflicht war, ihn als Vater anzuerkennen. Hetty dagegen hatte ihren angeblichen Vater geliebt, wenn auch nicht so zärtlich wie die Mutter, und als sie hörte, dass er nicht ihr Vater sein sollte, begannen ihr die Tränen über das Gesicht zu laufen. Judith reichte dem Sterbenden immer wieder Wasser, aber sie vermied es, ihn mit Fragen zu belästigen. Endlich wischte sich Hetty die Tränen ab und rückte einen Schemel nahe zum Lager jenes Mannes, den sie als ihren Vater angesehen hatte und den sie auch jetzt noch als solchen liebte, mochte er sagen, was er wollte.

»Vater«, schluchzte sie, »du wirst dich von mir immer Vater nennen lassen, nicht wahr? Soll ich dir aus der Bibel vorlesen? Die Mutter sagte immer, die Bibel gibt Trost in allem Unglück. Sie war oft sehr unglücklich, weißt du, und dann musste ich ihr aus der Bibel vorlesen.« Eine Weile blätterte Hetty in ihrem kleinen schwarzen Buch und dann las sie langsam mit leiser, weinender Stimme ein Kapitel aus der Geschichte Hiobs.

»Fühlst du dich schon besser, Vater?«, fragte sie nach einer Weile, denn ihr Vertrauen in die Bibel war unbeschränkt.

»Wasser!«, flüsterte Mr Hutter. »Gebt mir Wasser. Meine Zunge ist so heiß!«

Sein Bewusstsein begann sich zu trüben, er stammelte unzusammenhängende Sätze, und mehrmals glaubte Judith das Wort Seeräuber zu verstehen. Die Schwestern dachten nicht mehr an die Indianer, es schien ihnen, als seien sie in ihrer Verlassenheit und in ihrem Schmerz vor jeder Gefahr gefeit. Als sie von draußen Ruderschläge hörten, erschrak auch Judith nicht, obwohl sie allen Grund hatte, eine Rückkehr der Irokesen zu fürchten. Sie hoffte aber, dass die Arche die Wasserburg erreicht hatte, und trat ohne Angst auf die Plattform hinaus. Die Fähre befand sich ganz in der Nähe. Chingachgook, Wah-ta-Wah und Harry beobachteten die Burg. Judith rief ihnen zu, dass keine Gefahr mehr vorhanden sei, und die Fähre lag bald an der gewohnten Stelle befestigt. Über den Zustand ihres Vaters verriet Judith kein Wort. March ging in das Haus, nicht mehr so unbekümmert und übermütig wie sonst, denn die letzten Ereignisse hatten ihn doch sehr erschüttert, und als er Mr Hutter auf dem Boden liegend fand und Hetty an seiner Seite, blieb er betroffen stehen. Während des Kampfes in der Burg war er zu sehr mit sich selber beschäftigt gewesen, um darauf zu achten, was mit seinem Gefährten geschah. Da die Irokesen keine Waffen gebraucht hatten und es offensichtlich gewesen war, dass sie die Weißen lebend gefangen nehmen wollten, hatte er geglaubt, dass Mr Hutter unverletzt in ihre Hände gefallen war.

»Wie, alter Tom«, fragte er endlich, »haben die Landstreicher dich so zugerichtet, dass du nicht aufstehen kannst?«

Mr Hutter öffnete die Augen und starrte ihn mit einem leeren Blick an. »Wer bist du?«, flüsterte er heiser. »Du siehst aus wie der Bootsgehilfe unserer Schaluppe.«

»Ich bin Hurry Harry, alter Tom. Kennst du mich nicht mehr?«

»Jaja … jetzt kenne ich dich. Hast du deinen Skalp noch?«

»Armer Tom! Die Skalpjagd ist für uns alle nicht gut ausgegangen. Ich bin fest entschlossen, in der Zukunft einem weniger blutigen Gewerbe nachzugehen.«

»Ich weiß, wie es ist, wenn man einen Skalp verliert … oh, mein Kopf! Das brennt wie Feuer …«

»Was meint der Alte, Judith? Weshalb habt ihr ihm den Kopf verbunden? Haben ihm die Wilden am Ende …?« Harry vollendete seinen Satz nicht.

»Sie haben ihm das angetan, was ihr ihnen antun wolltet. Sie werden für seinen Skalp Geld vom Gouverneur von Kanada erhalten, wie ihr die Skalpe der Mingos an den Gouverneur von York verkaufen wolltet.«

»Solche Worte hätte ich nicht von Hutters Tochter erwartet, noch dazu jetzt, wo ihr Vater sterbend vor ihren Augen liegt.«

»Ich bin nicht Thomas Hutters Tochter«, erklärte Judith erregt.

»Nicht seine Tochter? Verleugne deinen Vater in seinen letzten Augenblicken nicht, Judith! Das ist eine Sünde. Wenn du nicht seine Tochter bist, wessen Tochter bist du dann?«

»Ich kann dir nicht sagen, Harry, wer mein Vater war, aber ich hoffe, dass es ein ehrlicher Mann gewesen ist.«

»Was du vom alten Hutter nicht glaubst? Nun, Judith, ich weiß, dass böse Gerüchte über ihn kursierten, aber wer wird nicht von seinen Feinden verleumdet?«

Mr Hutter öffnete wieder die Augen und versuchte, seine Hand zu bewegen. Kurz darauf stöhnte er tief auf und dann hörte er für immer zu atmen auf. –

Der Tag verging ohne Störung. Obwohl die Indianer jetzt ein Kanu besaßen, zeigten sie sich nicht mehr auf dem See, sie schienen mit ihrem augenblicklichen Erfolg zufrieden zu sein. In der Wasserburg wurden die Vorbereitungen zur Bestattung Mr Hutters getroffen. Es war nicht möglich, ihn an Land zu begraben, und Hetty wünschte, dass er neben ihrer Mutter im See ruhen sollte. Bei Sonnenuntergang sollte das Begräbnis stattfinden. Sie hüllten die Leiche in eine Decke und beschwerten sie mit Steinen vom Herd. Als alle in der Arche waren, setzte sich dieses seltsame Fahrzeug des Toten in Bewegung. March hatte die Ruder in der Hand, und langsam und feierlich glitt die Arche über den See, dessen Oberfläche glatt wie ein Spiegel war. Die weiten Wälder lagen still im Umkreis. Judith wurde zu Tränen gerührt und auch Harry war bewegt. Hetty fiel es leicht, die Erde zu vergessen und nur an den Himmel zu denken, obwohl sie am meisten von allen um den toten Mann trauerte. Wah-ta-Wah wohnte dem Begräbnis ernst und aufmerksam bei und der Delaware bewahrte seine stoische Haltung. Hetty lotste, damit Harry jene Stelle fand, die sie das »Grab ihrer Mutter« nannte.

Die Wasserburg stand nahe am südlichen Ende einer Sandbank, die sich fast einen halben Kilometer nach Norden erstreckte. Am äußersten Ende dieser Untiefe hatte

Thomas Hutter einst die irdischen Überreste seiner Frau und seines Sohnes versenkt. Hetty kannte die Stelle gut und sie gab Harry das Zeichen zum Anhalten. March ließ den Anker fallen. Dann ließen sie die Leiche Mr Hutters an Seilen ins Wasser gleiten und versenkten sie im See.

»Das also ist das Ende des alten Tom«, begann Harry. »Er war ein tapferer Gefährte und ein guter Biberfänger. Weint nicht, Judith und Hetty, denn wir alle müssen sterben. Der Tod eures Vaters ist ein großer Verlust für euch, aber ihr seid beide jung und schön, und es gibt Wege, wie man einen solchen Verlust wiedergutmachen kann. Judith, wenn du dir anhören willst, was ein ehrlicher Mann zu sagen hat, so möchte ich einige Worte mit dir sprechen.«

Judith hatte kaum Anteil an dem Begräbnis genommen. Sie hatte ihre Mutter sehr geliebt, Erinnerungen an sie waren in ihr aufgestiegen und ihre Augen hatten sich mit Tränen gefüllt. Jetzt schaute sie auf und schien plötzlich einen Gedanken zu fassen, wischte sich die Tränen ab und ging zum anderen Ende der Fähre. March folgte ihr. Sie setzte sich nieder und winkte Harry, neben ihr Platz zu nehmen. Ihr Ernst schüchterte Harry ein.

»Du willst mit mir vom Heiraten sprechen, Harry March«, begann sie.

»Judith, ich halte dich schon seit langer Zeit für das schönste Mädchen, das ich je sah«, antwortete er nun zögernd und verlegen.

»Ich weiß, Harry. Ich verstehe dich gut, aber ich will jetzt aufrichtig mit dir sein. Es ist ein Grund vorhanden, warum ich nie deine Frau werden kann. Ich liebe dich nicht genug und ich weiß, dass ich dich nie genug lieben werde. Kein Mann kann sich eine Frau wünschen, die ihn nicht allen anderen Männern vorzieht.«

»Ach, Judith, die Offiziere aus den Garnisonen mit ihren Scharlachröcken und Federhüten haben das angerichtet!«

»Harry, vergiss nicht, dass ich ein Mädchen bin, das weder einen Vater noch einen Bruder hat, die deine Worte rächen können.«

»Gut, ich will nichts mehr sagen. Es war auch nicht böse gemeint. Nimm dir Zeit, Judith, und überlege es dir noch einmal.«

»Ich habe mich längst entschieden und wartete nur, bis du dich deutlich aussprechen würdest, damit ich dir deutlich antworten kann.«

Harry schwieg. Er hatte Judith noch nie so ernst und entschieden gesehen und fühlte sich auf einmal in ihrer Gegenwart sehr unsicher. Früher war sie seinen Anträgen ausgewichen oder hatte sie scherzhaft aufgenommen. Er hatte nie geglaubt, dass Judith sich weigern würde, die Frau des hübschesten Mannes im Grenzgebiet zu werden.

Nach einer kleinen Pause sagte er niedergedrückt: »Der alte Tom lebt nicht mehr, die Roten schwärmen am Ufer und auch in den Wäldern – was soll ich denn eigentlich noch hier?«

»Verlass uns noch heute Abend, wenn du willst«, antwortete Judith kurz.

»Wenn ich fortgehe, Judith, so wird mir deinetwegen das Herz schwer. Ich möchte dich lieber mitnehmen.«

»Das ist nicht möglich. Sobald es dunkel ist, werde ich dich in einem Kanu an Land setzen, und dann kannst du dich zur nächsten Garnison durchschlagen.«

»Wenn ich sicher in das Fort komme, werde ich euch Hilfe gegen die Landstreicher schicken. Ich werde selbst mitkommen, denn ich möchte dich und Hetty in Sicherheit bringen, bevor wir uns für immer trennen.«

»Ach, Harry, hättest du immer so gesprochen wie jetzt!«

»Ist es zu spät, Judith? Ich weiß, dass ich ein rauer Bursche aus den Wäldern bin, aber wir alle ändern uns durch die Erlebnisse, die wir ertragen müssen, und ich werde diesen letzten Tag lange nicht vergessen.«

»Ja, es ist zu spät, Harry. Ich liebe weder dich noch einen anderen Mann so sehr, dass ich ihn heiraten könnte, außer einem. Nun habe ich genug gesagt, frage mich nicht weiter. Sobald es dunkel ist, bringe ich dich ans Ufer oder der Delaware wird es tun. Du kannst dann zur nächsten Garnison eilen und uns Hilfe schicken. Wir sind jetzt wieder Freunde, Harry, und ich darf dir vertrauen, ja?«

Harry nickte traurig und Judith fuhr fort: »Auf dem nächsten Posten befindet sich Kapitän Warley. Wahrscheinlich wird er die Truppen führen, die man uns zur Hilfe schickt. Mir wäre es lieber, wenn ein anderer Offizier käme.«

»Das ist leichter gesagt als getan, Judith, denn diese Offiziere lassen sich keine Vorschriften machen. Ich kenne Warley, er ist ein hübscher, lebenslustiger Kerl, der gern Madeira trinkt und allen Mädchen den Hof macht.«

Judith wurde rot, schwieg aber und stand dann auf und ging zu ihrer Schwester.

20

Hetty hatte die ganze Zeit über an der Spitze der Fähre gesessen und traurig in das Wasser hinabgeschaut. Judith trat zu ihrer Schwester. »Hetty«, sagte sie freundlich, »ich habe dir viel zu sagen. Wir wollen in einem Kanu etwas abseits rudern, damit wir allein sind.«

Das war bald geschehen. Harry brachte die Arche mit einigen Ruderschlägen etwa hundert Meter weit weg und die beiden Mädchen blieben in ihrem Kanu allein zurück.

»Der Tod von Thomas Hutter«, begann Judith nach einer kurzen Pause, »hat unser Leben verändert, Hetty. Wenn er auch nicht unser Vater war, so sind wir doch Schwestern und müssen nun mehr als bisher zusammenhalten.«

»Sag nicht Thomas Hutter«, bat Hetty. »Er hat uns aufgezogen, uns genährt und uns beschützt. Für mich ist er immer noch unser Vater. Judith, bleiben wir hier und leben wir weiter wie bisher. Wir haben das Haus, die Arche und die Kanus und den See.«

»Nein, Hetty, das geht nicht! Wir sind hier nicht mehr sicher, auch wenn uns die Mingos nicht in ihre Gewalt bekommen. Wir müssen die Burg verlassen und in die nächste sichere Niederlassung gehen.«

»Das tut mir leid, Judith«, antwortete Hetty, beugte sich vor und schaute nachdenklich ins Wasser. »Ich möchte lieber hierbleiben. Ich liebe die Bäume und die Berge und den See. Ich werde sehr traurig sein, wenn wir das alles verlassen müssen. Warum können wir nicht hierbleiben? Du bist schön und klug und wirst einen Mann bekommen, der uns beschützen wird.«

»Ja, wenn das sein könnte, Hetty, dann würde ich tausendmal lieber hier leben als in den Niederlassungen.«

»Harry March liebt dich, Schwester«, antwortete Hetty sanft und errötete.

»Ich habe mich eben mit Harry ausgesprochen. Von ihm kann nicht die Rede sein. Es gibt einen anderen – aber genug davon! Wir müssen uns über unsere Zukunft klar werden. Es ist auch Zeit, Hetty, dass wir über unsere Verwandten und unsere Familie etwas zu erfahren suchen. Die Mutter war so verschieden von Thomas Hutter, dass ich gern wissen möchte, wer unser Vater gewesen ist. Es sind bestimmt Papiere in der Truhe, aus denen wir einen Hinweis erhalten werden.«

»Gut, Judith, du musst es am besten wissen, denn du bist klüger als ich. Wenn du Harry nicht heiraten willst, der doch der schönste Mann ist, den ich kenne, dann müssen wir von hier fort.«

»Was hältst du von Wildtöter, Hetty?«, fragte Judith plötzlich.

»Wildtöter!«, wiederholte Hetty erstaunt. »Er ist doch gar nicht hübsch, Judith.«

»Aber auch nicht hässlich, liebe Hetty, und das Aussehen hat bei einem Mann keine Bedeutung.«

Hetty verstand nun ganz und gar nichts mehr und begann wieder von ihrem so grenzenlos verehrten Harry zu sprechen.

»Hetty, sag nichts mehr davon!«, unterbrach sie Judith. »Ich höre es nicht gern, wenn du von solchen Dingen redest. Harry March verlässt uns heute Abend.«

»Ach, Judith, das habe ich längst befürchtet, und ich hoffte so sehr, dass er mein Schwager werden würde.«

»Lass uns lieber von unserer armen Mutter und von Thomas Hutter reden, liebe Hetty. Ich will noch heute die Truhe untersuchen. Nun, da Thomas Hutter tot ist, dürfen wir sein Eigentum leichten Herzens hergeben, und ich will seine Schätze verwenden, um Wildtöter loszukaufen. Ist er einmal befreit, dann mache ich mir keine Sorgen mehr um die Zukunft.«

Judith ruderte nun das Boot langsam zurück. Hetty blickte nachdenklich und schweigsam vor sich hin. Plötzlich sagte Judith: »Erkennst du nicht hinter dem Haus ein Kanu? – Dort, in der Richtung der Landspitze.«

»Ich habe es schon die ganze Zeit gesehen«, antwortete Hetty ruhig. »Nur ein einziger Mann ist in dem Kanu, und ich glaube, dass es Wildtöter ist.«

»Wildtöter!«, rief Judith aufgeregt. »Das kann nicht sein!«

Das leichte Boot näherte sich jetzt der Arche, und Judith sah, dass ihre Schwester recht hatte. Wildtöter saß allein in dem Kanu. Er paddelte ruhig und gelassen. Der Tag ging zur Neige und die Ufer waren schon verschwommen im Dämmergrau. Auf dem Wasser lag noch das Licht des Sonnenuntergangs. Burg und Arche schimmerten dunkelrot, und als die beiden Kanus sich langsam einander näherten, schienen Boote und Menschen wie in Gold getaucht.

»Willkommen, Natty!«, rief Judith. »Wir haben einen traurigen Tag hinter uns! Ach, ich bin froh, dass du da bist! Konntest du fliehen oder sind die Mingos auf einmal menschlich geworden?«

»Keines von beiden, Judith«, antwortete Wildtöter.

»Wie kommst du dann hierher?«, fragte das Mädchen erstaunt.

»Das ist sehr einfach zu erklären, Judith. Ich bin auf Urlaub.«

»Urlaub? Ich weiß, was das Wort bei Soldaten bedeutet, aber ich weiß nicht, was es bei einem Gefangenen bedeutet.«

»Das Gleiche, Judith. Ein Soldat bekommt Erlaubnis, die Garnison für eine bestimmte Zeit zu verlassen. Nachher muss er zurück, ob er will oder nicht, er muss seine Muskete schultern oder sich den Martern unterwerfen. Das ist doch sehr einfach zu verstehen, nicht wahr?«

»Welche Sicherheit haben die Roten für deine Rückkehr?«

»Mein Wort! Das habe ich ihnen gegeben. Wenn sie mich ohne diese Sicherheit hätten gehen lassen, wären sie Dummköpfe gewesen.«

»Aber du wirst dich doch nicht in diesem Fall an dein Wort gebunden halten, Natty!«

»Doch, das tue ich«, antwortete Wildtöter sehr ernst. »Der Delaware wird mich nicht zurückhalten, denn er weiß, dass ein Mann seine Pflicht tun muss, auch wenn es ihm schwerfallen sollte. Harry denkt immer nur an sich selbst und er wird sich nicht viel darum kümmern, was ich tue.«

Judith schwieg lange. Sie kämpfte gegen ihre Gefühle an, aber sie wusste, dass jedes Wort zwecklos war.

»Wann ist dein Urlaub zu Ende, Natty?«, wollte sie wissen, als die beiden Kanus zur Arche ruderten.

»Morgen Mittag. Aber du kannst dich darauf verlassen, Judith, dass ich keinen Augenblick früher zurückkehren werde. Die Indianer haben Angst, dass Soldaten von der Garnison herkommen, und wollten meinen Urlaub um keinen Augenblick verlängern. Wenn ich erfolglos zurückkehre – denn sie haben mir so manches aufgetragen –, werden sie mich wahrscheinlich schon am Nachmittag zu Tode martern wollen, damit sie sich, sobald es dunkel ist, nach Norden zurückziehen können.«

»Sind die Irokesen entschlossen, den Tod ihrer Gefährten zu rächen?«, fragte Judith leise.

»Ja, das glaube ich ganz bestimmt. Die Frauen sind wütend, weil Wah entführt wurde. Vor allem aber hat sie der Mord an dem jungen Mädchen aufgebracht.«

»Ach, Wildtöter, vielleicht ändern die Mingos ihre Meinung. Sonst hätten sie dir doch nicht bis morgen Zeit gegeben.«

»Ich will dazu nichts sagen, Judith. Ein Indianer bleibt immer ein Indianer. Ich habe einen ihrer besten Krieger getötet, nach ihren Sitten müssen sie sich rächen. Doch ich spreche immer nur von mir! Judith, du hast selbst genug Sorgen. Vielleicht willst du einen Freund um Rat fragen.«

»Ja, Natty«, antwortete Judith fast unhörbar, »Harry will uns verlassen. Hetty und ich wissen nicht, was wir tun sollen.«

Die Kanus legten jetzt an der Arche an, und Wildtöter und Judith beschlossen, das Gespräch später fortzusetzen. Wildtöter begrüßte seine Freunde in der Arche, und der Delaware erriet sofort, dass Natty seinen Feinden nicht endgültig entkommen war. Es wurde immer dunkler und so steuerten sie die Arche zur Wasserburg. Wildtöter versicherte den anderen, dass sie vorläufig nichts von den Mingos zu befürchten hatten. Er war überzeugt, dass sich die Indianer während der Nacht ruhig verhalten würden. Rivenoak hatte ihm eine Botschaft aufgetragen, und falls die Vorschläge des Häuptlings angenommen werden sollten, würde der Kampf beendet sein.

Die Mädchen bereiteten in aller Ruhe das Abendessen. Harry setzte beim Licht eines brennenden Fichtenspans seine Mokassins instand, Chingachgook starrte düster vor sich hin, während Wildtöter unbefangen die Lieblingsflinte Mr Hutters betrachtete. Die Waffe war länger als die gewöhnlichen Flinten und kam offenbar aus der Werkstätte eines ausgezeichneten Büchsenmachers. Sie war mit Silber beschlagen und hübsch verziert, aber ihr größter Vorzug lag in der soliden Ausführung. Natty legte den Kolben immer wieder an seine Schulter und zielte mit dem Visier. Er prüfte das Gewicht der Flinte und kam zu der Überzeugung, dass sie treffsicherer war als alle Büchsen, die er bisher gesehen hatte.

»Das ist eine wunderbare Waffe, Harry«, bemerkte er schließlich. »Ich habe schon viel von ihr gehört. Schade, dass sie nun den Mädchen gehört. Der Mann, der diese Waffe besitzt, würde der König der Wälder werden.«

»Dann behalte die Flinte und werde König der Wälder«, erwiderte Judith rasch. »Sie kann in keine besseren Hände kommen. Ich hoffe, dass du dich noch viele Jahre an ihr freuen kannst.«

»Das meinst du doch nicht im Ernst, Judith!«, rief Wildtöter überrascht.

»Doch, es ist mein Ernst, Natty!«

»Nun, wir werden später darüber sprechen. Sei nicht niedergeschlagen, Harry. Mir scheint, du hättest die Flinte selber gern gehabt. Aber in meinen Händen ist sie vielleicht doch sicherer als in deinen. Und Judith wird dir vielleicht bald etwas anderes geben, was dich mehr freuen wird.«

March murmelte etwas vor sich hin, er war ganz in die Vorbereitungen für seine Abreise vertieft. Bald darauf war das Abendessen fertig. Nachher versammelten sich alle auf der Plattform. Die Ufer waren dunkel. Ein leichter Wind kräuselte den See und unzählige Lichtfunken tanzten auf dem Wasser.

»Die Botschaft, die ich euch ausrichten muss, ist alles andere als erfreulich«, begann Wildtöter. »Als die Mingos von der Burg zurückkamen, hielten sie eine Ratssitzung ab. Sie waren sehr erregt. Niemand lässt sich gern besiegen, noch dazu wenn er seinem Feind an Zahl überlegen ist. Nach einiger Zeit kamen sie zu einem Entschluss und trugen mir auf, euch mitzuteilen, was sie sich ausgedacht hatten. Sie vertrauen mir, dass ich mein Wort halten würde. Sie glauben, dass der See in ihrer Gewalt ist. Thomas Hutter ist tot, und was Harry betrifft, so bilden sie sich ein, dass er heute dem Tod zu nahe gewesen ist, um noch lange Lust zu haben, hierzubleiben. Sie nehmen daher an, dass Chingachgook und die Mädchen allein sind. Sie schicken durch mich diesen Wampumgürtel mit den Worten: ›Sage der Großen Schlange, dass er sich für einen Anfänger auf dem Kriegspfad gut gehalten hat. Er kann über die Berge in seine Heimat zurückkehren und niemand wird seiner Spur folgen. Wenn er einen Skalp gefunden hat, so soll er ihn mitnehmen. Die tapferen der Mingos werden es einem jungen Krieger nicht verargen, wenn er nicht mit leeren Händen heimkommen will. Wah aber muss zurück zu den Mingos, denn sie nahm etwas mit, was nicht ihr gehörte.‹«

»Das ist nicht wahr«, fiel Hetty erregt ein.

»Du verstehst die Botschaft der Indianer nicht, Hetty. Wah hat die Liebe eines jungen Mingos mitgenommen und er möchte sie zurückhaben. Die nächste Botschaft ist für dich, Judith. Sie sagten, die Bisamratte sei für immer in den See getaucht und seinen Töchtern werde es bald an Nahrung fehlen. Die Hütten der Roten sind besser als die Hütten von York. Du sollst zu ihnen kommen und dich davon überzeugen. Deine Farbe ist weiß, aber du hast so lange in den Wäldern gelebt, dass du in den sicheren Niederlassungen der Europäer nicht heimisch werden kannst, so glauben sie. Einer ihrer tapfersten Krieger hat vor Kurzem seine Frau verloren und er würde gern die Wilde Rose in seinen Wigwam führen. Und Hetty wird von den Mingos immer geachtet und geehrt werden.«

»Wie kannst du mir eine solche Botschaft mitteilen, Natty!«, rief Judith traurig.

»Nimm es mir nicht übel, wenn ich die Botschaft so

ausrichte, wie sie mir aufgetragen wurde. Das war die Bedingung, unter der ich meinen Urlaub erhielt. Ich habe dir ja noch nicht gesagt, zu welcher Antwort ich dir raten werde.«

»Ja, lass uns das hören«, unterbrach ihn March.

»Harry, an deiner Stelle würde ich sagen: Wildtöter, teile den Mingos mit, dass sie Harry March nicht kennen. Er wird Frauen in der Not nicht verlassen!«

»Spare dir deine Worte, Wildtöter!«, brauste Harry auf. »Du bist noch ein unerfahrener Junge, und doch weißt du, was dir bevorsteht. Da du nur ein Zwischenträger bist, den die Wilden uns Christen schicken, so kannst du ihnen sagen, dass sie Harry March richtig beurteilt haben. Ein einzelner Mann kann es nicht mit einem ganzen Stamm von Indianern aufnehmen. Ich habe die Mädchen aufgefordert, mit mir zu gehen. Wenn sie es nicht tun, ist es ihre eigene Schuld, wenn ich sie verlasse.«

»Dieser Punkt ist also erledigt«, fuhr Natty gleichmütig fort. »Harry muss selbst für das, was er tut, einstehen. Und nun zu dir, Wah-ta-Wah. Willst du zu den Mingos zurückgehen?«

»Weshalb sprichst du so mit mir?«, fragte das Mädchen empfindlich. »Kennst du mich denn nicht?«

»Es kommt nicht darauf an, was ich denke, Wah. Ich muss den Mingos deine Antwort mitteilen.«

Wah sprang erregt auf und rief in ihrer eigenen Sprache: »Sage den Häuptlingen, dass sie einfältig wie Maulwürfe sind. Sie wissen den Wolf nicht vom Hund zu unterscheiden. Unter meinen Landsleuten verwelkt die Rose, wo sie geblüht hat, und das Getreide wächst, wo die

Saat ausgesät wurde. Die Delawarenmädchen sind nicht Boten, die man von einem Stamm zum anderen senden kann. Was bedeutet ein Mingoknabe einem Mädchen aus dem Stamm der Lenni Lenape? Er mag schnell sein, aber ihre Augen folgen ihm nicht beim Wettlauf, sie schauen nach den Hütten der Delawaren. Wah-ta-Wah hat nur ein Herz und kann nur einen Mann lieben.«

Wildtöter hatte ihr mit offensichtlicher Freude zugehört. »Das ist alle Wampume in den Wäldern wert«, sagte er. »Du hast die Worte nicht verstanden, Judith, aber wenn du nach deinen eigenen Gefühlen urteilst, wirst du den Sinn begriffen haben. Nun habe ich die Antwort eines Indianermädchens gehört, Judith, und muss dich bitten, mir zu sagen, wie ein weißes Mädchen fühlt.«

»Dazu ist noch später Zeit, Natty. Chingachgook hat noch nicht gesprochen.«

»Chingachgook! Ich weiß, was er antworten wird, wenn ich auch kein Wort davon hören sollte!«

Der junge Häuptling stand auf, streckte den Arm aus und sagte voll Würde: »Ein Wampum muss für den anderen geschickt werden, eine Botschaft muss man durch eine andere beantworten. Höre, was die Große Schlange der Delawaren den Wölfen von den großen Seen, wie sie sich nennen, sagen lässt. Sie sind keine Wölfe, sie sind Hunde, die hierherkamen, damit ihre Schwänze und Ohren von den Delawaren gestutzt werden. Ihre Tapferkeit reicht nur aus, ein junges Mädchen zu stehlen, nicht aber, sie zu behalten. Chingachgook nimmt, was ihm gehört, ohne einen Hund aus Kanada um Erlaubnis zu fragen. Wenn er ein zärtliches Gefühl in seinem Herzen hat, so geht das die

Mingos nichts an. Er behält Wah-ta-Wah bei sich. Sie sind beide Delawaren und fürchten die Mingos nicht.«

»Das ist eine gute Depesche, wie die Offiziere so etwas nennen«, betonte Wildtöter. »Die Mingos werden in Feuer und Wut geraten. Doch stolze Worte sind nicht immer stolze Taten. Der Himmel gebe, dass wir nur die Hälfte davon ausführen können. Jetzt ist die Reihe an dir, Judith, denn die Landstreicher erwarten von jeder Person eine Antwort, mit Ausnahme der armen Hetty.«

»Und weshalb nicht von ihr, Natty? Die Indianer achten vielleicht ihre Worte am meisten.«

»Das ist wahr, Judith. Wenn du etwas zu sagen hast, Hetty, so will ich es den Mingos getreulich ausrichten.«

Hetty zögerte einen Augenblick, dann sagte sie: »Die Roten können den Unterschied zwischen uns Weißen und sich selbst nicht einsehen, sonst würden sie nicht von Judith und mir verlangen, dass wir mit ihnen leben sollen. Wenn sie es wünschen, werde ich gern wieder zu ihnen kommen und ihnen aus der Bibel vorlesen, aber ich kann das Grab meines Vaters und meiner Mutter nicht verlassen.«

Natty sah nun Judith fragend an, sie schien aber nur widerstrebend zu sprechen. »Sag mir zuerst, Natty«, begann sie, »welche Folgen unsere Antworten für dich haben werden. Wenn du das Opfer unseres Mutes werden sollst, dann wäre es besser, wenn wir geschwiegen hätten.«

»Du kannst mich ebenso gut fragen, Judith, von welcher Seite der Wind in der nächsten Woche wehen wird. Ich kann nur sagen, dass sie drohende Gesichter machten, als ich fortpaddelte. Aber es donnert nicht immer, wenn sich der Himmel mit Wolken überzieht. Deine Frage lässt sich leichter stellen als beantworten.«

»Ebenso verhält es sich mit meiner Antwort«, sagte Judith und stand auf. »Ich werde sie dir geben, Natty, nachdem du und ich allein darüber gesprochen haben.« Die Stimme Judiths hatte so entschieden geklungen, dass ihr niemand widersprach.

Um neun Uhr abends brach Harry March auf. Statt freundlich Abschied zu nehmen, murmelte er nur ein paar mürrische Worte. Judith gab ihm die Hand, während der Delaware und Wah ihn nicht beachteten. Nur Hetty verriet ihre wahren Gefühle. Als das Kanu mit Wildtöter und Harry abstieß, rief sie: »Leb wohl, Harry! Nimm dich in den Wäldern in Acht und halte dich nirgends auf, bis du die Garnison erreicht hast.«

Harry hatte bei seiner Abfahrt so wenig Beweise der Teilnahme erhalten, dass ihn die Worte des Mädchens rührten. Er hielt das Kanu an und brachte es mit einem einzigen Ruderschlag wieder zur Burg zurück.

»Du bist ein gutes Mädchen, Hetty, und ich will dich nicht verlassen, ohne dir die Hand zu geben«, sagte er freundlich. »Wenn wir wieder zusammenkommen, Hetty, wirst du einen Freund in mir finden, mag deine Schwester sich auch verhalten, wie sie will. Mit deiner Mutter habe ich mich nie sehr gut verstanden, aber Tom Hutter war ein guter Bursche, und wenn man Böses über ihn sprechen wird, werde ich ihn um deinetwillen stets verteidigen.«

Dann stieß er das Kanu wieder ab. Einige Zeit ruderten er und Wildtöter schweigend. Sie wollten zu jener Landspitze fahren, wo sie zum ersten Mal den See erreicht hatten, weil sie hofften, dass dieser Teil des Ufers am wenigsten von den Mingos überwacht wurde. In kurzer Fahrt hatten sie ihr Ziel erreicht und hielten im Schatten der Uferbäume an.

»Du wirst dafür sorgen, Harry, dass die Offiziere der Garnison sofort eine Abteilung Soldaten gegen diese Landstreicher schicken«, sagte Wildtöter. »Es wird am besten sein, wenn du die Truppe führst, denn du kennst den Weg hierher, den See und die ganze Gegend.«

»Und was geschieht mit dir, Wildtöter?«, fragte Harry mit mehr Anteilnahme, als er gewöhnlich verriet.

»Das weiß nur Gott, Harry! Es sieht ziemlich düster für mich aus und ich bin auf das Schlimmste gefasst.«

»Du wirst dich doch nicht diesen Wilden wieder ausliefern, Natty!«, rief Harry zornig. »Das ist unsinnig und dumm.«

»Es gibt freilich Menschen, denen es dumm scheinen mag, ein gegebenes Wort zu halten, Harry. Aber kein Indianer soll sagen können, dass ein Mingo sein Wort besser hält als ein weißer Mann. Ich bin nur auf Urlaub und ich werde morgen zur vereinbarten Zeit zurückkehren.«

»Was hat ein Versprechen zu bedeuten, wenn man es mit Wilden zu tun hat!«

»Wer glaubt, er könne sagen, was er will, und nachher gilt es nicht, weil er es im Wald oder zu Indianern gesagt hat, das ist kein guter Mensch. Leb wohl, Harry, wir sehen uns vielleicht nie wieder.«

March verwünschte die Torheit, die einen Mann veranlassen konnte, in sein eigenes Verderben zu rennen. Natty

Bumppo aber blieb ganz ruhig. Er stand am Ufer und sah Hurry Harry nach, der in den Büschen verschwand. In seiner Ungeduld bewegte sich Harry ziemlich geräuschvoll und Wildtöter schüttelte über diesen Mangel an Vorsicht den Kopf. Dann stieg er wieder ins Kanu. Bevor er aber das Ruder ins Wasser tauchte, sah er sich noch einmal um. Hier war die Stelle, an der er zum ersten Mal diesen schönen See gesehen hatte. Damals, im hellen Licht des Sommertages, war es ein herrlicher Anblick gewesen, jetzt verhüllten die Schatten der Nacht den See und die Wälder, und die Stimmung war traurig und schwermütig. Die Berge ragten düster auf und nur noch in der Mitte des Sees lag ein bleicher Schimmer. Wildtöter seufzte, stieß das Kanu vom Ufer ab und ruderte schnell zurück.

21

Judith wartete inzwischen auf der Plattform ungeduldig auf seine Rückkehr. Wah-ta-Wah und Hetty schliefen schon und der Delaware hatte sich auf dem Fußboden des Nebenzimmers mit der Flinte an seiner Seite ausgestreckt. In der Arche brannte eine Lampe. Als Judith das Boot bemerkte, hörte sie auf, ungeduldig hin und her zu gehen, und lief zum Ende der Plattform. Sie half Natty, das Kanu zu befestigen, und sagte ihm, dass die anderen schon schliefen. Weil sie ungewöhnlich ernst war, ahnte er, dass sie ihm etwas Wichtiges mitteilen wollte.

»Natty«, sagte sie, »ich habe die Lampe angezündet und in die Kajüte gestellt. Willst du mit mir kommen und dir anhören, was ich dir sagen will?«

Natty war erstaunt, folgte ihr aber sofort in die Arche. Sie hatte zwei Stühle neben die Truhe gestellt und den Tisch herbeigerückt.

»Ich kann mir denken, was das alles zu bedeuten hat«, sagte Wildtöter, »aber weshalb ist Hetty nicht hier? Nach Hutters Tod hat sie ein Recht darauf.«

»Hetty schläft«, antwortete Judith schnell, »und sie hat mir heute Abend ihren Anteil an allem, was in der Truhe sein mag, übertragen.«

Wildtöter zögerte. »Es scheint mir nicht recht zu sein«, sagte er langsam, »wenn man die Schwächen eines anderen Geschöpfes ausnützt. Hetty weiß ja gar nicht, worauf sie verzichtet.«

Nun errötete Judith tief. »Du tust mir unrecht, Natty, wenn du glaubst, dass ich Hettys Unwissenheit ausnütze. Sie wird nicht benachteiligt werden, das verspreche ich dir. Hetty und ich wollen den Inhalt der Truhe für einen ganz bestimmten Zweck verwenden – ich habe alles mit ihr besprochen und sie ist damit einverstanden.« Dann fuhr sie rasch fort: »Setz dich, Natty. Wir wollen die Truhe öffnen und ihren Inhalt untersuchen. Ich bin sicher, dass ich dann Aufschluss über die Geschichte Hutters und meiner Mutter erhalten werde.«

»Warum nennst du ihn Hutter, Judith, und nicht deinen Vater?«, fragte Wildtöter verwundert.

Judith berichtete von den letzten Worten Mr Hutters und von ihren frühesten Kindheitserinnerungen. Dann räumten sie die Truhe aus. Zuerst kamen die schon bekannten Dinge zum Vorschein, und dann fanden sie, in ein Segeltuch eingeschlagen, eine Flagge, die von einem englischen Schiff zu stammen schien. Als Nächstes lag ein schön gearbeitetes Kästchen in der Truhe. Da sie keinen Schlüssel finden konnten, öffnete Wildtöter das Schloss mit einem eisernen Haken. In dem Kästchen lagen Briefe, Notizen und Rechnungen. Judith nahm die Papiere und sah die Briefe durch.

Es handelte sich um die Korrespondenz ihrer Mutter mit einem anscheinend sehr vornehmen englischen Offizier. Aus den Briefen ging hervor, dass dieser Mann sowohl ihr als auch Hettys Vater war. Diese Verbindung war jedoch, wie die späteren Briefe verrieten, nie legalisiert worden, und auch der Name jenes Mannes war sorgfältig aus jedem Brief herausgeschnitten worden.

Ein zweites Päckchen von Briefen enthielt die Korrespondenz ihrer Mutter mit Mr Thomas Hovey, wie anscheinend der richtige Name von Hutter lautete. Die Briefe waren sorgfältig geordnet, und die Geschichte der Verbindung dieses ungleichen Paares ging aus ihnen viel deutlicher hervor, als Judith sie zu erfahren wünschte. Die verlassene Frau hatte in ihrer Verzweiflung Hutter Heiratsanträge gemacht. Judith fühlte sich erleichtert, als sie in späteren Briefen Anzeichen fand, dass der Verstand ihrer Mutter zu diesem Zeitpunkt schon getrübt gewesen sein musste. Die Antworten Mr Hoveys waren kurz und verrieten seine Unbildung. Er hatte offensichtlich diese vornehme und gütige Frau nur geheiratet, um in den Besitz ihres Vermögens zu kommen. Dass sie zwei Kinder mit in die Ehe brachte, hatte ihn wenig gestört. Den Briefen lag noch eine alte Zeitung bei, in der eine Belohnung für die Auslieferung eines Seeräubers namens Tom Hovey ausgeschrieben war. In den Papieren fand sich aber nichts, woraus Judith den Mädchennamen ihrer Mutter oder ihren früheren Wohnort erfahren hätte können. Alle Namen waren herausgeschnitten oder ausradiert, und die Adressen waren nicht mehr vorhanden. Wo ein Wort im Text vorkam, das eine Andeutung hätte geben können, war es ebenfalls sorgfältig ausradiert worden. Judith hatte für die Durchsicht der Briefe fast zwei volle Stunden gebraucht. Die ganze Zeit hatte Wildtöter schweigend neben ihr gesessen.

»Diese Briefe enthalten Nachrichten von meinen Eltern, Natty«, sagte Judith schließlich und blickte auf. »Sie haben die Pläne für mein Leben bestimmt. Es tut mir leid, dass ich dich so lange warten ließ.«

»Das hat nichts zu sagen, Judith. Es kommt nicht darauf an, ob ich schlafe oder wache.«

Sie nahmen nun noch den restlichen Inhalt aus der Truhe. Judith gewann nur langsam ihre Fassung wieder, denn die Lebensgeschichte ihrer Mutter hatte sie sehr erschüttert. Sie sah gleichgültig auf die Dinge, die Natty aus der Truhe holte. Es waren dies einige Degen, wie sie von vornehmen Herren getragen wurden, einige Silberschnallen und vornehme Damenkleider.

»Jetzt lass uns von dir selbst reden, Natty«, sagte Judith. »Wir müssen einen Weg finden, wie wir dich aus den Händen der Indianer befreien können. Hetty und ich wollen gern einen Teil dieser Dinge oder auch alles opfern.«

»Das ist freundlich von euch und ich danke euch. Die Mingos glauben aber, die Truhe sei schon so gut wie in ihren Händen, und sie werden niemand für den Schlüssel danken.«

»Ich verstehe dich, Natty. Aber wir könnten uns auf dem See halten, bis die Soldaten von der Garnison gekommen sind. Warum willst du nicht bei uns bleiben? Es ist sinnlos, wenn du dich den Mingos wieder auslieferst.«

»Versuche nicht, mich zu überreden, mein Wort zu brechen, Judith! Ein Versprechen ist keine leichtfertige Angelegenheit unter Männern in den Wäldern. Ich möchte Chingachgooks Vater und meinen anderen Freunden bei den Delawaren die Schande ersparen, dass ich wortbrüchig geworden bin.«

»Ich glaube, dass du recht hast, Natty«, antwortete das Mädchen nach einer Weile, »ein Mann wie du kann nicht anders handeln. Du sollst nicht sagen, dass Judith – ich weiß kaum, welchen Namen ich mir jetzt geben soll ...«

»Das ist seltsam!«, sagte Wildtöter und sah Judith an. »Thomas Hutter war nicht Thomas Hutter, und seine Töchter sind nicht seine Töchter! Wer kann denn Thomas Hutter gewesen sein?«

»Hast du nie Gerüchte über ihn gehört, Natty? Überall erzählt man sich, dass er ein Seeräuber gewesen ist. Wir beide sind Freunde, darum kann ich so offen mit dir sprechen. Lies das, und du kannst dich davon überzeugen, dass er wirklich ein Pirat war.« Sie reichte Wildtöter den Zeitungsabschnitt.

»Ach, Judith«, antwortete der junge Mann lachend, »du könntest mich ebenso gut auffordern, das da zu drucken. Ich kann weder lesen noch schreiben.«

»Entschuldige, Natty, ich hatte es vergessen und wollte dich nicht kränken. Hutter war ein Seeräuber und diese Zeitung beweist es. Er war nicht mein Vater und ich will auch nicht mehr seinen Namen tragen.«

»Du kannst ja den Namen deiner Mutter annehmen, Judith«, schlug Wildtöter vor.

»Ich kenne ihn nicht und habe ihn auch nicht in diesen Papieren gefunden. Mir bleibt nur mein Vorname, wenn mich nicht ein Mann heiratet und mir seinen guten Namen gibt.« Judith sah Natty fragend an, dann errötete sie tief und fuhr fort: »Ich will die Scham überwinden, die ein Mädchen in einem solchen Fall schweigen lässt. Ich will aufrichtig gegen dich sein. Glaubst du, Natty, dass du mit mir glücklich werden könntest, wenn ich deine Frau wäre?«

»Ein Mädchen wie du soll meine Frau werden, Judith! Wie kannst du nur mit so etwas Scherz treiben? Ein Mädchen, das schön und gebildet genug ist, eine Kapitänsfrau zu werden, kann nicht daran denken, mich zu heiraten.«

Nicht im Traum wäre es Wildtöter eingefallen, die Frage Judiths ernst zu nehmen. Sie sprachen eine Weile über dieses Thema, stritten scherzhaft über die Frage, ob den Mädchen ein schöner oder zuverlässiger Mann lieber sei, aber Judith erfuhr von dem jungen Jäger nicht das, was sie heimlich zu hören wünschte.

»Judith«, sagte Wildtöter schließlich und drückte freundschaftlich und aufrichtig ihre Hand, »es ist besser, jetzt nicht mehr davon zu sprechen. Morgen sieht alles wieder anders aus. Wenn deine Eltern Fehler begangen haben, so sollst du sie vermeiden. Du bist noch jung und kannst auf bessere Zeiten hoffen. Doch jetzt ist es Zeit, zu schlafen. Morgen ist auch noch ein Tag.«

Wildtöter stand auf, die Truhe wurde wieder verschlossen und dann trennten sie sich schweigend.

Natty war bald eingeschlafen, aber Judith blieb noch viele Stunden wach.

22

Wah-ta-Wah und Hetty standen auf, bevor noch der Tag dämmerte. Die Delawarin ließ ihre weiße Freundin in der Küche allein und trat auf die Plattform hinaus. Hier fand sie Chingachgook, der die Ufer des Sees, die Hügel und Wälder mit dem scharfen Blick eines in der Wildnis aufgewachsenen Mannes beobachtete. Die Verlobten begrüßten einander schweigend. Nur Blicke verrieten die gegenseitige Zuneigung. Chingachgook rückte zwei Stühle an die Wand des Hauses, setzte sich und winkte Wah-ta-Wah zu sich. Nach einem kurzen Schweigen streckte der junge Krieger den Arm aus und deutete auf den See, die Hügel und den Himmel. Wah-ta-Wahs Augen folgten den Bewegungen und sie lächelte glücklich über die Schönheit der Landschaft.

»Hugh!«, sagte der Häuptling bewundernd, denn dies war der erste See, den er in seinem Leben gesehen hatte. »Das ist das Land des Manitu! Es ist zu gut für die Mingos, Wah, doch die Hunde dieses Stammes heulen scharenweise in den Wäldern. Sie denken, dass die Delawaren hinter den Bergen schlafen.«

»Alle schlafen, außer einem, Chingachgook. Einer ist hier!«

»Was ist ein Krieger gegen einen ganzen Stamm! Der Pfad zu unseren Dörfern ist lang und wir werden unter bewölktem Himmel dorthin wandern müssen. Ich fürchte auch, Jasminblüte, dass wir allein gehen werden müssen.«

Wah verstand die Andeutung und senkte traurig den Kopf, obwohl es ihr Freude machte, von dem Krieger, den sie liebte, mit der lieblichsten aller wilden Blumen in den Wäldern verglichen zu werden.

»Wenn die Sonne am Zenit steht«, fuhr Chingachgook fort, »wird der beste Jäger unseres Stammes zu den Mingos zurückkehren, und sie werden ihn martern und quälen.«

»Der Große Geist möge ihre Herzen sanft machen und nicht dulden, dass sie so unbarmherzig sind. Ich habe unter den Mingos gelebt und kenne sie. Sie haben Herzen und werden an ihre eigenen Kinder denken, da diese ja auch einmal in die Hände der Delawaren fallen könnten.«

»Ein Wolf wird immer heulen, ein Schwein will immer fressen. Sie haben Krieger verloren, selbst ihre Frauen werden nach Rache schreien. Mein weißer Freund hat die Augen eines Adlers und kann in das Herz eines Mingos sehen und er sieht kein Erbarmen dort. Eine Wolke verhüllt seinen Geist, wenn sie auch nicht vor seinem Gesicht schwebt.«

Ein langes, nachdenkliches Schweigen folgte, während Wah verstohlen die Hand des Häuptlings nahm.

»Was will der Sohn der Mohikaner tun?«, fragte das Mädchen nach einer Weile schüchtern. »Er ist ein Häuptling, und obwohl er noch jung ist, hat er sich schon einen Namen in den Ratssitzungen der Krieger gemacht. Was sagt ihm sein Herz? Spricht der Kopf die gleichen Worte wie das Herz?«

»Was sagt Wah-ta-Wah, da mein Freund in großer Gefahr ist? Die kleinsten Vögel singen am schönsten, es ist immer angenehm, auf ihren Gesang zu lauschen. Ich möchte den Zaunkönig der Wälder hören, seine Stimme wird tiefer eindringen als in das Ohr.«

»Wah-ta-Wah sagt, dass weder sie noch die Große Schlange je wieder lachen oder ruhig schlafen könnten, wenn Wildtöter unter dem Tomahawk eines Mingos stirbt und sie nichts getan haben, um ihn zu retten. Sie wird lieber zurückkehren und allein auf dem langen Pfad wandern, als eine Wolke vor ihr Glück treten zu lassen.«

»Gut! Mann und Frau sollen nur ein Herz haben. Sie sehen mit den gleichen Augen, und ihre Gefühle sind immer gleich.«

Flüsternd berieten sie nun alle Einzelheiten eines Planes zur Rettung ihres Freundes. Etwas später trat Wildtöter aus der Kajüte der Arche auf die Plattform. Er warf einen Blick auf den wolkenlosen Himmel und begrüßte dann den Häuptling und seine Verlobte mit einem freundlichen Kopfnicken. »Wer die Sonne im Westen untergehen sieht«, sagte er ruhig, »und früh genug am anderen Morgen wach ist, wird sie wieder im Osten aufgehen sehen. Das ist eine recht beruhigende Tatsache.«

»Wo wird mein Bruder morgen sein, wenn die Sonne wieder über dem Wipfel jener Tanne steht?«, fragte Chingachgook.

Der Jäger warf einen scharfen Blick auf seinen Freund und gab ihm dann ein Zeichen, ihm in die Arche zu folgen. »Es war unvorsichtig von dir, Schlange«, sagte er dort, »davon in Gegenwart Wah-ta-Wahs zu sprechen.

Auch hätten die weißen Mädchen im Zimmer deine Worte hören können. Die Frage ist übrigens leichter gestellt als beantwortet. Wo wirst du bei Sonnenaufgang sein?«

»Chingachgook wird bei seinem Freund sein. Wenn er in den ewigen Jagdgründen ist, wird er die Große Schlange an seiner Seite finden. Sollte er aber die Sonne noch sehen, werden sich beide ihrer Wärme und ihres Lichts erfreuen.«

»Ich verstehe dich, Chingachgook«, antwortete der Jäger gerührt. »Du darfst aber auf keinen Fall Wah-ta-Wah verlassen, sollte auch eine dunkle Wolke zwischen dir und mir stehen.«

»Wah ist eine Tochter der Delawaren. Sie gehorcht ihrem Mann und geht dorthin, wohin auch er geht.«

»Das ist Wahnsinn, Häuptling! Werden deine zornigen Worte oder Wahs Tränen einen Wolf in ein Eichhörnchen verwandeln? Nein, Schlange, das darfst du nicht tun. Wer weiß, ob diese Landstreicher mich martern werden! Wenn es aber so ist, müssen wir die Dinge nehmen, wie sie sind. Es sollen nicht noch mehr Menschenleben geopfert werden.«

»Die Delawaren sind vorsichtig. Wildtöter kann überzeugt sein, dass sie nicht mit geschlossenen Augen in ein fremdes Lager laufen werden.«

In diesem Augenblick rief Hetty zum Frühstück. Judith erschien als Letzte. Sie war bleich, und ihre Züge verrieten, dass sie eine unruhige Nacht hinter sich hatte. Hetty sprach kein Wort und schien so traurig zu sein, dass Wildtöter sich freundlich an sie wandte.

»Sei nicht traurig, Hetty«, sagte er. »Wir müssen alle sterben. Deine Eltern sind dir vorausgegangen, und so ist es immer, mein gutes Mädchen. Jene, die älter als wir sind, verlassen uns meist, wenn wir noch jung sind. In jener anderen Welt aber werden wir uns alle wieder treffen. Die Schlange hier und Wah glauben an die glücklichen Jagdgründe, wo die Krieger für immer jagen und fischen und niemand Not leidet.«

»O nein«, unterbrach ihn Hetty betroffen. »Niemand darf so etwas glauben. Meine Mutter hat mir etwas ganz anderes erzählt. Kein Indianer jagt nach seinem Tod.«

»Liebe Hetty, ich rate dir, nie mit Wah über diese Fragen zu reden. Sie glaubt fest daran, dass alle guten Krieger nach ihrem Tod nichts anderes tun als jagen und fischen und dabei glücklich sind. Aber Judith, wir sollten jetzt dieses Gespräch sein lassen. Willst du mich in die Arche begleiten? Ich möchte sehr gern mit dir reden.«

Judith folgte seiner Bitte bereitwillig. In der Kajüte nahm Wildtöter die Flinte, die sie ihm geschenkt hatte, in die Hand. Er untersuchte die Waffe liebevoll, legte sie weg und wandte sich dann an Judith.

»Ich habe diese Flinte von dir angenommen, Judith«, sagte er, »weil ein junges Mädchen Feuerwaffen nicht benutzen kann. Dieses Gewehr hat einen guten Ruf und verdient ihn. Aber wie lange werde ich es behalten können?«

Judith hörte ihm scheinbar gefasst zu, obwohl einem aufmerksamen Beobachter ihre wirklichen Gefühle nicht entgangen wären. Dann aber fragte sie entschlossen: »Was soll ich mit der Flinte tun, wenn … wenn …«

»Gib sie Chingachgook, Judith. Er ist mein bester Freund, und ich wüsste keinen, der sie mehr verdiente.«

Judith nickte stumm und sie kehrten auf die Plattform zurück. Wildtöter sagte dem Delawaren, dass die Flinte ihm gehöre, sollte er selbst nicht wieder zurückkommen.

»Komm, Chingachgook«, rief er dann, »wir wollen dieses berühmte Gewehr prüfen. Hol deine eigene Flinte!«

Die Mädchen brachten alle Feuerwaffen aus dem Haus, denn Mr Hutter besaß mehrere Flinten, die alle für den Notfall geladen waren. Wildtöter und Chingachgook nahmen zuerst mit den gewöhnlichen Flinten einige Wildenten aufs Korn, die in Schussweite um die Wasserburg flogen. Natty erwies sich als der bessere Schütze, was sein Freund neidlos anerkannte.

Schließlich deutete Wildtöter auf einen Fischadler, der sehr hoch über dem Gebäude kreiste. Chingachgook zielte sorgfältig und schoss, verfehlte aber das Ziel. Der Adler zog einen größeren Kreis in der Luft. Nun zielte Wildtöter, aber auch er traf den Adler nicht.

»Ich glaube, ich habe nur seine Federn gestreift, Schlange«, rief er. »Mein altes Gewehr ist nicht gut genug für ein so schwieriges Ziel. Schnell, Schlange, nimm eine bessere Büchse! Judith, bring mir die berühmte Flinte deines Vaters!« Der Adler zog noch immer seine Kreise, nur schwebte er jetzt in noch größerer Höhe als vorher. Chingachgook sagte, dass es unmöglich sei, einen Vogel in solcher Höhe zu treffen. Er schoss dann auch ohne Erfolg, und der Adler veränderte seinen Flug nicht, sondern kreiste in verächtlicher Ruhe über ihnen.

»Jetzt wollen wir sehen, Judith«, rief Natty lachend, »ob

die Flinte deines Vaters ihren guten Ruf zu Recht hat.«

Er zielte sorgfältig, während der Adler immer höherstieg. Nachdem der Schuss gefallen war, flatterte der Vogel unstet hin und her, stürzte dann wie ein Stein herunter und schlug dumpf auf die Arche. Als die Männer ihn untersuchten, sahen sie, dass die Kugel das Brustbein zwischen den Flügeln durchbohrt hatte.

23

Als es auf Mittag zuging, musste Wildtöter aufbrechen. Er verabschiedete sich nicht ohne Wehmut von seinen Freunden. Judith, die nur mühsam die Tränen zurückhielt, bestand darauf, dass ihn Hetty begleitete, denn sie hoffte auf den Einfluss, den ihre sanfte Schwester auf die Indianer auszuüben schien. Natty wehrte sich zuerst dagegen, aber als Hetty sich nicht abhalten ließ, willigte er ein. Er wusste, dass ihr niemand etwas antun würde. Sie stiegen in das Kanu und ruderten langsam dem Ufer zu, während ihre Freunde schweigend und mit schwerem Herzen zurückblieben. Als Wildtöter an der Landzunge ankam, wo die Irokesen ihr Lager hatten, war es fast Mittag geworden.

Die Irokesen hatten sich am Ufer versammelt. Rivenoak und die angesehensten Krieger saßen würdevoll auf einem Baumstamm und warteten ohne ein Zeichen von Ungeduld. Als Wildtöter die Landzunge betrat und mit festen Schritten auf sie zuging, deutete der älteste der Krieger erstaunt auf die Sonne, die in diesem Augenblick gerade den Zenit erreichte. Die Indianer sahen sich an und stießen leise erstaunte Rufe aus. Viele von ihnen hatten nicht geglaubt, dass ein weißer Mann freiwillig zurückkehren würde. Nur Rivenoak und einige der älteren Krieger hatten Wildtöter Vertrauen entgegengebracht und waren der Ansicht gewesen, dass ein Mann, der sich als so tapfer und ehrlich erwiesen hatte, sein Wort halten würde. Alle anderen hatten dem Urlaub in der Hoffnung zugestimmt, damit Schande über die Delawaren zu bringen. Man hätte ihnen vorwerfen können, dass ein Mann, der bei ihnen aufgewachsen war, sein Wort nicht hielt.

Rivenoak und die ältesten der Krieger erwarteten ihren Gefangenen ernst und würdevoll. Rechts standen die jungen Krieger im Schmuck ihrer Waffen, links die Frauen und Kinder. In der Mitte befand sich ein großer offener Platz, den die Irokesen sorgfältig von Laub und Reisig gesäubert hatten. Neben Rivenoak befand sich der zweite Häuptling der Sippe, der Panther hieß. Rivenoak besaß das größere Ansehen unter seinen Leuten, er war älter und erfahrener als sein Rivale, und sein Wort hatte in den Ratssitzungen ein größeres Gewicht. Das Ansehen des Panthers dagegen beruhte auf seiner Furchtlosigkeit und Tapferkeit im Kampf. Rivenoak war Falkenauge nicht feindlich gesinnt, er hätte den jungen Krieger gern in den Stamm aufgenommen, der Panther hingegen hasste alle Weißen und trachtete danach, den Gefangenen zu töten. Beide aber verrieten mit keiner Miene ihre Gedanken, als Wildtöter auf sie zuging.

»Hier bin ich, Mingos«, rief Natty im Dialekt der Delawaren, den die meisten Irokesen verstanden. »Hier bin ich! Tut mit mir, was ihr wollt.«

Ein beifälliges Gemurmel belohnte seine Worte, und in diesem Augenblick hatten fast alle den Wunsch, einen so kühnen und furchtlosen Mann in ihre Sippe aufzunehmen. Rivenoak erhob sich, streckte den Arm aus und grüßte den Gefangenen.

»Falkenauge ist ehrlich«, sagte er. »Die Huronen sind stolz, dass sie einen Mann gefangen haben und nicht einen hinterlistigen Fuchs. Wir werden dich wie einen tapferen Krieger behandeln. Du hast einen von uns getötet und bist bereit, dafür selbst zu sterben. Das ist gut so und dein Name wird in unserem Volk nicht vergessen werden. Einige unserer jungen Krieger glaubten, ein Bleichgesicht sei zu feige, einen ehrenvollen Tod zu erleiden. Du wirst ihnen zeigen, dass das nicht der Fall ist. Dein Herz ist so stark wie dein Körper. Rivenoak hat gesprochen!«

»Ich kam, um mein Wort zu halten. Beschließt nun, was ihr wollt, wenn ihr es nicht schon getan habt, bevor ich zurückkehrte.«

»Meine alten Männer wollten sich nicht über einen weißen Mann beraten, bevor sie ihn nicht wieder unter sich sehen. Sie sagten, es sei sonst, als wolle man über den Wind zurate sitzen, der weht, wohin er will.«

Auf ein Zeichen von Rivenoak versammelten sich die ältesten der Krieger. Natty durfte sich, bis über sein Schicksal beschlossen worden war, frei auf der Halbinsel bewegen. Die jungen Krieger ließen ihn aber nicht aus den Augen, und er wusste, dass eine Flucht keinen Sinn hatte, sonst hätte er keinen Augenblick gezögert, zumindest den Versuch eines Ausbruches zu machen. Er hatte jedoch keine Aussicht, unverletzt in die Wälder zu kommen, und das Kanu war im Besitz seiner Feinde. Während er auf der Landzunge umherwanderte, gebrauchte er zwar seine Augen, aber wachsame Blicke verfolgten ihn, und es war zwecklos, nach einem Versteck zu suchen.

Mittlerweile hielten Rivenoak und die ältesten der

Krieger ihre Ratssitzung ab, an der auch Sumach teilnehmen durfte. Sie war die Witwe des von Natty getöteten Kriegers und hatte ein Recht, angehört zu werden. Die jungen Männer trieben sich müßig umher, während die Frauen das Essen zubereiteten. Nichts verriet, dass in diesem Augenblick über das Leben eines Gefangenen beschlossen wurde. Nur hier und da flog von den jungen Mädchen ein mitleidiger Blick zu Wildtöter hinüber. Nach ungefähr einer Stunde wurde er aufgefordert, zum Häuptling zu kommen.

»Falkenauge«, sagte Rivenoak, »die alten Männer des Stammes hielten eine Ratssitzung ab und sind nun bereit zu sprechen. Du bist ein Mann, dessen Väter von jenseits der aufgehenden Sonne kamen, wir sind Kinder der untergehenden Sonne. Gegen Morgen mag ein schönes Land voll Reichtümer sein, aber angenehmer ist es, gegen den Abend hin zu schauen. Wenn wir nach Osten blicken, sind wir voll Sorge. Ein Kanu nach dem anderen bringt mehr und mehr Männer deines Volkes, als wäre ihr Land so voll, dass es überläuft. Der roten Männer sind nur noch wenige, sie bedürfen der Hilfe. Eine unserer besten Hütten wurde durch den Tod ihres Besitzers leer. Es wird lange Zeit dauern, bis sein Sohn groß genug ist, seine Stelle einzunehmen. Da ist die Witwe – sie braucht Fleisch, um sich und die Kinder zu ernähren, denn ihre Söhne sind noch wie die Jungen der Rotkehlchen, bevor sie ihr Nest verlassen. Dieses große Unglück ist ihr von deiner Hand widerfahren. Skalp für Skalp, Leben für Leben, Blut für Blut ist ein Gesetz. Aber es ist auch Gesetz, die Jungen zu ernähren. Wir kennen dich, Falkenauge. Du bist ehrlich.

Wenn du etwas sagst, ist es so. Du hast nur eine Zunge und sie ist nicht gespalten wie die der Schlange. Was du sagst, das wirst du auch tun. Du bist gerecht. Hier ist Sumach! Sie lebt allein in ihrem Wigwam und ihre Kinder schreien nach Nahrung. Da ist eine Flinte, sie ist geladen. Nimm sie, gehe in die Wälder und schieße ein Wild. Dann bring es der Witwe und lege es vor ihren Füßen nieder. Du wirst dann ihr Mann sein und ihre Kinder ernähren. Dein Herz wird nicht mehr das eines Delawaren sein, nein, du bist einer der Unseren. Sumach wird nicht mehr an Rache denken und mein Stamm wird wieder die gleiche Anzahl der Krieger haben.«

»Rivenoak«, antwortete Wildtöter ernst, »ich fürchtete, dass du mir diesen Vorschlag machen würdest. Ich kann ihn aber nicht annehmen. Ich bin ein weißer Mann und ich kann kein Irokese sein. Eure jungen Männer mögen für Sumach sorgen. Wenn sie wieder heiratet, soll sie einen Mann nehmen, dessen Beine nicht so lang sind, dass er in ein Gebiet laufen kann, das ihm nicht gehört. Er ist im offenen Kampf mit mir gefallen. Dieses Schicksal muss ein Krieger immer erwarten und darauf gefasst sein. Nein, Rivenoak, ich kann nicht der Mann Sumachs werden. Ich bin ein Freund der Delawaren. Würde ich in eure Hütten ziehen, müsste ich ihr Feind werden. Um einen solchen Preis kann ich mein Leben nicht retten.«

Ein unzufriedenes Gemurmel lief durch die Reihen der Irokesen. Die alten Frauen brachen in Verwünschungen und Drohungen aus. Sogar Sumach, eine Frau, die so alt war, dass sie Nattys Mutter hätte sein können, ein sanftes, gefügiges Geschöpf, zeigte deutlich ihren Unwillen. Am zornigsten aber war ihr Bruder, der Panther. Er hatte für den Tod Wildtöters gestimmt und war nur widerwillig bereit gewesen, sich dem Ratschluss der anderen zu fügen.

»Hund von einem Bleichgesicht!«, brüllte er. »Heule mit deinen Brüdern in deinen eigenen jämmerlichen Jagdgründen!«

Außer sich vor Wut schleuderte der Krieger seinen Tomahawk auf den Gefangenen. Zu seinem Glück hatte sich Natty dem Sprecher zugewandt, sonst hätte dieser Zwischenfall seinem Leben ein Ende gesetzt. Mit einer schnellen Bewegung fing er geschickt die Waffe in der Luft auf. Unter der Gewalt des Wurfes wurde ihm die Hand nach hinten gerissen, und bevor er selbst wusste, was er tat, hatte er den Tomahawk auf seinen Angreifer zurückgeschleudert. Die Axt traf den Panther zwischen den Augen und spaltete ihm den Kopf. Der schwere Körper des kräftigen Mannes fiel der Länge nach zu Boden. Alle stürzten zu ihm hin und Natty blieb einen Augenblick allein. Sein Wort hatte er nur für seine Rückkehr verpfändet und so benützte er die allgemeine Verwirrung entschlossen zur Flucht.

Als ihn die Irokesen in langen Sätzen davonrennen sahen, erhoben sie ein wildes Geschrei und stürzten ihm nach. Natty Bumppo hatte aber in der Wartezeit während der Ratssitzung nicht umsonst seine Augen gebraucht. Er kannte das Gelände und wusste, wo Wachen standen, und kam unverletzt aus dem Lager, wenn er auch die ganze Meute der Verfolger hinter sich hatte. Er lief zum Seeufer, und, um rascher vorwärtszukommen, sprang er kurz entschlossen ins Wasser, das ihm bis an die Knie reichte.

Er watete zu einer Stelle, wo das Gebüsch nicht so dicht stand, zwängte sich dann durch die Zweige und entkam in den Wald. Während er im Wasser watete, schossen die Irokesen auf ihn, aber obwohl die Kugeln rechts und links an ihm vorbeipfiffen, traf ihn keine einzige. Daraufhin warfen die Indianer ihre Büchsen fort und die schnellsten Läufer nahmen die Verfolgung auf.

Wildtöter wusste, dass ihm ein verzweifelter Kampf bevorstand, und er wusste auch, dass er nur in gerader Linie laufen durfte, weil er sonst zu leicht eingekreist werden konnte. Er hetzte eine Anhöhe hinauf, die weder hoch noch steil war, aber doch schwer genug zu ersteigen war, besonders für jemand, der schnell fliehen musste. Oben mäßigte er sein Tempo, um Atem zu holen. Die Verfolger liefen schreiend hinter ihm her, aber er beachtete sie nicht. Als er sich nicht mehr weit von der Kuppe des Hügels befand, sah er, dass zwischen diesem und einem zweiten Hügel eine tiefe Schlucht lag. Er eilte weiter und schaute sich verzweifelt nach einem Versteck um. In der Nähe lag ein gestürzter riesiger Baum, genau parallel zur Schlucht am Abhang des Hügels, er sprang darüber, warf sich sofort zu Boden und presste sich an den Stamm. Bevor er aber aus dem Blickfeld seiner Verfolger verschwunden war, hatte er oben aus der Höhe ein lautes Geschrei ausgestoßen, wie im Triumph über den Anblick der Schlucht.

Kaum hatte Natty sich verborgen, als er an seinen wilden Pulsschlägen merkte, wie verzweifelt seine Anstrengungen gewesen waren. Er konnte sein Herz schlagen hören und sein Atem ging schwer und stoßweise. Bald erholte er sich aber wieder. Die Irokesen hatten laut schreiend die Höhe erreicht, und weil sie annahmen, dass ihr Gefangener in die Schlucht hinabgeflohen war, sprangen sie über den gestürzten Baum und eilten weiter. Kein Einziger warf einen Blick zurück. Darauf hatte Natty gehofft. Er glaubte schon, dass alle vorüber seien, aber es kamen immer noch mehr, bis er etwa vierzig gezählt hatte.

Endlich waren alle Irokesen in der Tiefe der Schlucht verschwunden. Das war ein kritischer Augenblick. Ein weniger erfahrener Mann hätte ihn sicher benützt, um wieder zu fliehen. Wildtöter aber blieb ruhig liegen und beobachtete aufmerksam jede Bewegung im Tal unten. Die Indianer glichen einer Schar Hunde, die die Spur verloren haben. Sie liefen umher und untersuchten jeden Zweig und jedes abgefallene Blatt. Ihre eigenen Spuren machten ihnen aber die Suche schwer.

Als Wildtöter sich in Sicherheit glaubte, schwang er sich plötzlich über den Stamm auf die andere Seite. Einen Augenblick blieb er reglos auf dem Boden liegen und lauschte. Keiner der Indianer hatte ihn aber gesehen, so kroch er auf Händen und Füßen auf die Anhöhe zurück. Oben richtete er sich auf, um seine Verfolger zu beobachten und unglücklicherweise wurde er in diesem Augenblick von einem der Indianer entdeckt. Die Verfolgung begann von Neuem. Der Wildtöter blieb oben, da er auf der Anhöhe schneller laufen konnte, die Irokesen aber, die wussten, dass der Hügel sich wieder in die Schlucht hinabsenkte, blieben unten. Einige wandten sich nach Norden, um ihm den Fluchtweg in dieser Richtung abzuschneiden, andere liefen nach Süden.

Wildtöter befand sich nun in einer gefährlichen Lage.

Er war von drei Seiten umzingelt und es blieb ihm nur der See. Als er bemerkte, dass der Hügel sich wieder zur Schlucht hinabsenkte, wandte er sich nach links und lief den Abhang hinunter, dem Ufer zu. Er gab alle Gedanken an eine Flucht in die Wälder auf und plante nun, sich des Kanus zu bemächtigen. Wo es lag, wusste er. Falls es ihm gelang, es zu erreichen, hatte er wohl einige Flintenschüsse zu befürchten, aber wenn er nicht getroffen wurde, dann befand er sich in Sicherheit.

Als Natty sich der Landzunge näherte, musste er an den Frauen und Kindern vorbeilaufen. Sie warfen ihm Äste zwischen die Beine, hatten aber so große Angst vor ihm, dass sie nicht wagten ihm nahe zu kommen. Er lief an ihnen vorüber und erreichte das Gebüsch am Ufer. Gleich darauf befand er sich am See, nur noch zwanzig Meter vom Kanu entfernt. Hier hörte er zu laufen auf, um sich einen Augenblick auszuruhen, er beugte sich nieder, schöpfte mit der hohlen Hand Wasser und trank. Doch durfte er keine Zeit verlieren und eilte rasch wieder weiter. Als er zum Kanu kam, sah er, dass man die Ruder fortgenommen hatte. Das war eine schreckliche Enttäuschung. Einen Augenblick wurde er mutlos und dachte schon daran, ins Lager zurückzukehren und sich seinen Feinden zu stellen. Ein triumphierendes Geheul bewies ihm, wie nahe sie schon waren, und sein Wunsch, am Leben zu bleiben, war stärker als alle Verzagtheit.

Natty wendete die Spitze des Kanus dem See zu, gab dem leichten Fahrzeug einen gewaltigen Stoß und schwang sich schnell hinein. Er ließ sich auf den Boden des Bootes fallen und blieb auf dem Rücken liegen, um

Atem zu holen. Die Leichtigkeit des Kanus wirkte sich jetzt ungünstig aus, denn es wurde durch den Stoß nicht weit vom Ufer weggebracht und befand sich noch immer in Schussweite. Natty durfte sich nicht erheben und mit den Händen rudern, da er ein allzu leichtes Ziel abgegeben hätte.

Aus diesem Grund blieb er ruhig im Kanu liegen und beobachtete die Bewegungen des Bootes an den Baumwipfeln, die über das Wasser hingen. Vom Ufer her hörte er Stimmen, seine Lage war gefährlicher denn je und seine Geduld wurde auf eine harte Probe gestellt. Angestrengt lauschte er, ob sich ein Schwimmer näherte, aber er hörte nur das leise Schlagen der Wellen an die Ufersteine.

Nach einer Weile wurde es am Ufer ganz still. Das Kanu war jetzt so weit vom Ufer entfernt, dass er nur mehr den blauen Himmel über sich sah. Bald konnte er die Ungewissheit nicht länger ertragen, als er aber mit dem Messer ein Loch in die Bootswand schneiden wollte, fiel ein Schuss. Die Kugel durchschlug, nur wenige Zentimeter von seinem Kopf entfernt, die Kanuwände. Einen Augenblick verhielt er sich ruhig, dann sah er plötzlich den Wipfel einer Eiche langsam in seinen Gesichtskreis treten und blickte besorgt durch die Öffnung, die die Kugel geschlagen hatte. Er konnte die Landzunge fast ganz übersehen. Das Kanu hatte sich nach Süden gewendet und trieb langsam den See hinab. Zu seinem Glück hatte Natty dem leichten Fahrzeug einen so kräftigen Stoß versetzt, dass es weit genug draußen im See war und er hoffen durfte, an der Landzunge vorbeizukommen, ohne ans Ufer zu treiben.

An jedem Ende des Kanus lag ein großer, runder Stein, der zugleich als Sitz und als Ballast diente. Wildtöter rollte unendlich behutsam beide Steine auf die gleiche Seite, während er sich selbst immer mehr zum anderen Ende des Kanus schob. Bevor er vom Ufer abgestoßen war, hatte er einen handlichen Ast in das Fahrzeug geworfen. Er nahm nun seine Mütze ab, steckte sie auf den Stock und hielt sie vorsichtig über den Rand des Kanus. Die Irokesen fielen aber auf diese leicht durchschaubare Kriegslist nicht herein. Zwar fielen ein paar Schüsse, aber keiner war auf die Mütze gezielt. Eine Kugel durchschlug die Bootswand und streifte seinen Arm. Nun stülpte er die Mütze rasch über den Kopf. Am Ufer blieb alles ruhig.

Einige Minuten lag Natty still und sah durch das Kugelloch, dass das Boot allmählich immer weiter vom Ufer abgetrieben wurde. Die Baumwipfel verschwanden aus seinem Blickfeld. Er versuchte nun mit dem Stock zu rudern. Das gelang ihm besser, als er gehofft hatte, aber er wusste nicht, wie er das Kanu in gerader Linie halten sollte. Außerdem war es den Irokesen nicht entgangen, was er tat. Eine Kugel schlug durch die Kanuspitze und pfiff zwischen seinen Armen durch. Mit einem zweiten Schuss wurde der Stock zerschmettert und er musste sich wieder auf die Eigenbewegungen des Kanus verlassen.

Wildtöter befand sich nun schon eine geraume Zeit im Kanu und begann ungeduldig auf die Hilfe seiner Freunde zu warten. Leider lag die Wasserburg Hutters nicht in seinem Gesichtskreis, und er wusste nicht, ob man ihn vom Haus aus sehen konnte. Die tiefe Stille am Ufer beunruhigte ihn. Er zwang sich aber, nicht die Nerven zu verlieren, legte sich auf den Rücken, schloss die Augen und erwartete ruhig den Ausgang seines Abenteuers. Es blieb ihm nichts anderes übrig. Nicht lange danach glaubte er ein leises Geräusch zu hören. Als er die Augen öffnete, wurde ihm bewusst, dass das Kanu ans Ufer getrieben war. Dicht über sich sah er das grüne Laubgewölbe der Bäume, er sprang erschrocken auf und schaute in das Gesicht des Häuptlings. Rivenoak zog langsam das Boot ans Ufer. Die wechselnde Luftströmung und Strudel im Wasser hatten das Kanu wieder zurückgetrieben.

»Komm«, sagte der Häuptling mit einer gebieterischen Bewegung, »mein junger Bruder ist umhergesegelt, bis er müde wurde. Er wird nicht mehr an Flucht denken, bis er seine Beine wieder gebrauchen kann.«

»Ihr habt freilich den Vorteil davon!«, antwortete Natty und trat gelassen aus dem Kanu. »Das Glück ist euch unerwartet zu Hilfe gekommen.«

»Falkenauge ist ein Elch. Seine Beine sind sehr lang, sie haben meinen jungen Männern Mühe gemacht. Aber er ist kein Fisch, er kann seinen Weg im Wasser nicht finden. Wir haben nicht auf ihn geschossen, denn Fische werden in Netzen gefangen und nicht mit Kugeln getötet.«

»Ich bin euer Gefangener, behandelt mich nach eurem Willen«, antwortete Natty kurz.

»Mein Bruder ist lange auf den Hügeln umhergelaufen und auf dem Wasser gesegelt«, antwortete Rivenoak freundlich und lächelte. »Er hat die Wälder gesehen und er war auf dem Wasser. Vielleicht will er jetzt seinen Entschluss ändern und einen vernünftigen Vorschlag annehmen.«

»Sprich, Häuptling!«

»Sumach ist ärmer denn je. Einst hatte sie einen Bruder und einen Mann. Ihr Mann ging in die ewigen Jagdgründe und sagte ihr nicht Lebewohl. Er ließ sie allein mit den Kindern zurück. Pantherkatze folgte dem Mann seiner Schwester auf dem Todespfad nach. Wer soll nun Sumach und ihre Kinder ernähren? Jener Jäger, der ihrem Mann und Bruder sagte, sie möchten ihre Hütten verlassen, damit Raum für ihn darin sei!«

»Ich weiß, dass so manche Männer ihr Leben auf diese Art retteten, doch ich habe auch manche gekannt, die den Tod vorzogen. Ich suche den Tod nicht, aber auch keine Heirat.«

»Falkenauge wird darüber nachdenken, während mein Volk sich zur Beratung versammelt.«

Das Gespräch hatte nur zwischen den beiden stattgefunden. Keiner der anderen Indianer ließ sich blicken. Die Landzunge lag verlassen da. Hausgeräte, Kleider, Waffen, alles war verschwunden. Natty hatte keine Ahnung, was das bedeuten sollte, fühlte sich aber beunruhigt. Rivenoak verschwand, ohne ein weiteres Wort zu sagen, im Wald und ließ ihn allein zurück, doch Natty war mit den Gebräuchen der Indianer zu gut bekannt, um nicht zu wissen, dass er trotzdem sorgfältig bewacht wurde und dass jeder weitere Fluchtversuch sinnlos war. Scheinbar gleichgültig schlenderte er auf der Landzunge umher. Als er zur Bucht kam, war das Kanu fort. Obwohl man ihn frei umhergehen ließ, war er also ein Gefangener auf der engen Landzunge. Sollte er versuchen fortzuschwimmen, hätte man ihn sofort im Kanu eingeholt. Er wanderte also wieder zu dem offenen Platz unter den Bäumen zurück und fand dort zu seinem Erstaunen Hetty. Sie hielt die Bibel in der Hand und sah ihn traurig an.

»Warum hast du den Indianer getötet?«, fragte sie ihn vorwurfsvoll. »Kennst du nicht das Gebot: Du sollst nicht töten!«

»Es ist wahr, meine gute Hetty. Ich will nicht leugnen, was geschehen ist, aber wir sind im Krieg, und die Mingos trachten nach meinem Leben.«

»Ich weiß es. Dennoch tat es mir sehr leid. Ich glaubte, du würdest Böses mit Gutem vergelten.«

»Hetty, das mag unter Missionaren möglich sein, aber ein Mann, der in den Wäldern lebt, kann sich nicht an solche Grundsätze halten.«

Hetty schwieg einen Augenblick nachdenklich, dann sagte sie: »Natty, willst du Sumach heiraten?«

Wildtöter schüttelte den Kopf und nahm dann Hettys Hände. »Sag mir, Hetty, wo sind die Mingos? Weshalb ließen sie dich auf der Landzunge zurück?«

»Ich bin keine Gefangene, Natty, ich kann gehen, wohin ich will. Die Indianer sind in den Wäldern, und ich weiß, dass sie uns beobachten.«

Nicht lange danach kamen die Irokesen einer nach dem anderen unter den Bäumen hervor. Schweigend stellten sie sich im Kreis um Wildtöter auf. Als Letzter erschien Rivenoak und nahm seinen Ehrenplatz neben den älteren Kriegern ein. Rivenoaks Gesicht war ausdruckslos. Er war ein Mann, der nicht leicht Rachegefühlen nachgab, und seitdem er Häuptling seines Stammes geworden war, hatte er schon mehrmals einen Gefangenen vom Martertod gerettet. Dazu kam noch, dass er Wildtöter achtete. Er hätte ihn lieber als Mitglied des Stammes gesehen, als Zeuge seines Todes zu werden, aber er wusste nicht, wie er es verhindern sollte. Der Tod der Pantherkatze hatte seine Stammesgenossen dermaßen erregt, dass nur mehr wenige Krieger bereit waren, den weißen Mann zu schonen.

Als alle Indianer sich auf der Lichtung versammelt hatten, trat ein unheilvolles Schweigen ein. Wildtöter sah, dass einige Frauen und Knaben Späne aus gefetteten Tannenwurzeln vorbereitet hatten, die später in sein Fleisch gebohrt und angezündet werden sollten. Unter den Bäumen stieg Rauch auf, und er wusste, dass das Feuer schon angezündet war.

»Falkenauge«, sagte Rivenoak ruhig und würdevoll, »es ist Zeit, dass mein Volk weiß, was es zu tun hat. Die Sonne steht nicht mehr über unseren Häuptern. Sie eilt dem Land unserer französischen Väter zu. Der Wolf hat eine Höhle und sucht sie auf, wenn er seine Jungen zu sehen wünscht. Die Irokesen sind nicht ärmer als die Wölfe. Sie haben Dörfer, Wigwams und Getreidefelder. Die guten Geister werden müde sein, sie allein zu bewachen. Mein Volk muss zurückkehren. Es wird Freude in den Hütten sein, wenn sie unsere Rufe aus dem Wald hören! Doch es werden traurige Rufe sein. Wir haben den Skalp der Bisamratte, ihr Körper ist bei den Fischen. Zwei Hütten aber sind leer, wir müssen vor jeder Tür einen Skalp haben, sei er lebend oder tot!«

»Dann nimm ihn tot!«, rief Natty.

Rivenoak befahl darauf, den Gefangenen zu binden. Wildtöter leistete keinen Widerstand. Als er gefesselt war, wurde er zu einem jungen Baum getragen und so fest darangebunden, dass er sich weder bewegen noch zu Boden fallen konnte. Im Stillen aber hoffte Rivenoak noch immer, den jungen Mann retten zu können. Er hatte Sumach aufgefordert, einen letzten Versuch zu unternehmen. Die Pflichten einer Mutter waren stärker als alle Rachegefühle und die Witwe war bereitwillig auf den Wunsch des Häuptlings eingegangen. So trat sie vor, an jeder Hand eines ihrer Kinder.

»Du siehst mich vor dir stehen, grausames Bleichgesicht«, begann sie, »und du musst wissen, warum ich gekommen bin. Dich habe ich gefunden, meinen Mann und meinen Bruder aber werde ich niemals mehr sehen, und ich weiß nicht, wohin sie gegangen sind.«

»Das weiß kein Mensch, meine gute Sumach«, antwortete Natty. »Aber ich zweifle nicht, dass die beiden Krieger in die glücklichen Jagdgründe gegangen sind, und dort wirst du sie eines Tages wiedersehen.«

»Grausamer, was haben dir meine Krieger getan, dass du sie getötet hast?«

»Gute Frau, du weißt selbst, dass sie mir nach dem Leben trachteten.«

»Sumach hat nur eine Zunge. Sie sagt, dass das Bleichgesicht die Wahrheit spricht. Das Bleichgesicht hat die Huronen getötet, damit die Huronen ihn nicht töten. Die Huronen sind ein gerechtes Volk. Sie werden es vergessen. Die Häuptlinge werden die Augen schließen und nicht mehr wissen, was geschehen ist. Sumach wird ihre Kinder bei der Hand nehmen und sie in die Hütte des Bleichgesichtes führen und sagen: ›Sieh, das sind unsere Kinder. Sorge für sie, und wir werden mit dir leben.‹«

»Ich weiß, wie schwer dein Verlust ist, Sumach, aber ich kann dir nicht helfen. Ich würde dich und deine Kinder gern mit Nahrung versorgen, aber ich kann nicht der Vater deiner Kinder werden. Ich bin kein Irokese und kann nie ein Irokese werden. Geh fort, Sumach, und überlass mich den Kriegern deines Stammes.«

Sumach stieß einen Schrei aus und schlug die Hände vors Gesicht. Rivenoak blieb nichts anderes übrig, als das Zeichen zum Beginn der Martern zu geben.

24

Einige der jungen Krieger traten mit dem Tomahawk in der Hand vor. Sie mussten den Baumstamm so nahe wie möglich am Kopf des Gefangenen treffen, ohne ihn selbst zu verwunden. Das war eine schwierige Aufgabe und nur die Geschicktesten wurden vorgelassen, damit nicht ein vorzeitiger Tod des Opfers dem Ganzen ein Ende machte. Manchmal kam es aber vor, dass einer der Krieger in einem Wutanfall genau auf den Kopf des Gefangenen zielte. Rivenoak, der noch immer hoffte, das Leben des Gefangenen zu retten, sah jedoch zu seiner Beruhigung, dass keiner der jungen Männer Hassgefühle gegen den Weißen zeigte. Sie schleuderten eifrig und ernst ihre Tomahawks und waren nur bemüht, der Sippe zu zeigen, wie gut sie mit dieser Waffe umgehen konnten. Einer von ihnen hieß der Rabe. Er hatte noch keine Erfahrungen auf dem Kriegspfad, und einige Krieger murmelten unzufrieden, dass man ihn zugelassen hatte. Wildtöter glaubte, seine letzte Stunde sei gekommen, und wusste nicht, ob er froh darüber sein sollte oder nicht. Der junge Mann schwang die Axt, nahm sorgfältig Ziel, zeigte sich dabei aber sehr unsicher. Als er die Waffe endlich schleuderte, streifte sie den Stamm nahe an der Wange des Gefangenen und fuhr dann in eine große Eiche hinter ihm. Es war kein besonders guter Wurf gewesen und der Rabe musste sich einige bissige und spöttische Bemerkungen anhören. Die Kaltblütigkeit des Gefangenen aber erregte Bewunderung. Er konnte den Kopf frei bewegen, hatte jedoch nicht einmal gezuckt und auch die Augen nicht geschlossen.

Als Nächster kam der Elch an die Reihe, ein Krieger, der einer der besten Tomahawkwerfer des Stammes war. Er stellte sich ruhig in die Mitte des Kreises, hob die kleine Axt, trat schnell einen Schritt vor und schleuderte sie. Natty sah die scharfe Waffe auf sich zu wirbeln und glaubte schon, alles sei vorüber. Aber er wurde nicht verletzt. Der Tomahawk bohrte sich so dicht über seiner Stirn in die weiche Baumrinde, dass ein paar Haare erfasst wurden. Ein allgemeines Beifallsgeschrei belohnte diese Leistung.

Nun trat Springender Knabe in den Kreis, ein tapferer Krieger und ein guter Jäger. Seinen Namen hatte er deshalb erhalten, weil er einer jener jungen Männer war, deren Energiereserven so groß sind, dass sie sich nicht einen Augenblick ruhig verhalten können. Er sprang vor dem Gefangenen umher und bedrohte ihn mit seinem Tomahawk bald von dieser, bald von jener Seite, bis Wildtöters Geduld zu Ende war.

»Los, Mingo«, rief er, »sonst wird dein Tomahawk sein Ziel vergessen. Warum springst du umher wie ein Hirschkalb, das seiner Mutter zeigen will, was für Kunststücke es machen kann. Wirf oder die Mädchen werden dich auslachen.«

Diese Worte reizten den Springenden Knaben und er warf seine Axt mit aller Kraft. Sie flog an der Wange des Gefangenen vorbei und verwundete ihn leicht an der Schulter. Die nächsten Mingos warfen mit Messern, ein viel gefährlicheres Spiel, aber alle bemühten sich, den Gefangenen nicht zu treffen. Natty wurde zwar mehrere Male gestreift, aber keine der Wunden war gefährlich. Sein Mut, als zum Schluss alle gleichzeitig ihre Messer warfen, wurde allgemein anerkannt. Rivenoak erklärte, der weiße Mann habe sich gut gehalten. Er habe zwar unter den Delawaren gelebt, sei aber nicht zu einem Weib geworden. Nun versuchte der Häuptling noch einmal, das Leben Wildtöters zu retten. Er fragte seine Leute, ob nun nicht genug Vergeltung geübt sei, und stimmte dafür, den Gefangenen freizulassen. Er bot all seine Rednergabe auf, aber die Erregung des Stammes war zu diesem Zeitpunkt schon so groß, dass keiner bereit war, auf den Wunsch des Häuptlings einzugehen. Es war nicht einmal so, dass Hass oder Rachegefühle sie leiteten. Sie achteten und bewunderten den weißen Mann, der so viel Kaltblütigkeit gezeigt hatte. Wäre er feige gewesen, hätten sie ihn vielleicht verächtlich laufen lassen. Aber einen Gefangenen zu töten, den alle achteten, war nach indianischen Begriffen eine große Ehre. Noch ihre Kinder würden an den Lagerfeuern Preislieder über den weißen Mann und seine Besieger anstimmen.

Rivenoak blieb nichts anderes übrig, als vier bis fünf der besten Schützen zu sich zu rufen. Es sollte nun die Prüfung mit der Flinte folgen. Wildtöter wusste, dass die Indianer schlechte Schützen waren, und bereitete sich auf den Tod vor. Ein Trost mindestens war es, wenn er durch seine eigene Lieblingswaffe fallen würde und nicht weitere Qualen durchstehen musste.

Bevor die Indianer aber anfingen, trat Hetty in den Kreis und rief laut: »Weshalb quält ihr Wildtöter? Was hat er euch getan? Als Vater und Harry nach euren Skalpen jagten, weigerte er sich, sie zu begleiten. Ihr martert einen Freund!«

Die Indianer hörten ihr ernst und aufmerksam zu, und einer von ihnen, der Englisch verstand, übersetzte ihre Worte.

»Meine Tochter ist willkommen«, antwortete Rivenoak sanft. »Die Mingos freuen sich, ihre Stimme zu hören. Der Große Geist verkündet seinen Willen den Menschen oft durch solche Zungen. Diesmal aber waren ihre Augen nicht weit genug offen und sie haben nicht alles gesehen. Falkenauge jagte nicht nach unseren Skalpen, das ist wahr. Aber meine Tochter möge sich umsehen und meine Krieger zählen. Es fehlen zwei und das Bleichgesicht hat sie getötet.«

»Du weißt, Häuptling, dass es nicht seine Schuld war. Eure Krieger wollten ihn töten und er hat sich verteidigt. Wenn ihr wissen wollt, wer von euch am besten schießen kann, so gebt Wildtöter eine Flinte, und ihr werdet sehen, dass er ein besserer Schütze ist als ihr alle.«

»Meine Tochter spricht nicht wie ein Häuptling am Ratsfeuer, sonst würde sie das nicht behauptet haben. Zwei meiner Krieger sind tot. Ihr Grab ist zu klein, um einen dritten aufzunehmen. Geh, Tochter, und setz dich zu Sumach, die in Trauer ist. Lass die Krieger beweisen, wie gut sie schießen können. Lass das Bleichgesicht zeigen, wie wenig er ihre Kugeln fürchtet.«

Hetty, die gewohnt war, dem Willen anderer nachzugeben, setzte sich auf den Baumstamm neben Sumach und wandte ihr Gesicht von der schrecklichen Szene ab. Die Krieger mit den Flinten stellten sich nahe vor dem Gefangenen auf. Nattys Gesicht war nur so weit von den Flintenläufen entfernt, dass ihn das Pulver nicht versengen konnte. Er sah dabei direkt in die Läufe. Die Irokesen wussten das, und nicht einer war unter ihnen, der nicht zuerst genau auf die Stirn des Gefangenen gezielt hätte, doch hüteten sie sich, ihn zu verletzen. Ein Schuss nach dem anderen folgte, aber alle Kugeln schlugen neben Wildtöters Kopf ein, ohne ihn zu berühren. Er zuckte nicht zusammen, auch wenn er das Feuer aufblitzen sah, er beobachtete die Schützen und wusste daher schon vorher, wo die Kugeln einschlagen würden.

»Ihr mögt das Schießen nennen, Mingos«, sagte er schließlich verächtlich, »aber wir haben Squaws unter den Delawaren, und ich habe holländische Mädchen kennengelernt, die euch bei Weitem übertreffen. Bindet meine Arme los, gebt mir eine Flinte, und ich will die dünnste Kriegerlocke von einem unter euch an jenen Baum heften, den ihr mir zeigt, und zwar auf hundertfünfzig Schritte, ja selbst auf dreihundert, und bei zwanzig Schüssen könnt ihr neunzehn Treffer zählen!«

Ein leises, drohendes Gemurmel folgte dieser kaltblütigen Erklärung. Rivenoak trat mitten unter die aufgeregten Krieger. »Ich sehe«, erklärte er, »wir haben uns benommen wie die weißen Männer, wenn sie des Nachts ihre Türen aus Furcht vor den roten Männern verschließen. Sie legen so viele Eisenstangen vor, dass sie verbrennen, wenn ein Feuer ausbricht, bevor sie aus dem Haus können. Wir haben den Gefangenen zu fest gebunden. Er kann seine Glieder nicht rühren und seine Augen nicht schließen. Bindet ihn loser, dass er sich frei bewegen kann.«

Die Krieger stimmten ihrem Häuptling zu und Wildtöter wurde losgebunden. Er rieb sich die erstarrten Gelenke. Plötzlich hörte er, wie ein kleiner Knabe einen erstaunten Ruf ausstieß. Unter den Indianerinnen entstand große Aufregung, die Krieger aber lehnten sich ernst und abwartend an ihre Flinten. Natty sah sich befremdet um und sah zwischen den Bäumen eine seltsame Erscheinung auftauchen. Es war Judith! Sie trug das Brokatkleid aus der Truhe und trat langsam und mit gemessenen Schritten in den Kreis.

Wildtöter verschlug es den Atem. Judith sah aus wie eine vornehme Dame. Ihre Schönheit und die Pracht ihres Kleides, ihr stolz erhobener Kopf und ihr ruhiger Schritt ließen vergessen, dass sie die Tochter Mr Hutters war. Sie glich einer großen Dame aus den Städten. Noch nie hatten die Irokesen eine so prachtvoll gekleidete weiße Frau gesehen.

Judith hatte die Wirkung ihrer Erscheinung nicht falsch berechnet. Die Frauen wichen ehrfurchtsvoll zurück, die Krieger murmelten »Hugh!« und es war nicht einer im Kreis der Indianer, der sie nicht mit Staunen und Bewunderung betrachtet hätte.

»Welcher von diesen Kriegern ist der Häuptling?«, fragte das Mädchen Wildtöter. »Meine Fragen sind zu wichtig, als dass ich sie einem geringen Krieger vorlegen könnte. Erkläre den Mingos, was ich gesagt habe, Natty, dann antworte auf meine Frage.«

Der junge Mann erfüllte ihren Wunsch und die Indianer hörten ernst und aufmerksam zu. Dann stellte sich Rivenoak mit gemessenen Worten als Häuptling vor.

»Ich glaube dir, Rivenoak«, begann Judith mit einer Sicherheit und Würde, als sei sie tatsächlich eine große Dame. »Du hast ein kluges Gesicht. Ich will mich also an dich wenden.«

»Möge die Blume des Waldes sprechen«, antwortete der alte Häuptling höflich. »Wenn ihre Worte so angenehm sind wie ihre Blicke, so werden sie nie meine Ohren verlassen. Ich werde sie noch lange vernehmen, wenn auch der Winter in Kanada die Blumen getötet und alle Stimmen des Sommers zu Frost erstarrt hat.«

»Häuptling, höre meine Worte! Deine Augen sagen dir, dass ich keine gewöhnliche Frau bin. Ich will mich nicht für die Königin dieses Landes ausgeben, sie ist in ihrem Reich, das jenseits des großen Wassers liegt. Aber es gibt viele Rangstufen am Hof eines Königs. Du weißt und siehst, dass eine Frau zu dir spricht, die deine Freundin oder deine Feindin werden kann, je nachdem wie du sie behandelst.«

»Meine Tochter ist schöner als die Wilde Rose am Ontario. Ihre Stimme ist dem Ohr so angenehm wie der Gesang des Zaunkönigs. Meine Tochter hat zweifellos einen großen Wigwam irgendwo am See, den die roten Krieger in ihrer Unwissenheit noch nicht gefunden haben.«

»Mein Haus, Häuptling, ist weit von hier. Du darfst deinen Augen trauen. Wo gibt es einen roten Mann, der nicht sehen könnte? Dieses Kleid, das ich trage, ist nicht das einer gewöhnlichen Squaw. Solchen Schmuck dürfen nur die Frauen und Töchter der Häuptlinge tragen. Jetzt höre, warum ich zu dir kam. Die Engländer haben junge Männer, so gut wie die Mingos und sehr viele.«

»Der Engländer sind so viele wie Blätter an den Bäumen. Dies weiß jeder rote Krieger.«

»Ich verstehe dich, Häuptling. Hätte ich mein Gefolge mitgebracht, so hätte es Streit gegeben. Meine jungen Männer und deine jungen Männer hätten sich zornig angesehen, vor allem wenn meine jungen Männer bemerkt hätten, dass ihr den weißen Mann dort martern wollt. Er ist ein berühmter Jäger und in den Garnisonen bekannt und geehrt. Um seinetwillen hätte es einen großen Kampf gegeben, die Spur der Mingos nach Kanada wäre mit Blut getränkt worden.«

»Es ist schon jetzt zu viel Blut geflossen«, antwortete Rivenoak düster. »Unsere Augen sind fast erblindet. Meine jungen Männer aber sehen, dass es unser Blut ist, das vergossen wurde.«

»Es wäre noch mehr vergossen worden, wäre ich mit weißen Männern zu dir gekommen. Ich habe von euch, Rivenoak, gehört, und ich möchte, dass du in Frieden in dein Dorf zurückkehrst. Du liebst Tiere aus Elfenbein und kleine Flinten. Sieh, ich habe dir beides mitgebracht. Du sollst diese kostbaren Dinge nehmen und den Pfad zu deinem Dorf einschlagen, bevor ihn einer von meinen jungen Männern einholen kann. Ich will aber diesen berühmten weißen Jäger mit mir nehmen, denn er soll mein Haus mit Wild versorgen.«

»Möge meine Tochter ihr doppelt geschwänztes Schwein zum Essen aufbewahren für Zeiten, in denen das

Wild selten wird«, antwortete Rivenoak plötzlich trocken, »und auch die kleine Flinte mit zwei Mündungen. Die roten Krieger werden Wild erlegen, wenn sie hungrig sind, und sie haben lange Flinten zum Kämpfen. Dieser Jäger darf meinen Stamm jetzt nicht verlassen. Meine jungen Krieger wollen wissen, ob er wirklich so mutig ist, wie er sich rühmt.«

»Das leugne ich«, unterbrach ihn Wildtöter zornig. »Niemand hat mich prahlen gehört, und niemand wird es hören, auch wenn ihr mich lebendig schinden solltet.«

»Der junge weiße Mann rühmte sich, dass er kein Prahler ist. Er muss recht haben. Ich höre einen seltsamen Vogel singen. Er hat sehr bunte Federn. Noch nie sah einer unserer Krieger solche Federn. Aber sie werden sich schämen, in ihr fernes Dorf zurückzukehren und zu erzählen, sie hätten einen Gefangenen wegen des Gesanges eines seltsamen Vogels freigelassen, wenn sie nicht einmal den Namen dieses Vogels wissen. Sie können nicht sagen, ob es ein Zaunkönig ist oder ein anderer. Das wäre eine große Schande.«

»Du kannst meinen Namen von deinem Gefangenen erfahren«, antwortete das Mädchen. »Ich heiße Judith und in dem Buch der weißen Männer steht eine lange Geschichte von Judith.«

»Nein«, antwortete Rivenoak plötzlich auf Englisch. »Ich werde den Gefangenen nicht fragen. Ich will meine Tochter mit dem schwachen Geist fragen. Komm her, Tochter, und antworte mir. Dein Name ist Hetty?«

»Ja, so heiße ich«, antwortete Hetty verwirrt, die nicht wusste, was das alles bedeuten sollte.

»Wie ist ihr Name?«, fragte Rivenoak nun.

»Judith! Sie ist meine Schwester, Thomas Hutters Tochter.«

Ein Lächeln des Triumphs glitt über die harten Züge des Häuptlings. Judith wusste jetzt, dass sie sich den Irokesen gegenüber nicht mehr als Prinzessin ausgeben konnte. Ihr kühner Plan war gescheitert.

Sie sah Wildtöter hilflos an, als erwarte sie, dass er sie beide retten werde.

»Es geht nicht, Judith«, sagte er auf ihre unausgesprochene Frage. »Es war sehr tapfer von dir und es hätte der Frau eines Generals Ehre gemacht. Dieser Mingo aber« – Rivenoak hatte sich etwas entfernt, sodass er nicht mehr hören konnte, was sie sprachen – »ist ein ungewöhnlicher Mann und lässt sich nicht leicht täuschen. Ich wollte, du wärst nicht gekommen, mein gutes Mädchen. Es hilft mir nichts und kann dir sehr schaden.«

»Ich kann wenigstens dein Schicksal teilen. Sie sollen dir kein Leid zufügen, solange ich es verhindern kann …«

»Ach, du wirst es nicht verhindern können!«

»Vielleicht!«, antwortete Judith fest, »aber ich kann mit meinen Freunden leiden und, wenn es sein muss, auch mit ihnen sterben.«

»Ich hoffe nicht, dass sie dich töten werden. Du bist viel zu unerschrocken. Sie werden wünschen, dass du einem der Krieger in den Wigwam folgst. Ich wollte, du wärst sicher bei meinen Delawarenfreunden in der Wasserburg!«

»Ich darf nicht mit dir darüber sprechen«, flüsterte Judith. »Aber glaubst du, dass deine Freunde untätig zusehen, wenn du in Gefahr bist und man dich töten will?

Wenn ich dein Schicksal um eine halbe Stunde hinauszögern kann – dann ist schon viel geholfen!«

Rivenoak gab jetzt ein Zeichen. Natty wurde wieder gefesselt und an den Baum gebunden. Frauen und Kinder brachten trockenes Reisig. Die Flammen züngelten schon empor, als eine Indianerin in den Kreis trat und mit ihrem Fuß die brennenden Zweige auseinanderstieß. Unwillige Schreie wurden laut, als sich aber das Mädchen umwandte und die Irokesen Wah-ta-Wah erkannten, begrüßten sie sie alle freudig. Für einen Augenblick war der Gefangene vergessen. Wah-ta-Wah flüsterte Judith leise etwas zu, drückte ihr verstohlen einen kleinen Gegenstand in die Hand und begrüßte dann die Indianermädchen.

Judith handelte nun schnell, sie gab unbemerkt das kleine scharfe Messer, das ihr Wah ausgehändigt hatte, an Hetty weiter, weil sie glaubte, dass ihre Schwester, ohne Misstrauen zu erregen, Wildtöter nahe treten durfte. Statt aber seine Hände zu befreien und ihm das Messer zuzustecken, damit er es im entscheidenden Augenblick bereithatte, zerschnitt Hetty die Riemen, mit denen sein Kopf an den Baum gebunden war. Die Irokesen bemerkten natürlich, was Hetty tun wollte, und hinderten sie daran. Misstrauen gegen Wah-ta-Wah wurde wach, und als der Häuptling sie fragte, leugnete sie zu Judiths Erstaunen nicht, dass sie das Messer gebracht hatte.

»Weshalb sollte ich Wildtöter nicht beistehen?«, fragte die Delawarin stolz. »Er ist der Bruder eines Delawarenhäuptlings, mein Herz ist delawarisch. Komm hervor, Elender«, rief sie dann plötzlich laut, »und wasche die irokesischen Kriegsfarben von deinem Gesicht! Erscheine vor den Mingos als die Krähe, die du bist! Du würdest lieber an den Leichen deiner eigenen Toten nagen als verhungern. Stellt ihn Wildtöter gegenüber, Häuptling und Krieger! Ihr habt einen Verräter in euren Stamm aufgenommen!«

Alle sahen den Mann an, der Wah-ta-Wah geraubt hatte und den man als abtrünnigen Delawaren in den eigenen Stamm aufgenommen hatte. Er war aber nicht sonderlich beliebt und man misstraute ihm noch mehr. Nun trat er in der Kriegsbemalung der Irokesen in den Kreis und fragte laut und verächtlich, was gegen ihn vorgebracht werde.

»Frag dich das selbst!«, fuhr ihn Wah zornig an. »Frag dein eigenes Herz, Schleichender Hund. Komm nicht zu mir mit dem Gesicht eines unschuldigen Mannes! Geh hin und schau in die Quelle, sieh die Farbe deiner Feinde auf deiner Haut, dann komm zurück und rühme dich, wie du deinem Stamm entlaufen und den Feinden deine Dienste verkauft hast.«

»Was redet das Mädchen?«, fragte der abtrünnige Delaware. »Wenn der weiße Mann seines Lebens müde ist, wenn er die Marter fürchtet, so sprich, Rivenoak. Ich will ihn den Kriegern nachsenden, die wir verloren haben.«

»Nein, Rivenoak«, unterbrach ihn Wah-ta-Wah schnell. »Wildtöter fürchtet nichts, am wenigsten eine Krähe. Lass seine Fesseln lösen, stelle ihn diesem Nachtvogel gegenüber, dann werden wir sehen, wer seines Lebens müde ist.«

Wah-ta-Wah trat vor, wollte einem jungen Mann das Messer nehmen und Nattys Fesseln durchschneiden, aber ein alter Krieger hinderte sie daran. Rivenoak hatte das Mädchen mit Misstrauen beobachtet. Er vermutete irgendeine Kriegslist, war sich jedoch nicht im Klaren, was sie vorhatte.

Das Reisig wurde wieder angezündet. In diesem Augenblick drang ein junger Indianer durch die Reihen der Krieger und sprang mit einer Verwegenheit, die an Tollkühnheit grenzte, mitten in den Kreis. Drei Sprünge brachten ihn an die Seite Wildtöters. Nachdem er die Fesseln blitzschnell zerschnitten hatte, wandte sich der junge Indianer den Versammelten zu, und sie sahen, dass es ein Delaware in voller Kriegsbemalung war. Er trug in jeder Hand eine Flinte und warf eine davon Natty zu.

»Mingos«, rief er, »die Erde ist sehr groß. Jenseits der Seen ist Raum für die Mingos und diesseits für die Delawaren. Ich bin Chingachgook, der Sohn des Häuptlings der Mohikaner. Dies ist meine Verlobte, der weiße Mann ist mein Freund. Mein Herz war schwer, als ich ihn vermisste. Ich folgte ihm in euer Lager. Alle Delawarenmädchen warten auf Wah-ta-Wah, sie wundern sich, dass sie so lange fernbleibt. Komm, lasst uns Lebewohl sagen und unsern Pfad weiterverfolgen.«

»Rivenoak, das ist euer Feind, die Große Schlange der Delawaren«, rief der abtrünnige Stammesgenosse Chingachgooks. »Wenn ihr ihn entfliehen lasst, werden die Spuren eurer Mokassins von hier bis nach Kanada blutig sein.«

Er hatte kaum ausgesprochen, als er sein Messer gegen die nackte Brust des Delawaren warf. Wah schlug ihm aber geistesgegenwärtig die Hand hoch, und das Messer fuhr in den Stamm einer Tanne. Im nächsten Augenblick schleuderte Chingachgook sein Messer. Es blieb zitternd im Herzen seines Gegners stecken. Die Irokesen schrien auf und wollten sich auf den Delawaren stürzen.

In diesem Augenblick hörte man aus den Wäldern den gleichmäßigen dumpfen Marschtritt einer Soldatenkolonne. Die Irokesen gerieten in Aufregung und schon nach wenigen Minuten sah man die roten Uniformen englischer Soldaten. In geschlossener Linie rückte die Abteilung schweigend vor und riegelte die Indianer auf der Landzunge ab. Unter wütendem Geschrei suchten sie verzweifelt Deckung. Kein Schuss fiel, nur die Bajonette der Engländer blitzten in den schrägen Strahlen der Abendsonne.

In der nun folgenden allgemeinen Verwirrung behielt Wildtöter seine Kaltblütigkeit. Er zerrte Judith und Wah hinter einen Baum und sah sich nach Hetty um, aber sie war von den indianischen Frauen mitgerissen worden. Dann verfolgte er die Indianer, die zum südlichen Ufer der Landzunge flohen. Als zwei Krieger, die ihn noch vor Kurzem gemartert hatten, in einer Schusslinie standen, hob er die Flinte. Die Kugel traf beide Gegner.

Ein wildes Feuer der Indianer setzte ein. Hurry Harry brach aus den Büschen hervor. Der Kriegsruf der Schlange übertönte den Lärm.

Die Soldaten folgten mit gezückten Bajonetten.

25

Als am anderen Morgen die Sonne aufging, lag der See so unberührt wie immer da. Nirgends waren Spuren des Kampfes vom Vortag zu sehen. Auf der Plattform der Wasserburg hielt eine Schildwache in der Uniform eines königlichen Regimentes Wache. Etwa zwanzig Soldaten trieben sich in der Burg umher oder saßen in der Arche. Zwei Offiziere beobachteten mit dem Fernrohr das Ufer des Sees. Auf der Landspitze sah man einige Scharlachröcke zwischen den Bäumen. Die Soldaten begruben die Leichen der Gefallenen. Der jüngere der beiden Offiziere trug einen Arm in der Binde. Ein Sergeant kam und erstattete Meldung. Er redete den älteren Offizier als Kapitän Warley an, den jüngeren als Fähnrich Thornton. Warley hatte harte Züge, rote Wangen und war etwa fünfunddreißig Jahre alt. Sein Lächeln war jedoch sehr gewinnend und milderte den strengen Gesichtsausdruck.

»Craig dort auf der Landspitze verflucht uns bestimmt«, sagte er jetzt zu dem jungen Fähnrich. »Er hat nicht unrecht. Es ist angenehmer, sich hier mit Miss Judith Hutter zu unterhalten, als Indianer zu begraben. – Ihr Arm schmerzt Sie doch nicht?«

»Manchmal muss ich Grimassen schneiden, Sir, wie Sie ja bemerkt haben«, antwortete der junge Mann lächelnd. »Aber es lässt sich ertragen. Ich denke, Graham wird bald Zeit haben, nach meiner Wunde zu sehen.«

»Diese Judith Hutter ist wirklich ein reizendes Mädchen, Thornton, und es soll nicht an mir liegen, wenn sie in den Parks bei uns nicht gesehen und bewundert wird!«, sagte Warley. »In dem Brokatkleid sah sie wie eine Königin aus. Alles ist hier verändert. Der Vater und die Mutter sind tot, die Schwester liegt im Sterben, und von der ganzen Familie ist niemand mehr da als die Schöne.«

»Darf ich vermuten, Sir, dass Sie im Begriff stehen, mit fliegenden Fahnen das Junggesellenkorps zu verlassen und den Feldzug mit einer Ehe abzuschließen?«

»Ich, Tom Warley! Nein! Da kennen Sie unser Korps wenig. – Ihr Arm schmerzt Sie, wie ich sehe. Wir wollen feststellen, was aus Graham geworden ist.«

Als der Kampf auf der Landzunge vorüber gewesen war, hatte man Hetty schwer verwundet gefunden. Niemand wusste, wer die Kugel auf sie abgefeuert hatte, wahrscheinlich war es ein Zufall gewesen. Fast alle Krieger und viele Frauen und Mädchen waren getötet worden. Nur ein kleiner Teil des Stammes hatte entfliehen können. Rivenoak war den Soldaten in die Hände gefallen. Als Kapitän Warley und der Fähnrich in die Arche traten, kamen sie an ihm vorüber. Der Häuptling saß schweigend am Ende der Fähre. Sein Kopf war verbunden, aber er verriet mit keinem Zeichen Schmerz oder Verzweiflung.

Die beiden Offiziere fanden den Arzt im größten Zimmer der Arche. Er verließ eben das Lager Hettys. Doktor Graham war an Sterbeszenen gewöhnt, und sie machten nur mehr wenig Eindruck auf ihn, aber Hettys sanfte Ergebenheit in ihr Schicksal hatte ihn doch gerührt.

»Besteht keine Hoffnung mehr für sie?«, fragte Warley.

Der Arzt schüttelte schweigend den Kopf und verließ mit dem Fähnrich das Zimmer. Warley sah sich um. Hetty lag auf ihrem einfachen Bett. Neben ihr saßen Judith und Wah-ta-Wah. Wildtöter stand am Ende des Lagers und Chingachgook stand aufrecht und bewegungslos im Hintergrund. Harry March saß auf einem Stuhl in der Nähe der Tür wie jemand, der sich in einer solchen Umgebung nicht wohlfühlt.

»Wer ist das in dem Scharlachrock?«, fragte Hetty, als sie den Kapitän bemerkte. »Sag mir, Judith, ist es ein Freund Harrys?«

»Es ist der Offizier, der die Truppen befehligt, die uns aus den Händen der Mingos befreit haben«, antwortete die Schwester leise.

»Ich denke, Judith, du kennst einige von den Offizieren? Du kanntest ja früher so viele von ihnen.«

Judith gab keine Antwort, bedeckte ihr Gesicht mit den Händen und schluchzte. Hetty tröstete sie freundlich. »Mach dir keine Sorgen um mich, liebe Judith«, sagte sie. »Ich fürchte mich nicht vor dem Sterben. Vater und Mutter sind tot. Es werden nicht viele an mich denken, wenn ich im See liege.«

»Nein, nein, arme, gute Hetty«, schluchzte Judith, »ich werde immer an dich denken. Wollte Gott, ich könnte mit dir gehen!«

Kapitän Warley, der sich gegen die Tür des Zimmers gelehnt hatte, ging nun langsam und nachdenklich fort.

Judith stand auf, verbarg ihr Gesicht in der Schürze und weinte.

Mehr als zwei Stunden vergingen. Hin und wieder kam Warley voll Unruhe ins Zimmer herein, blieb aber nie lange, da er sich als Außenstehender fühlte. Hetty schlief. Als sie aufwachte, klagte sie, dass es Nacht geworden sei. Sie konnte niemand mehr sehen, die Augen versagten ihr den Dienst. Bald danach starb sie friedlich.

Am Abend des folgenden Tages wurde Hetty neben ihrer Mutter im See versenkt. Judith und Wah-ta-Wah weinten, und selbst Wildtöter sah mit feuchten Augen in das Wasser. Chingachgook aber wandte sich ab, weil er nicht wollte, dass seine Freunde seine Schwäche bemerkten. Die Soldaten hielten sich in ehrerbietiger Entfernung.

Auf Befehl des kommandierenden Offiziers begaben sich alle früh zur Ruhe, denn mit Tagesanbruch sollte die Truppe ihren Rückmarsch antreten. Eine Abteilung mit den Verwundeten und den Gefangenen hatte schon gegen Mittag unter Führung Hurry Harrys den See verlassen. Man achtete die Trauer Judiths und ließ sie mit Wah-ta-Wah allein.

Während der Nacht ging eine einsame Schildwache auf der Plattform hin und her. Am Morgen nahmen die Soldaten ein einfaches Frühstück zu sich und setzten dann in der Arche zum Ufer über. Auch die Truhe Hutters wurde fortgeschafft. Von den Offizieren war nur Warley zurückgeblieben. Judith war ihm dankbar, dass er ihre Gefühle achtete und sie ungestört ließ.

Nachdem alle Soldaten die Burg verlassen hatten, verschlossen Wildtöter und Chingachgook Fenster und Türen. Wah wartete schon in einem der Kanus, in das auch der Delaware stieg. Als sie fortruderten, stand Judith noch immer allein auf der Plattform. Wildtöter nahm sie in sein Kanu auf und folgte dann seinen Freunden. Der Weg zum Ufer führte in nicht großer Entfernung an den Gräbern der Toten vorüber. Als das Kanu zu diesem Teil des Sees kam, sprach Judith zum ersten Mal an diesem Morgen ihren Freund an und bat ihn, hier anzuhalten. »Ich sehe vielleicht diese Stelle in meinem Leben nie wieder, Natty«, sagte sie mit erstickter Stimme. Der Jäger verhielt sich schweigend und sah zum Ufer.

»Natty«, fuhr Judith nach einer langen Pause fort, »du weißt, ich bin jetzt ganz allein auf der Welt. Ich habe niemanden mehr und weiß nicht einmal, wer mein Vater war. Du bist mein Freund. Ich habe Vertrauen zu dir, und du wirst meine Frage nicht missverstehen, die ich mir im Stillen oft selbst vorgelegt habe. Ich weiß, du wirst sie mir aufrichtig beantworten, ebenso aufrichtig, wie ich fragen werde.« Sie machte eine Pause und Natty nickte ernst und schweigend. »Glaubst du«, fuhr sie entschlossen fort, »dass wir hier zusammen als Mann und Frau leben könnten?«

Wildtöter schwieg eine ganze Weile und nur ein sehr aufmerksamer Beobachter hätte unter seiner Sonnenbräune eine leichte Röte entdeckt. »Ich bin dir aus ganzem Herzen für deine Aufrichtigkeit dankbar, Judith«, sagte er endlich, »aber ich kann einen schwachen Augenblick nicht benützen, in dem du alle deine Vorzüge und deine wahre Zukunft vergisst und dir die Erde und alles, was sie enthält, in diesem kleinen Kanu denkst. Nein, Judith, es wäre unrecht von mir! Was du mir angeboten hast, kann ich nicht annehmen. Ich werde immer dein Freund bleiben, und ich würde dir gerne jeden Dienst leisten, selbst mein Leben für dich einsetzen. Aber das andere – nein, ich bin nicht der rechte Mann für dich.«

Judith schwieg und senkte den Kopf. Nach einer Weile bat sie ihn mit fester Stimme, an Land zu rudern. Die Arche war schon vor ihnen angekommen und die Soldaten befanden sich bereits auf dem Marsch. Chingachgook und Wah-ta-Wah warteten im Wald an jener Stelle, wo sich die Wege zur Garnison und zu den Dörfern der Delawaren trennten. Als Judith ans Ufer trat, folgte sie sofort dem Pfad der Soldaten. Sie sah nicht ein einziges Mal zurück. Sogar an Wah-ta-Wah schritt sie vorüber, ohne ihre Freundin zu bemerken.

»Warte hier auf mich, Schlange«, rief Wildtöter. »Ich werde Judith zu den Engländern begleiten und komme dann gleich zurück.«

Als die beiden etwa hundertfünfzig Schritte gegangen waren, wandte Judith sich um und sagte traurig: »Ich danke dir für deine Begleitung, Natty. In wenigen Minuten habe ich die Soldaten eingeholt. Verlass mich nun, ich bitte dich. Glaube nicht, dass ich dir zürne. Aber hier trennen sich unsere Wege endgültig. Ich kenne meine Zukunft nicht, dir aber wünsche ich im Leben alles Gute!«

Mit diesen Worten ging sie entschlossen zu der Nachhut der Truppe, die schon auf sie wartete. Wildtöter sah ihr schweigend nach, bis sie zwischen den Bäumen verschwunden war. Dann kehrte er langsam zu seinen wartenden Delawarenfreunden zurück.

Am nächsten Abend erreichten sie das Dorf ihres Stammes. Chingachgook und seine Verlobte wurden im

Triumph empfangen und ihr Gefährte geehrt und bewundert. Natty aber fühlte eine Trauer, die sich erst nach vielen Monaten milderte.

Der Krieg zwischen den französischen und englischen Kolonien war heftig und blutig. Chingachgooks Ansehen unter seinem Volk wuchs. Wildtöter erhielt endgültig den Namen Falkenauge, und sein Ruf verbreitete sich nah und fern, bis der Knall seiner Flinte den Ohren der Mingos so furchtbar war wie das Donnern Manitus. Seine Dienste wurden bald von der Armee in Anspruch genommen.

Fünfzehn Jahre waren vergangen, als Natty wieder an den See zurückkehrte. Es war Frieden, aber ein neuer Krieg stand bevor, und er und sein treuer Freund Chingachgook eilten zu den Forts, um sich ihren Verbündeten anzuschließen. Ein junger Indianer begleitete sie – Unkas, der Letzte seines Geschlechts, Sohn Chingachgooks. Wah-ta-Wah schlummerte damals schon unter den Tannen der Delawaren. Die drei, Natty, Unkas und Chingachgook, waren unzertrennlich geworden. Sie erreichten den See, als eben die Sonne unterging. Alles war unverändert. Der Fluss rauschte noch durch das dichte Gewölbe der Baumkronen, dunkle Wälder bedeckten die Hügel und der einsame See glänzte wie ein schöner Edelstein der Wildnis.

Am nächsten Morgen fand der Knabe eines der Kanus, das ans Ufer getrieben worden war. Es war sehr zerfallen. Sie setzten es instand und ruderten in den See hinaus. Chingachgook zeigte seinem Sohn, wo die Mingos ihr Lager aufgeschlagen hatten, und die Landzunge, wo es ihm gelungen war, seine Verlobte aus den Händen der Irokesen zu retten. Unkas sah alles mit Ehrfurcht an.

Von der Halbinsel ruderten sie das Kanu zur Sandbank, wo die Überreste der Wasserburg standen. Die Winterstürme hatten längst das Dach zerstört, und die Bohlen waren morsch und verwittert. Noch ein paar Winter und das Haus Hutters würde endgültig im See verschwinden. Nachher entdeckten sie die Arche am östlichen Ufer, wo sie auf den Strand getrieben war. Die Kajüte war ohne Dach und das ganze Fahrzeug dem Verfall nahe. Manches Hausgerät aber war noch unzerstört, und Wildtöters Herz schlug heftiger, als er an einem Balken ein Band Judiths flattern sah. Er knüpfte es an den Lauf der kostbaren Flinte, die ihm das Mädchen geschenkt hatte.

Schweigend kehrten die drei zum Mohawk zurück, neuen Abenteuern entgegen. Von Judith aber hat Wildtöter nie mehr etwas erfahren.

J. F. Cooper

UEBERREUTER KLASSIKER

J. F. Cooper

Lederstrumpf
Band 2: Der letzte Mohikaner

216 Seiten

ISBN 978-3-8000-5579-1

Als der junge Offizier Heyward die beiden Töchter des Kommandanten zu ihm ins Fort bringen soll, wird er von dem Waldläufer Natty Bumppo und seinem Freund Chingachgook vor einem Hinterhalt der Indianer gewarnt. So gelangen sie sicher zu dem Fort, doch dann werden die Mädchen von Indianern entführt. Natty und Chingachgook versuchen sie zu retten.

Der Klassiker in altersgerechter Bearbeitung für junge Leser!

ueberreuter

UEBERREUTER KLASSIKER

Jules Verne

In 80 Tagen um die Welt

192 Seiten

ISBN 978-3-7641-7061-5

Eine Wette treibt den Engländer Phileas Fogg um die Welt: Mit Zug, Schiff und sogar per Elefant sind sie unterwegs, um in genau 80 Tagen wieder in London zu sein. Doch der Ausgang ihrer Reise ist ungewiss – die Zeit wird immer knapper …

Der Klassiker in altersgerechter Bearbeitung für junge Leser!

ueberreuter

UEBERREUTER KLASSIKER

Daniel Defoe

Robinson Crusoe

272 Seiten

ISBN 978-3-7641-7047-9

Auf dem Dreimaster in Seenot, viele Jahre auf einer einsamen Insel, Begegnungen mit Menschenfressern und Piraten, das ist Robinsons Schicksal, bevor er in Freitag endlich einen Freund findet.

Der Klassiker in altersgerechter Bearbeitung für junge Leser!

UEBERREUTER KLASSIKER

Robert L. Stevenson

Die Schatzinsel

264 Seiten

ISBN 978-3-7641-7053-0

Ein vergilbtes Stück Papier ist der Schlüssel zur Schatzinsel irgendwo mitten im Ozean. Eine abenteuerliche Fahrt für den Kajütenjungen Jim und die Männer der »Hispaniola«. Doch Piraten haben sich an Bord geschmuggelt! Wer wird den Schatz zuerst finden?

Der Klassiker in altersgerechter Bearbeitung für junge Leser!